译文纪实

THE KILLER
ACROSS THE TABLE

John Douglas   Mark Olshaker

[美] 约翰·道格拉斯　马克·奥尔谢克　著

邓海平　郑芳　译

坐在我对面的杀手

上海译文出版社

满怀爱和钦佩，谨以此书纪念琼·安吉拉·德·亚历山德罗，并向罗斯玛丽·德·亚历山德罗和其他所有用自己鼓舞人心的力量、勇气和决心为所有孩子争取正义和安全的人致敬。

目　录

在一座大监狱中的一个小房间里

在这里，与"是谁干的"相比，"为什么这么做"才是问题所在。

而到最后，如果我们已经搞清楚了"为什么这么做"，然后搞清楚了"怎么做的"，我们也就能明白"是谁干的"。因为，"为什么这么做"加上"怎么做的"就等于"是谁干的"。

我们的目标不是去扮演朋友，也不是去扮演仇人。我们的目标是查明真相。

这是一场没有棋子的口头和心理上的国际象棋比赛；一场没有身体接触的拳击比赛；一场双方都会寻找和利用对方的弱点和不安全感的耐力比赛。

我们隔着一张小桌子坐在一个光线昏暗、煤渣砖墙被漆成了淡蓝灰色的房间里。唯一的一扇窗户位于紧锁的钢门上，小小的，用钢丝网加固了。一名穿制服的警卫从门的另一边紧紧盯着我们，以确保一切无恙。

在一个采取了最严格保卫措施的监狱里，没有什么比安全更重要了。

我们已经在这里待了两个小时，终于，时机成熟了。"我想知道，用你自己的话说，二十五年前是什么情况？"我说，"这一切是如何使你走到这一步的？那个小女孩——琼——你认识她吗？"

"呃，我在家附近见过她。"他答道。他情绪平静，语调平稳。

"让我们从她来到门口的那一刻开始，一步一步地，告诉我从那个时点开始发生了什么。"

这几乎就像是催眠。房间里悄然无声，我看着他在我面前变身。就连他的外貌也似乎在我眼前改变了。他眼神茫然，无处聚焦，目光越过了我，盯着我背后那堵空空如也的墙。他正往回穿梭到另一个时空去，回到他从未忘记的那个有关他自己的故事。

房间里很冷，尽管穿了一套西装，我仍极力克制着以免打颤。但当他开始讲起我所询问的故事时，他竟开始出汗了。他的呼吸变得越来越重，越来越清晰可辨。很快，他的衬衫被汗水浸透了，胸部的肌肉在衬衫下面颤抖着。

他不看我，几乎是在自言自语，他用这种方式讲述着整个故事。他回到了原来那个区域，回到了那个时候和那个地方，想着他当时的所思所想。

有那么一下，他回过神来面对着我。他直勾勾地盯着我说："约翰，当我听到敲门声，抬头透过纱门看到站在外面的人时，我就知道我会杀了她。"

序言

向专家学习

这本书是关于暴力罪犯的思维方式的——这是我二十五年来作为联邦调查局特工、行为画像师和刑事犯罪调查分析师的基石，也是我从联邦调查局退休后所做的事情。

但是，它实际上是一本有关我所进行的谈话的书。毕竟，谈话，对我来说，是一切之源；在谈话中，我学会了如何利用一个捕食者的想法来帮助当地执法官员抓住他并将他绳之以法。对我来说，那是行为画像的开始。

之所以去访谈被监禁的暴力罪犯，我认为既是出于个人的需要，也是出于机构的需要。但是，更多地是出于一种去理解罪犯背后潜在动机的渴望。和大多数联邦调查局的新人一样，我曾被指派去做街头特工。我的第一个岗位是在底特律。从一开始，我就对人们为什么犯罪很感兴趣——也就是说，我感兴趣的全然不是他们犯了罪这件事，而是他们为什么犯了他们所犯的特定罪行。

底特律是一个充满犯罪与暴力的城市，当我在那里工作的时候，每天发生的银行抢劫案高达五起之多。抢劫美国联邦存款保险公司所支持的银行是一种联邦犯罪，因此联邦调查局有司法管辖权，而许多新手特工除了履行他们的其他一些职责外，会被派去调查此类案件。在我们逮捕了一名犯罪嫌疑人，并向他宣读了有保持沉默的权利之后

（通常是在一辆公务车或巡逻车的后座上进行的），我马上就会向他甩出一大串问题。为什么不去抢劫有大量现金流的商店，而去抢劫一家安保措施严密、任何事都会被监控录下来的银行？为什么抢劫这个银行的分行？为什么选择这一天这个时刻作案？有预谋的还是临时起意的？你有没有事先探查过这家银行并且/或者在这家银行里转转？我开始在心里对这些回答进行分类，并为银行抢劫犯的类型创建非正式的"画像"（虽然当时我们还没有使用这样的术语）。通过这种方式我开始发现有预谋的犯罪和无预谋的犯罪，以及有组织的犯罪和无组织的犯罪之间存在的区别。

我们已经到了可以开始预测哪些银行网点最有可能受到袭击以及袭击会在何时发生的水平。例如，在有大量建筑施工的区域，我们了解到，星期五上午快到中午这段时间是银行最有可能遭劫的时段，因为银行手头有大量现金用于支付建筑工人的工资。如果我们认为有合理的机会能抓个现行，那么，我们就会利用这种分析来加强特定银行的保护工作，并在其他一些银行埋伏好。

我在密尔沃基市①担任联邦调查局里的第二个工作职务期间，被派往位于弗吉尼亚州匡迪科市的联邦调查局学院（FBI Academy）②去参加为期两周的人质谈判在职课程。这个学院是新设立的，颇为现代化。课程由联邦调查局特工霍华德·泰顿（Howard Teten）和帕特里克·穆拉尼（Patrick Mullany）联合讲授。在联邦调查局里，他们俩是行为科学最早的拥护者。他们讲授的主要课程叫应用犯罪学。这是一种将变态心理学引入犯罪分析和新手特工培训的尝试。穆拉尼

---

① 美国威斯康星州密歇根湖西岸的一座城市。——译者
② 即后文提到的联邦调查局国家学院（FBI National Academy）。它成立于 1935 年，为具有领导力潜质的美国以及国际执法管理人员提供为期十周的专业学习课程，包括情报理论、恐怖分子心态、管理科学、法律、行为科学、执法沟通、法医学等。——译者

将人质谈判视为应用心理学课程的第一种实际应用。这是与新犯罪时代作斗争的一种新趋势，这一时期的犯罪包括劫持飞机以及劫持人质来抢劫银行。1972 年的布鲁克林银行抢劫案即是其中一例，阿尔·帕西诺（Al Pacino）主演电影《热天午后》（*Dog Day Afternoon*）的灵感就是来自这个案件。不难理解的是，如果能够知道劫持人质的罪犯脑袋里在想些什么，会对谈判带来巨大的裨益，并能够最终挽救生命。我是课堂上约五十名特工中的一个，是第一次学习这样的课程，这也是 FBI 训练中的一次大胆实验。大名鼎鼎的局长 J. 埃德加·胡佛（J. Edgar Hoover）在三年前去世了，但他在联邦调查局里的余威仍在。

即使在他已然式微的岁月里，胡佛仍然牢牢地控制着这个实质上是他创建的机构。他对犯罪调查所持的那种执拗强横的态度，与老掉牙的电视剧《法网》（*Dragnet*）①里的台词如出一辙：*只说事实，夫人*。一切东西都必须是可测量和可量化的——逮捕了多少人、定罪了多少人以及结案了多少人。他绝不会像行为科学那样接受任何印象、归纳和"感性"的东西。事实上，他会认为"行为科学"本身就是一种自相矛盾的说法。

在联邦调查局学院参加人质谈判课程时，我的大名已经在行为科学组传开了。在我离开那里返回密尔沃基市之前，教育组以及行为科学组都希望我能留在他们那里工作。尽管我们组被叫做行为科学组，但组里九个特工的首要职责是教学。开设的课程包括应用犯罪心理学、人质谈判、警察实务问题、警察压力管理以及性犯罪。性犯罪这门课后来被我的优秀同僚罗伊·海兹伍德（Roy Hazelwood）改名为人际暴力。

---

① 1951 年至 1959 年期间播放的一部美国电视连续剧，故事讲述的是乔·佛莱德警长和他的搭档们调查发生在洛杉矶的犯罪事件。——译者

虽然学院的"三角凳"模式——教学、研究和咨询——已初步成形，但是如泰顿这样的明星特工们所提供的个案咨询都完全是非正式的，不是任何有组织的课程的一个部分。这四十个小时的课堂教学的重点要放在刑事调查员们最关心的问题上：*动机*。罪犯为什么要做他们做的那些事，以什么方式做，以及了解这些如何有助于抓住他们。这种研究方法的问题是，大部分内容仍然来自学术领域，当来国家学院（National Academy）上这些课程的高级执法人员比讲师有更多的第一手案例经验时，这一点就变得尤为明显。

在这个领域里，作为最年轻的讲师，没有人比我更心虚了。我站在一间教室里，满屋子都坐着老到的警探和警官，大多数人的年纪都比我大不少。而我，却要去教他们罪犯的脑子里在想些什么，说这是一种真正有助于他们办好案子的东西。我大部分的第一手经验不过来自在底特律和密尔沃基市与经验丰富的警察和凶杀案警探们的合作，所以我在这些人面前班门弄斧显得有点太自不量力了。

我们中的许多人开始意识到，精神病学和精神卫生学界的东西，对执法只能起到有限的作用。

不过，我还是像泰顿那样收到了许多请求。在课堂上或者在课间休息的时候，或者甚至在晚上，警官和警探会提起并要求给他们正在办的案子提些意见或建议。如果我正在教一个与他们正在办的案子有某些类似之处的案例，他们会认为我能帮他们破案。他们视我为联邦调查局的权威人物。但我是吗？必须有一个更实用的方法来收集有用的数据和案例研究，这样才能给我信心，让我觉得我真的知道自己在说些什么。

作为年龄上与我最相仿的人，罗伯特·雷斯勒（Robert Ressler）被派来帮助我融入学院的文化以及适应教学工作。鲍勃①大约比我大

---

① 鲍勃是罗伯特的昵称。——译者

八岁，是一位新讲师。他在泰顿和穆拉尼工作的基础上，致力于使行为分析这一学科成为对警察局和刑事调查人员更有价值的东西。给一个新讲师一些密集经验的最有效方法，是让他开展所谓的巡回讲学（road schools）。来自匡迪科市的讲师们会花一周的时间向提出讲课请求的警察局或执法机构教授一门精选课程，某种程度上有点像国家学院课程的浓缩版，然后在第二个星期继续讲下一个课程，之后带着对酒店房间的记忆和装满脏衣服的手提箱回家。鲍勃和我就是这样一起踏上讲课之路的。

1978 年的一个清晨，我和鲍勃正开车离开加利福尼亚州的萨克拉门托市，那是我们最近刚刚巡回讲学的地方。我说，我们所教案例中的大多数罪犯仍然在附近，我们可以轻易地找到他们在哪儿，而且他们也不会去什么别的地方。为什么不看看我们能不能和他们中的一些人见面并聊一聊，通过*他们的*眼睛来看看犯罪是个什么样的东西，让他们回忆起来并告诉我们*为什么*做了那些事，以及当他们那么做的时候心里在想*什么*。我当时觉得这么尝试一下也没什么坏处，而且他们中的一些人可能已经厌倦了监狱的日常生活，所以会很乐意能有个机会来谈谈自己。

关于如何访谈囚犯以及定罪、缓刑、假释和改造相关的研究非常之少。然而，记录似乎表明，暴力和自恋的囚犯，总体而言，是不可救药的——这意味着他们无法被控制、被改造或重新做人。通过与他们的交谈，我们希望了解情况是否确实如此。

鲍勃起初对此心存疑虑，但他愿意尝试一下这个疯狂的想法。他曾在军队服役，有了军队和联邦调查局的经历，他对和官僚机构打交道有足够的经验。他的准则是"请求宽恕总是比请求许可要好"。我们会不请自来。在那个年代，联邦调查局的证件可以让我们在未经事先许可的情况下进入监狱。如果事先说要去的话，我们要来的消息可能就会泄露到监狱的放风场里。如果一个囚犯被其他囚犯知道他将和几个联邦调查局的人谈话，那么，其他囚犯可能会认为他是个告密者。

当我们启动这个项目的时候，对在访谈中会遇到些什么样的情况，有一些先入为主的想法。这包括：

- 所有人都会声称自己是无辜的。
- 他们会把被定罪归咎于代理律师的表现太差。
- 他们不会愿意与执法人员交谈。
- 性犯罪者会给人造成一种沉迷于性的印象。
- 如果在谋杀所发生的州有死刑，他们就不会杀死受害者了。
- 他们会把责任推到受害者身上。
- 他们都来自功能失调的家庭。
- 他们有辨别是非的能力并且清楚其行为后果的性质。
- 他们没有精神疾病，也并未精神失常。
- 连环杀手和强奸犯往往非常聪明。
- 所有恋童癖都是猥亵儿童者。
- 所有猥亵儿童者都是恋童癖。
- 连环杀手是后天形成的，而非天生的。

就如我们在后文中能看到的那样，这些假设中的一些被证明是对的，而另一些却可以说是不得要领。

让人吃惊的是，我们找出来的那些犯人绝大多数都同意接受访谈，其原因可谓五花八门。一些人认为与联邦调查局合作会让他们的记录显得好看一些，对此我们也将错就错，并不特意澄清。其他一些人可能只是单纯地被吓到了。很多在押犯人，特别是暴力程度高一些的，并没有多少访客，所以可以和外面来的人聊一聊，同时在他们的牢房外待上几个小时，这不失为一种解闷的方法。有些人则深信自己能蒙骗所有的人，因而把这次访谈看作一场潜在的游戏。

最后，发端于驱车离开萨克拉门托市时冒出来的一个简单想法——与杀手的对话——变成了一个这样的项目：它改变了鲍勃、我以及最终加入这个团队的特工们的职业和生活，并让联邦调查局在打击犯罪的手段上获得了一个新的维度。在完成第一轮访谈计划之前，我们已经对一些犯人展开了研究和访谈，他们包括：俄勒冈州的恋鞋者和勒人犯杰罗姆·布鲁多斯（Jerome Brudos），他喜欢在自己的女装大衣橱里给死去的受害者穿上高跟鞋；蒙特·瑞塞尔（Monte Rissell），他还是青少年时，在弗吉尼亚州亚历山大市强奸并杀害了五位女性；大卫·伯克维茨（David Berkowitz），.44 口径杀手（the .44 Caliber Killer）和山姆之子（Son of Sam），他在 1976 年和 1977 年曾使整个纽约市人心惶惶。

这些年来，我在匡迪科市的画像师和我还访谈了许多其他的暴力罪犯及连环罪犯，包括泰德·邦迪（Ted Bundy），他杀害了多名年轻女性；以及加里·海德尼克（Gary Heidnik），他在费城家中的地下室深坑里囚禁、折磨并杀害女性。小说家托马斯·哈里斯（Thomas Harris）所著的《沉默的羔羊》（*The Silence of the Lambs*）中人物的一些个性特征，就来自这两个人以及威斯康星州的隐居者埃德·盖恩（Ed Gein）。我曾在位于麦迪逊市的门多塔精神健康研究所（the Mendota Mental Health Institute in Madison）对盖恩做过访谈，他杀害女性是为了使用她们的皮肤。盖恩另一广为人所知之处是，他是罗伯特·布洛赫（Robert Bloch）小说《精神病患者》（*Psycho*）中人物诺曼·贝茨（Norman Bates）的原型，阿尔弗雷德·希区柯克（Alfred Hitchcock）的一部经典电影就改编自这部小说①。让人遗憾

①　即同名电影 *Psycho*（《惊魂记》）。——译者

的是，盖恩的年老和精神疾病导致其思维模式杂乱无章、极其混乱，以至于我的访谈并没有什么收获。然而，即便如此，他仍然醉心于皮革工艺，喜欢制作钱包和皮带。

我们最终形成了一套缜密的访谈方法，运用这种方法，我们可以开始将罪行与罪犯在犯罪当下的真实想法联系起来。我们第一次有了一种方法可以了解罪犯的想法，同时可以把罪犯的想法和他在犯罪现场留下的证据以及他会对受害者说些什么（如果受害者还活着的话），或者他对受害人的身体所做的事（包括死前和死后）联系起来。正如我们常说的那样，它开始帮助我们回答这样一个古老的问题："是什么样的人才能做出这样的事情来？"

在完成第一轮访谈的时候，我们已经知道什么样的人可以做出这样的事情，有三个词似乎能描述出我们接触到的每个罪犯的动机，即操纵、支配和控制。

交谈是后来所有一切事情的起点。我们获得的所有知识、我们得出的所有结论、从我们的研究中产生的《性谋杀》这本书，以及我们创建的《犯罪分类手册》、我们帮助抓获并起诉的杀手——所有这些都是从坐在杀手对面并询问他们的生活开始的，而询问的目的是为了了解是什么驱使他们剥夺了另一个人的生命；或者，在某些情况下，是剥夺了许多人的生命。这一切都变得可能了，是因为我们注意到了这个此前从未被挖掘过的"讲师团体"：罪犯本身。

我们将运用在大规模调研中发展出来的技术来深入研究我离开联邦调查局后所访谈的四个杀手。这四个杀手本身各不相同，每个人都有自己独特的作案手法、动机以及心理构造。他们的受害者有的只有一人，而有的则多达近百人，我从他们身上获益良多。他们之间的反差耐人寻味且引人注目。他们身上的相似之处亦是如此。他们都是捕食者，在性格形成的关键期，在未能与其他人建立起信任纽带的情况下长大。天性与养育，也即杀手到底是天生的还是后天形成的，是行为科学领域的几大核心争论之一，而他们都是验证这一争论的具有代表性的证据。

　　在我所任职的联邦调查局部门里，我们是依据"为什么？＋怎么做？＝谁"这一等式来工作的。当对已被定罪的罪犯进行访谈时，我们可以逆向设计这个过程。我们知道是谁，我们也知道他们做了些什么。我们通过把两者结合起来，解密至关重要的"怎么做？"以及"为什么？"这两个问题。

第一部分

羔羊之血

第一章　失踪的小女孩

　　1998 年 7 月 4 日独立日假期刚过，我乘美国铁路客运公司的火车北上拜访了一位新的潜在"讲师"。他叫约瑟夫·麦高文（Joseph McGowan），曾是一名拥有硕士学位的高中化学老师。但现在，在他的长期居所新泽西州特伦顿监狱，他被正式称为第 55722 号囚犯，而不再拥有他之前的那些正式学术头衔。

　　他入狱的原因是：在二十五年前，性侵、勒住并用钝器谋杀了一名来他家派送两盒女童子军饼干的七岁女孩。

　　在火车隆隆向北行驶时，我正做着准备。虽然与杀手交谈前的准备工作总是很重要的，但这一次不同以往——毕竟，此次谈话将有着远远超出信息层面或学术层面的重要性。新泽西州假释委员会请我来帮忙决定麦高文是否可以被释放，而此前他的两次假释申请均被拒绝了。

　　当时，新泽西州假释委员会的主席是一位名叫安德鲁·康索沃（Andrew Consovoy）的律师。他是 1989 年加入假释委员会的，当麦高文第三次提出假释申请时，康索沃刚刚被任命为委员会主席。有一天晚上，康索沃从收音机里知道了我，读了我们的《心理神探》一书，并把它推荐给了假释委员会的执行主任罗伯特·埃格斯（Robert Egles）。

　　"在读了这本书以及你写的其他书后，我意识到的其中一件事情是，你必须把所有的信息都考虑进来。"几年后，康索沃说道，"你得弄明白这些人到底是怎样的人。他们并不是从入狱那天才开始变成那样的。"

基于这个观点，他成立了一个在假释委员会下运作的特别调查小组。它由两名前警官和一名研究员组成，职能是深入调查假释案件，并向委员会成员提供尽可能多的关于申请人的信息，让委员会能依此作出决定。他们请我就麦高文假释一案提供意见。

康索沃和埃格斯来火车站接我，并把我带到了将要入住的酒店。酒店位于兰伯特维尔（Lambertville），那是特拉华河边上一个风景如画的小镇。在那里，埃格斯向我移交了案宗里所有文件的副本。

那天晚上，我们三个一起出去吃饭，大概谈了谈我以前所做的工作，但对麦高文案件的细节却只字未提。他们仅仅告诉我，这名犯人杀害了一名七岁小女孩，他们想知道他是否仍然具有危险性。

晚饭后，他们开车送我回酒店。在房间里，我打开了案宗，一读就是好几个小时。我的任务是，了解麦高文当时和现在的精神状态，然后做出判断。他知道他所犯罪行的性质和后果吗？他知道基本的是非吗？他在乎他做了些什么吗？他是否曾感到悔恨？

在访谈中他的举止会怎样？他能回忆起犯罪的具体细节吗？如果能出狱，他打算住在哪里？打算做些什么？他将如何谋生呢？

我在监狱进行访谈的一个基本原则是，绝不要在毫无准备的情况下与犯人交锋。我也习惯于不带笔记进去，因为当真正进入并搜索他灵魂最深处的时刻到来时，笔记会在我和被访谈的犯人之间制造一种人为的疏离感或者说障碍。

我不知道这次访谈能有什么收获，但我猜想它将会是发人深省的。因为正如我在一开始所说的那样，每次和"专家"交谈，我都能学到一些有价值的东西。需要被确定的诸事之一就是，约瑟夫·麦高文到底是哪种类型的"专家"。

我仔细研究了案卷，检查了相关证据，并为第二天的访谈整理了思路。

一个残酷的故事就这样在我眼前展开了。

1973 年 4 月 19 日下午 2 点 45 分左右，琼·安吉拉·德·亚历山德罗（Joan Angela D'Alessandro）注意到一辆车开了过来，停在与她所居住的佛罗伦萨街交叉的圣尼古拉斯大道右侧第一条车道上，她的母亲罗斯玛丽永远都记得那天是一个圣周四①。

琼和她的姐姐玛丽计划把女童子军的饼干卖给几乎每个住在新泽西州希尔斯代尔一处由四个街区组成的宁静社区里的人。在当时，那个年龄的孩子自己出去卖饼干是一种很正常的行为。自从德·亚历山德罗姐妹上了天主教学校后，在宗教节日那天就有了假期，她们会用其中的一部分时间来给人们派送预定的饼干。住在街角那栋房子里的人是她们最后一批要送货的顾客，这样所有的饼干订单就都派送完成了。琼想和往常一样来做收尾的工作。

她七岁了，四英尺三英寸高，充满活力和魅力，是一个漂亮、自豪、热情的小女童子军。事实上，她对一切都热情满满：学校、芭蕾舞、绘画、狗、洋娃娃、朋友和鲜花。她的二年级老师称她为"社交女王"，她对周边的人具有天然的吸引力。她最喜欢的音乐是贝多芬第九交响曲里的《欢乐颂》。她是三个相继出世的孩子中最小的一个，哥哥弗兰克，也叫做弗兰基，九岁；姐姐玛丽八岁。弗兰基和玛丽更持重些，罗斯玛丽回忆说，而琼则更为乐天。

"琼从小就很有同情心。她总是关心别人的感受和疾苦。她有一种天生的勇气。"

在这个年龄，她的几乎每一张照片都是笑着的：穿着她的棕色女童子军制服，系着橙色领带，头戴无檐小便帽，双手交握在身前，长

---

① 即耶稣升天节（复活节四十天后的第一个星期四）。——译者

长的赤褐色头发从两侧垂到肩上；穿着黑色紧身衣和白色连裤袜，扎着马尾辫，双臂向一侧伸展，摆出一个芭蕾舞姿；穿着海军蓝格子学生裙、白色上衣，打着红色的蝴蝶结，仿佛刚转向镜头，刘海拂过她的额头，头发从她可爱的脸旁垂下；身穿浅蓝色的派对礼服，跪坐着，头发用发卡扎起来，正极其认真地调整着她的美国小姐芭比娃娃手中的花束。所有这些都代表了琼的不同人格面貌，其中的两个共同特点是她那天使般的笑容，以及蓝色眼睛里充满的那种天真无邪的魔力。

弗兰基的一个朋友说："她是如此天真纯朴。我本来想娶她为妻的！"

她那位说意大利语的祖父十分宠爱她，常说"E cosìlibera!"，意思是，她是如此自由！她的笑声舒畅爽朗，罗斯玛丽能想象得出她长大后出演戏剧时会有的种种表现。在她过完八岁生日后，就要开始上钢琴课了。

这天下午，她独自在外面玩。弗兰基去邻居家找朋友玩了，而玛丽则在参加垒球比赛。

突然间，她跑回屋里，对罗斯玛丽说："我看到了那辆新车。我要送饼干去那里。"她抓起放在门厅里的女童子军手提箱，里面装着两盒饼干。

"再见，妈妈。我马上就回来，"她从前门蹦出去时喊道。她跑出去后，门甚至都还没关上。罗斯玛丽还记得，当琼沿着前门的台阶跳到私家车道上再走到街上时，她那两条用橡皮筋扎起来、末端垂着两个浅蓝色塑料球的马尾辫甩过来又甩过去。一切都模模糊糊地过去了。

在大约十分钟后，隔壁邻居（她后来告诉罗斯玛丽说）听到了她的狗布泽尔在不停地吠叫。琼喜欢和布泽尔一起散步和玩耍，布泽尔很喜欢她。

琼没有马上回来，罗斯玛丽并没有多想。她可能去了朋友塔玛拉家，就位于圣尼古拉斯大道和文森特街拐角处。她们所在的社区就是这样的，你可以随意进出你所认识的人家中。社交女王总是能找到人一起出去玩或找点事做。大约 4 点 45 分，当音乐老师上门来给玛丽上钢琴课时，罗斯玛丽开始担心起来。她不想把她的担心传染给孩子们，于是努力使自己镇静下来。毕竟，这是一个安全的社区，一名联邦调查局的特工以及一位牧师就住在附近。

她开始给人打电话。琼不在她所打过电话的任何一个人家里，也没人见过她。

她的丈夫弗兰克·德·亚历山德罗在大约 5 点 50 分时回到了家，罗斯玛丽告诉他琼失踪了。弗兰克是一名计算机系统分析员，做事有条不紊，生性沉默寡言。在说完后，罗斯玛丽能立刻看出他是多么地担心和紧张。但和往常一样，他把一切都憋在心里。罗斯玛丽说："我们得报警。"弗兰克同意了，并打了电话。然后他带着弗兰基和玛丽开车出去在附近找琼。他们找遍了整个区域。

他们回来时既没有发现她，也没有找到任何见过她的人，于是，罗斯玛丽决定自己出去找。弗兰克不想和她一起去。罗斯玛丽记得当琼跑出去的时候，说了一些关于收集她最后一个饼干订单的事，说她在圣尼古拉斯大道上看到了一辆"新车"。这辆车是麦高文家的。约瑟夫·麦高文在塔潘泽高中教化学，这所学校就在毗邻的纽约州奥兰治堡。这所房子是他母亲吉娜维芙·麦高文的，他和母亲以及母亲的母亲——他的外婆一起住在这里。公立学校那天有课，所以那时应该正是他上完课回家的时候。

罗斯玛丽不想一个人出去，于是有些闷闷不乐地带着弗兰基一起来到了佛罗伦萨街，然后拐到了圣尼古拉斯大道。那时是 6 点 50 分。麦高文家的房子就在角落那里，是圣尼古拉斯大道右手边的第一栋房子，由红砖砌成、贴着米色墙板、两层楼，左前方有私家车道及能停下两辆车的车库。

罗斯玛丽和弗兰基一起登上门前的五级台阶，然后她按了门铃。她叫弗兰基待在楼梯口上。

麦高文先生来应门。他看起来好像刚洗完澡。他手里拿着一支细细的雪茄烟，但罗斯玛丽一开始并没注意到这一点。他是个二十七岁的单身汉。罗斯玛丽不认识他，但"我的孩子们说他人很好"。

罗斯玛丽走进门厅，她想站在她真真切切地知道琼最后所站过的地方。她已经开始有一种可怕的感觉了。她介绍了自己。"你看见过我的女儿琼吗？"她问，"她来这儿送饼干。"

"不，我从来没见过她。"他回答道。

他说话的方式是随意的，丝毫不带感情。就在那一刻，罗斯玛丽·德·亚历山德罗感到一切都失去了希望。

"在门厅里站了几分钟之后，我注意到有一辆长长的消防车停在他房子的前面，"她说，"我们已经报警了。当我看到警察来了之后，一下子全明白了，而且我知道我的生活将永远不同了。"

麦高文的反应——或者更确切地说，是他的毫无反应，几乎立刻让她明白过来了。"当我和他站在门厅里的时候，我的眼里涌出了泪水。他看着我，就好像对此毫无感觉似的。在那个时刻，当他看到我的眼泪时，他所做的不过是走上通往楼上的台阶，然后就站在那儿，看着我，手里拿着他那支细细的雪茄，等着我离开。"

"在步行回家的路上，我肯定，他知道在琼身上发生了什么。"

在警察赶到并与罗斯玛丽和弗兰克交谈后，大家组织了一次在社区里寻找琼的行动。男童子军们志愿加入了。约瑟夫·麦高文也加入了。上百人走出家门，自发组成小分队，检查希尔斯代尔及其周围城镇里的每一栋房子、后院、垃圾桶、树林和公园。警察带来了大猎犬协助搜查。有几个人上了罗斯玛丽看到的那辆消防车，其中一个是琼七岁的"男友"里奇。他们乘着消防车去了伍德克里夫湖附近的水库。

大约 9 点 20 分，圣约翰浸礼会的一位牧师带着一名州警和一条德国牧羊犬来了。罗斯玛丽带着这个"K - 9 小组"来到放脏衣服的洗衣篮边，这样狗可以嗅一下琼的短裤，然后他们就出门到周边的社区去了。罗斯玛丽有一种强烈的感受，那条狗知道发生了什么，并且它对她和琼有一种"深深的"同情。带着一种显而易见的使命感，它查看了这片区域后直奔麦高文的房子周围，并来到了麦高文房子的前门和车库的门前。

但是在那里没有找到什么蛛丝马迹。

有关女孩失踪了、大家都在到处找这个女孩的消息迅速传开了。报社和电视台的记者蜂拥而至。正如罗斯玛丽注意到的，在希尔斯代尔，以前根本就没有发生过这类事情。她频繁接受媒体访谈，希望某个可能看到过什么的人能够站出来提供信息。对于与媒体进行的这些会谈，她所留下的主要记忆是那些脏兮兮的脚印，那些脚印把台阶上浅棕色的地毯变成了炭灰色。

当晚，弥漫在德·亚历山德罗家里的焦虑几乎让人无法忍受。弗兰克受挫时常常表现出愤怒。前一天晚上，他因为找不到盒子装复活节礼物而大发脾气。"他可以长时间保持冷静和耐心，然后在一瞬间就变了，"罗斯玛丽回忆说，"他有一份好工作，但他不善于交际，也从来不是我真正的灵魂伴侣。"

当得知琼失踪的消息时，希尔斯代尔的警察局局长菲利普·瓦里斯科正在佛罗里达度假。对于希尔斯代尔这样的社区和像瓦里斯科这样的领导者，在发生如此惨痛之事时局长不在，这是令人难以想象的。他匆匆赶回了家。瓦里斯科是一位训练有素、十分专业的警察，他后来于 2012 年去世，享年八十九岁。他参加过联邦调查局在匡迪科的国家学院项目，为的正是让自己及其下属在工作时能够尽可能地高效。

警察局长在回到家的第二天就去了德·亚历山德罗家。当他走上这家门前的人行道时，罗斯玛丽正坐在前门的台阶上。他告诉她会亲自负责调查这个案子。虽然他没有承诺会有好的结果，他知道这不太可能，但他平静地向她保证，他们一定会尽力而为。他向她要了一张可以给报社的照片。罗斯玛丽走到挂在走廊里的一张琼穿着校服的照片前，把它从墙上取下来，拿掉镜框，然后递给了瓦里斯科。

　　弗兰克告诉报社记者，如果带走琼的人能把她安全送回来，他会请求当局放弃起诉。在一次电视访谈中，罗斯玛丽向记者维克·迈尔斯描述了琼：她是多么特别，她是多么惹人喜爱，恳求罪犯把她送回来。几年后，琼的一个同学告诉罗斯玛丽，她记得那个电视访谈，那就好像发生在昨天一样。就在两个月前，罗斯玛丽的脑海中突然冒出过一个可怕的想法，那就是如果她的一个孩子死了会怎样，会多么难以想象、多么让人撕心裂肺。

　　警方盘问了几名可能的嫌疑人，其中一名男子在琼失踪前一个小时曾开车在这个街区的附近转悠，另一名男子则曾经在这片区域溜达。第一个人后来被证实是在查看他即将要搬进来住的社区，第二个人纯粹就是迷路了。在大案要案中，几乎总是有一些解释不清、转移人注意力的地方。但是调查人员很快就把重点放在了约瑟夫·麦高文的身上。虽然他没有犯罪记录，但琼说她要去的正是他家，罗斯玛丽也把她和他之间的那场令人毛骨悚然的交锋说了出来。在琼失踪的第二天，罗斯玛丽的父亲看见麦高文把垃圾从家里拿出来，他指着街角的那个房子对罗斯玛丽说："那边不太对劲。"

　　警察和警探们在星期五和星期六都与麦高文谈过，要求他交代自己在琼去他家后的几分钟以及之后几小时内的情况。他态度平静、和蔼可亲，但否认在星期四见过琼。相反，他声称，在罗斯玛丽说她的女儿去了他家的那个时候，他正在附近的超市买杂货。那琼看见的那辆开进并停在车道上的车呢？有人看到它离开车库吗？不，他是走路去超市的。他在哪个现金柜台结账的？他不记得了。他能给他们看一下买杂货的收据吗？他说他应该是把收据扔掉了。有可能还在垃圾桶里吗？他说垃圾可能已经被收走了。收垃圾的人是周几来收垃圾的呢？他不清楚。他买了些什么？牛排和苹果等。牛排还在冰箱里吗？不，他和他妈妈已经把牛排吃掉了。苹果呢？他不太清楚。

经验老到的警探都培养出了一种天然的直觉，知道一个嫌疑人讲的故事和他的自辩清白是否属实。一天在吃午饭时，马克·奥尔沙克问已经退休的洛杉矶警察局警探汤姆·兰格，他是什么时候得出自己的如下这个结论的，即 O. J. 辛普森是 1994 年其前妻妮可和她那位做餐厅服务员的朋友罗纳德·戈德曼谋杀一案的首要嫌疑人。兰格回答说，虽然辛普森在警方讯问时表现出了亲切友好和合作的态度，但他并没有就妮可的死亡细节、她是否或遭受了多大的痛苦、警方是否知道是谁做了这一切——任何一个与死者关系紧密的生还者本能地想知道的一切——提出任何问题。

琼的朋友里奇回忆说，当麦高文在警局里接受讯问时，位于中央大街的警局门口围了一大群人。在他一个小小孩儿的眼里，似乎整个镇子的人都聚集在那儿了。

随着麦高文陈述中的表面漏洞和矛盾越来越明显，警探们要求他在警察局里接受一次测谎。他同意了。

麦高文没有通过测谎，当警探们告知他这一结果时，他们拿出他所有无法自圆其说的陈述来与他当面对质。最后，他精疲力竭，再也回答不出什么了。他请求让他见见牧师。麦高文和牧师私下面谈，他对牧师招供了。然后，他向警探们坦白了，并告诉他们，在杀死琼后，他开车将她的尸体运过了纽约州界线，并将尸体弃置在大约二十英里外的、位于洛克兰县的哈里曼州立公园。

瓦里斯科局长主动请缨，承担起把这一消息告诉罗斯玛丽和弗兰克的任务。那是下午 4 点刚过的时候。瓦里斯科是一个很能体恤别人的人，他带了一位天主教牧师一起来。他俩和罗斯玛丽一起坐在厨房的桌子旁。罗斯玛丽记得，她从白色的桌子上取下桌布来拖延时间，哪怕只是一小会儿，因为她知道接下来会发生什么。

当局长告诉她麦高文所说的话时，她喊道："我要杀了他！"她说，当她这么说的时候她是清醒的、能控制自己的，知道在当时她并不是真的要这么做，不过是需要一种方式来为她的悲痛欲绝找一个出口。

牧师劝诫她不要那样说话。

"那你期望她怎样呢，神父？"瓦里斯科说。

第二章　"我睡得很好"

纽约州洛克兰县的首席法医弗雷德里克·T. 祖吉布医生说，在他漫长而又出色的职业生涯中，琼的案子是让他最难受的案件之一。

消息很快从希尔斯代尔警察局传到了卑尔根县地方检察官办公室，从那里又传到了洛克兰县治安官办公室的警察部门。接着，在复活节星期日下午的早些时候，警官约翰·福布斯开车前往哈里曼州立公园查探麦高文所说的弃尸地点，那是在盖特山路外侧，靠近公园最南端的地方。

在那里，他发现了一具赤身裸体、伤痕累累的白人小姑娘的尸体。在一个草木葱茏的斜坡上，她面朝上躺在两块巨石之间的楔形裂隙里，上面架着另一块岩石。她的头被重重地扭向左边，所以脸是冲着坡脚方向的。福布斯自己有四个年幼的孩子，看到此情此景，他努力不让自己情绪崩溃。

他把犯罪现场小组叫了过来。

不到一个小时，当祖吉布医生到达时，被警戒线封锁起来的犯罪现场已经挤满了警察和犯罪现场技术人员、警探、联邦调查局特工、记者、报社摄影师以及好奇的看客。他立即命令警察们把所有非必要的人员给打发走。

理查德·科利尔，德·亚历山德罗的邻居，是一名在纽约办事处工作的联邦调查局特工。他进来指认尸体。

是的，是琼。

虽然犯罪现场并非处于原始状态，但她的尸体并没有被移动过或触碰过。祖吉布医生立即注意到她身上的那片乌青——腹部周围的皮肤发紫。这说明她并非在此地被杀害。如果是在这里的话，由于重力的作用，乌青会集中于她的背部那里。这种类型的血液沉淀至少需要六个小时，因此她并不是刚刚被扔在这里的。他量了一下她的体温，发现与空气的温度差不多。这表明她已经死了至少三十六个小时了。三十六个小时是身体完全冷却所需要的时间。这一结论也得到了没有出现尸僵这一情况的佐证。尸僵是一种在人死后几小时出现的肌肉僵硬现象，但在二十四至三十六小时内会消退。

把所有观察到的物证综合起来，祖吉布医生估计琼已经死了大约五十个小时。在尸体解剖过程中进行更复杂的检验后，他把死亡时间提高到了至少七十小时。这意味着她是在罗斯玛丽最后见到她后的几个小时或更短时间内死去的。

治安官办公室的警官们对周围地区进行了彻底搜查，发现了一个印有"Mobil"标志的灰色塑料购物袋。据祖吉布说，这个袋子里的东西装得整整齐齐，而不是胡乱塞进去的。袋子里装的是琼失踪时所穿的衣服：一双红白相间的帆布胶底运动鞋、一件绿松石色衬衫、一条褐紫红色的裤子、一双白袜子和一条白内裤——已被琼的鲜血染成红色。

在尸体被移走之前，一名警官打电话给位于纽约市石角镇的圣母马利亚神庙，要求派一名牧师到现场来。这名牧师到了之后，在警灯的照耀以及警察、侦探、联邦调查局特工和记者的见证下，为琼·安吉拉·德·亚历山德罗主持了临终圣礼。一旦圣礼仪式完成，祖吉布就会正式宣告被害人死亡了。虽然琼已经死了这是再明显不过的事实，但宣告死亡在任何谋杀案件的调查中都是一道必经的手续。

回到不到十英里外的纽约波莫纳法医办公室后，祖吉布开始进行尸检。根据多年来与许多法医打交道的经验，我想说，很少有什么事情比给一个死去的孩子做尸检更让人痛苦的了。同时，如果这个孩子还是被谋杀的话，就更让人备受煎熬了。

祖吉布完成尸检后列出的尸体上的伤，足以说明罪行是多么令人发指：颈部骨折、扼颈、右肩脱臼、全身重度瘀伤、颌下及上唇内侧撕裂伤、头骨前部骨折、两个鼻窦骨折、面部肿胀、双眼发黑肿胀紧闭、三颗牙齿松动、脑部挫伤及出血、肺及肝瘀伤、处女膜破裂。

基本上，琼是被毒打、掐住喉咙，受到性侵犯，最终被殴打致死的。但是根据祖吉布医生的说法，情况甚至比这更糟糕。如果她在被殴打和扼颈后立即死亡，脸和身体就不会肿胀。在人死亡后，导致受伤部位肿胀的体内平衡功能就会停止。由于肿胀大约需要半个小时才能形成，他得出结论，琼在被袭击后至少还活了那么长的时间。不幸中可谓幸运的是，那时她几乎肯定是处于昏迷之中。

法医在对颈部仔细检查后发现了两处受伤区域：甲状腺软骨和舌骨。他的结论是，在致命袭击发生后的大约半小时后，罪犯不确定自己是否杀死了她，于是又第二次用扼颈的方式来完成他的杀人举动。在我听来，这种说法相当靠谱。对于像约瑟夫·麦高文这样一个"没有经验的杀手"而言，不确定自己在杀死受害人时是否已经得手，并且不希望在这一点上留下隐患，这并不罕见。

我曾在1996年圣诞节发生的琼贝尼特·拉姆齐谋杀案中看到过类似的行为。六岁的琼贝尼特在她位于科罗拉多州波尔多市的家中被谋杀。法医的报告列出了两个潜在的致命伤：头部钝器伤和绳索勒死。由于案发现场没有流血，我断定死因是勒死，对她头部的重击只是为了确保让她死亡。

这一科学证据从行为学的角度表明了一些非常重要的东西。除非有极其严重的虐童史，否则，父母是不可能有条不紊地在几分钟内就把孩子给勒死的。压根就没发生过这种事。把其他所有的法医和行为学方面的证据综合起来，都没能告诉我们是谁杀了琼贝尼特。但是，这些证据告诉我们谁没有杀她：她的父母。我和马克因为这一结论遭到了包括我以前所工作过的联邦调查局部门里许许多多的反对和公开谴责，但追求刑事司法公正并不是一项人气竞赛，你必须让证据自己说话。

这正是我对约瑟夫·麦高文所做的事。

约瑟夫·麦高文被提审至卑尔根县法官詹姆斯·F. 马登的面前。他交不出法官裁定的五万美元保释金，因此被羁押了。1973 年 4 月 24 日星期二，他因谋杀琼·德·亚历山德罗而被起诉。

两天后的上午，琼的葬礼在圣约翰浸信会罗马天主教堂举行，琼曾在该教堂的学校就读。她班上的孩子们都参加了葬礼。在仪式结束后，当她的棺材被抬出来时，他们都在外面排着队与她一一告别。

作为一名暴力犯罪的调查人员，你要尽可能在感情上超脱，这不仅是为了保持你的客观性和批判性判断，同时也是为了保持理智。事实上，作为一个行为画像师，在我的职业生涯中，必须把自己代入案件中的每一个受害者，这无疑对我造成了精神上的伤害。祖吉布医生和福布斯警官在公园里看到琼小小的尸体时的反应是完全可以理解的。不论你试着表现得多么"专业"，你不可能不对这样的事情有所反应。

什么样的男人或怪物会临时起意对一个七岁的小女孩做出这样的事情？在四分之一个世纪之后，当我通读案卷时，我这样问自己。而这就是我力图去发现的东西。

麦高文再次向诺尔·C. 盖伦博士招供，后者是一名法医精神病学家，曾在纽约贝尔维尤医院接受神经病学和精神病学培训，并为新泽西州法院系统提供顾问服务。在被起诉的第二天，麦高文向盖伦博士详细说明了他是如何开门的。当琼告诉他此行的目的时，他让她一起下楼，这样就可以拿钱给她了。她一定是不愿意或是反对了，因为他承认说他一把抓住了她，强行把她带到了楼下的卧室中。在那个时候，麦高文八十七岁且耳背的外祖母正在楼上看电视，而他的妈妈出去工作了。

我没有披露麦高文的案卷或医疗记录中的任何保密信息。我在此提到的所有评估和分析，都是从被告——上诉人"约瑟夫·麦高文诉新泽西州假释委员会"一案的上诉裁决书中摘录的。裁决是新泽西州高等法院于 2002 年 2 月 15 日作出。

正如麦高文告诉盖伦博士的：一旦进入卧室并"安全"地远离了街道，他就命令琼脱下衣服。虽然他说他"没有完成性交行为"，但他开始性兴奋起来，在距离琼只有几英寸处手淫并射精了，然后用手指侵犯了琼。他可能迫不及待地在她完全脱光衣服之前就这样做了，因为她的内裤上染满了鲜血。既然他说自己手指上有精液，我们就无法断定他是否"完成了性交行为"。但她阴道部位的血和受伤情况表明，她遭到了残忍的侵犯。

根据麦高文的描述，正是在这个时候，他开始意识到自己的冲动行为会带来的后果。"突然间，"他告诉盖伦博士，"我意识到我做了什么。如果我放过她的话，我的整个人生就玩完了。我所能想到的全部事情就是除掉她。"

作为一名调查人员，我不得不说，从犯罪学的角度来看，这个部分对我来讲是说得通的。在像这样的高压情境下，一个"聪明"的罪犯脑中往往只有一件事，那就是逍遥法外。很明显，麦高文就是这样。琼在第一次被扼颈后是否像祖吉布医生所推测的那样还活了那么长的一段时间，这是一个没有定论的问题。麦高文所实施的杀害琼的行为中哪一项才是致命一击，也没有定论。但他对当时情景的总体描述是可信的。根据他的供述笔录：

我抓住她，开始掐她的喉咙。我把她从床上拖下来，扔到我房间角落里的瓷砖地面上，那个地方没有铺地毯。她试图，你知道，尖叫，并反击。但她当然做不到，因为我用手掐住了她的喉咙。呃……她停止了挣扎，有点像躺在那儿一样。我穿好衣服。我一直大汗淋漓。我去了车库。我找到一些塑料袋把她装进去。[从车库回来后]，我看到她还在动，于是我又开始勒她，并不断地把她的头往地上撞。

　　我读着上述文字，并为与他交谈做着准备时，我在心里想：一两个小时以前，这个家伙正站在一间教室里，给高中生们讲授化学课。从那个 A 点到这个 B 点，中间发生了什么呢？

　　随着供述的进行，麦高文描述了他是如何把琼的尸体抬起来放进一个塑料垃圾袋里，然后用一个旧沙发套把垃圾袋裹起来，并用绳子绑好，运到车库，再把它放在他的汽车后备厢里的——就是琼在她家的前院里看到的那辆停在街角的"新车"。他用几件旧 T 恤衫尽可能地清理了她的血迹。然后他开了大约二十英里，把尸体弃置在哈里曼州立公园的那个斜坡上。从袋子里拿出尸体后，他把它放在岩壁下，再把塑料袋和沙发套扔进了一个路边的垃圾桶里。

　　回到希尔斯代尔后，他加入了邻居们寻找琼的行动。

　　"回到家里时，我感觉好多了，"他告诉盖伦博士，"我睡得很好。"

第三章　杀手的心思

　　弗兰克·米库尔斯基在琼遇害时是一名巡警。他在工作了四十二年后于 2006 年退休了。退休时他所担任的职位是希尔斯代尔的警察局长。

　　"这是该区发生过的最可怕的罪行，也是我脑海中至今仍历历在目的一宗罪行，"他对卑尔根的《记录报》说道，"这个人是个怪物。在一个孩子身上发生了那样的事情时，它就深深地铭刻在了社区的记忆中，而且永远不会消失。对于这儿的人来说，这就像是'珍珠港事件'或者'9·11 事件'……你会记得你当时在哪里以及在做什么。"

　　几乎每一个认识德·亚历山德罗或约瑟夫·麦高文的人都记得当听到这个消息时，他们在哪里以及正在做什么。

　　罗伯特·卡里略是一位数学老师，他和麦高文及另外一位老师一起开车上班。当听到琼失踪的消息时，他想到了麦高文。"消息传来时，我首先想到的是乔①。我想，*天啊，他就住在那里。我还在想他是否认识她，而不是他是否与此事有关。*"

　　在复活节星期日，卡里略带着妻子和女儿去皇后区看望他的母亲。那天晚上当听到消息时，他们正在回家的路上。"我们当时在布朗克斯高速公路上，他们在广播里宣布，已经抓住了杀害琼·德·亚历山德罗的嫌疑人，他是洛克兰县的一名高中理科教师，而且他们还报了他的名字。然后，我不得不把车停靠在路边。我整个人都不好了。"

杰克·梅斯奇诺和麦高文一起教化学。他和他的长期合作伙伴保罗·科勒蒂曾与麦高文和其他老师有过一些交往。"我记得当我们听到这件事的时候的情景,"科勒蒂回忆说,"当我们接到电话,挂了电话,就那样坐在那里,看着对方,然后说:'什么!'"

"是的,这太让人难以置信了,"梅斯奇诺表示同意,"他做了这样的事真的让人很震惊。"但接着他又说道:"从另一方面说,乔是个奇怪的家伙。他真的是。回想起来,你会想到很多事情。另一件让我印象深刻的事是乔的幽默。这里有一个很大的分歧。他觉得好笑和有趣的事情,一般人不会笑,也不能认同。很怪异。"

"乔总是带着一套钥匙到处走——比任何一个人可能需要的钥匙都多。只有上帝知道这些钥匙都是用来干嘛的。乔主动承担起来的一件事就是在放学后检查教室的门。大家都知道,他实际上会向上级告发一些同事没有锁教室门的事。这并非他的职责范围。他不承担任何行政管理的责任。他唯一想讨好的人就是管理层。"

"他多多少少被看成是一个对上层溜须拍马的人,"卡里略说,"另外,我还记得当加入新泽西州的花花公子俱乐部成为一件时髦事时,乔是该俱乐部的金卡会员。他特意把他的金卡给办公室里的每个人看。这类事情,也就是寻求别人的赞同或认可,对他很重要。"

我们问卡里略,麦高文是否受学生欢迎。"我想是的,"他回答说,"他是那种试图与学生们友好相处的老师。他力争让孩子们喜欢他。"

不过,事情也并不总是这样。马克和我后来从一些他的女学生那里得知,她们在他身边时感到不舒服。一位妇女,现在已经六十出头了,她回忆说,在一个化学实验室里,她曾问麦高文先生如何处理她

① 乔是"约瑟夫"的昵称。——译者

用不上了的一只玻璃烧杯。麦高文从她手里夺过这只烧杯并扔到地板上，玻璃摔得粉碎，满房间都是，但他没有对自己的这一举动作出任何解释。

其他学生对麦高文也有类似的想法。其中一位女学生在社交媒体上分享了她的故事："曾经，我想是在1971年我读高三的时候，我的化学老师是麦高文。我被他吓坏了，于是我去了学校的办公室，要求不上他的课。"

在琼遇害的这一周，塔潘泽高中正在放春假。但在接下来的那个星期一，当假期结束恢复上课的时候，学校里弥漫着一种让人震惊的沉默。

"回到学校感觉很怪异，"卡里略说，"每个人都知道这件事，但没人真正多谈此事。学生们可能在彼此之间谈论过这件事，但比任何人都震惊的是教职员工们。教育委员会通过一次非常秘密的会议开除了（麦高文），但没有把这个消息公布出来。"

卡里略和尤金·巴格里里，另一位和他一起与麦高文拼车的老师谈到了这件事。"回头看，你会想到一些事情，"卡里略说，"但即使是以一种很外围的方式来触碰这件事情，也太可怕了，因此人们都会尽力对这件事情避而不谈。"

对杰克·梅斯奇诺来说，情况甚至更糟。"回到学校真是太可怕了，"他回忆道，"我们是共同授课的，然后突然间，我们的学生成了我的学生。我永远不会忘记头几节课。我甚至要花五到十分钟的时间才能鼓起勇气向学生们讲话。我们都坐在那里，面面相觑，不知道该怎么处理这件事。我们都惊呆了。"

在接下来被羁押于哈肯萨克卑尔根县监狱的几个星期里，约瑟夫·麦高文将接受更多的心理测试。1973年5月10日，盖伦博士与麦高文谈话之后的两个多星期后，心理学家伊曼纽尔·费舍尔博士对他做了测验。他发现麦高文具有一种"极度不稳定、紧张和歇斯底里的个性。这种个性倾向于以非常暴烈的方式来表达情绪和冲动。尽管他是一个非常聪明的人，但理性控制力非常弱"。

费舍尔博士特别提到，他"压抑、回避、升华和理智化了大量潜在的、无意识的敌意"。而且，尽管他把自己描述成"一个非常正派、传统、顺从的人，但他这种夸大了的正派、传统和顺从，构成了他的防御性虚假外表。这种外表既是做给自己看的，也是做给别人看的，为的是对抗潜在的、他自己并未意识到的抑郁与敌意。"

不到一个月后的 6 月 6 日，盖伦博士基于他与麦高文的交谈提交了一份精神状况报告。他说，麦高文"有着觉得小女孩对他具有性吸引力的确凿历史。这一点，再加上有一个强势的、过度保护的母亲这一显而易见的情况，使得他在把性对象正常调整为成年女性时面临一些严重的问题"。

盖伦提到了麦高文对他的供述：在过去的一年左右，麦高文发现自己会被小女孩性唤起，并特别提到了他十二岁的表妹。他说他会在手淫时幻想强奸的场景。基于这一点，这位精神病学家总结道："小女孩不会对他那相当不稳固的男子汉气概构成威胁。"

亚伯拉罕·埃弗龙博士在 10 月份提交了一份更进一步的神经精神病学报告。这份报告确认了那些麦高文已告诉盖伦博士的有关"与小女孩发生性关系的幻想"，并进一步补充说，麦高文在十九岁做营地辅导员时，当一个小女孩坐在他的大腿上，他就被性唤起了。

埃弗龙博士还访谈了麦高文的母亲吉娜维芙，她在谋杀发生时并不在家。她说，她那位在约瑟夫上大学时因心脏病发作去世的丈夫，"（和她比起来），和孩子更亲近，经常带他出去玩"。在乔完成大学学业后，他重新搬回家里和母亲及外祖母一起住。

埃弗龙的报告里说：

他没有把他的真实感受表现出来。他把他复杂真实自我的许多方面、他的真实认同以及相关情感上的困难都掩盖起来了。他试图掩盖他在真正建立起自己男子气概方面的无能。他每次接近异性都会感到紧张。这种被动状态会产生焦虑，而焦虑反过来又会进一步助长被动状态，并使其更紧张，这种情况必须以完全丧失自控力或通过性释放才能得以消解。

他试图通过理智化且过度地把他的原始冲动暂时搁置起来的方法，来克制住一种潜在的精神极度紧张。但是，正如在过去以及在最近悲剧性地出现的那样，他可能会再次付诸行动。

关于暴力罪犯是天生的还是后天形成的，即所谓的天性与养育的问题，大家一直争论不休。我认为，虽然没有冲动、愤怒和/或虐待狂的天生倾向的人不会因为不良的成长环境而演变成一个暴力罪犯，但毫无疑问的是，在我看来，拥有这种天生倾向的人在长大成人的过程中会因为受到负面影响的推动而走上犯罪的道路。

事实上，埃德·肯珀就是这样一个人。

埃德蒙·埃米尔·肯珀三世是在我产生了和凶手们对话的这个想法后，鲍勃和我进行的第一个监狱访谈对象。但唯一的问题是，我们当时并没有真的搞明白我们在做些什么。

作为联邦调查局的特工，我们在询问证人和审问犯罪嫌疑人方面接受了很多训练。但这两套技能都不能真正让我们为监狱面谈做好足够的准备。调查性会谈是同一个或多个可能掌握了实施该罪行的罪犯相关信息的人进行的一种会谈。我们试图尽可能多地找出对如下问题的回答：谁、做了什么、何时、何地、为什么以及如何做的。我们并不会向对待犯罪嫌疑人那样对待一个调查性会谈的对象。

另一方面，审问则是对一宗罪行的潜在犯罪嫌疑人的盘问。那个人有权被告知其合法权利，且无论如何，这种告知不得违反正当程序的规则。这往往更像是审问者的一种"展示和讲述"①，在这个过程中，审问者会告知犯罪嫌疑人或向其展示表明其与犯罪有关的确凿的司法证据。审问的时候关注的不是罪犯是否会配合，而是该如何让犯罪嫌疑人合作并供述自己的罪行。

这些方法都不适合用在我们的监狱面谈上。特工和暴力罪犯之间的互动需要是非正式化的，而不是过于刻意安排好的。我们要寻找的并不是案件的事实（这一点业已确定），而是去发现动机、犯罪前和犯罪后的行为、受害者的选择过程，以及为什么这个大问题，而且我们得表现得不那么强势、不那么有指向性、不那么有诱导性——这与我们在审问犯罪嫌疑人时所做的正好相反。

这听起来似乎有些不可思议，监狱会谈还必须得感觉"自然"——就只是几个人自由交谈、交换一下信息而已。

既然身在加州，我们决定先去寻找本地"客户"。一位在那儿工作的特工，他是鲍勃以前的学生，同意充当我们与州监狱系统的联络人。拥有巨人般身材的埃德·肯珀，身高六英尺九英寸，体重三百磅，被判多个无期徒刑，正在位于瓦卡维尔的加利福尼亚医疗所服刑。瓦卡维尔位于萨克拉门托市和旧金山市之间。肯珀因 1972 年至 1973 年间在加州大学圣克鲁兹分校及其周边地区犯下一系列谋杀案而被世人所知，并被冠以"女生杀手"之名。

在进行访谈之前，我们已经事先了解了他那些可怖犯罪记录的所有细节。这是我们整个流程中的标准内容，这样我们就不会被犯下这种罪行的人误导或欺骗。我们想知道的不是事实，而是像肯珀这样的家伙在策划和实施其犯罪时的想法和感受。我们想知道他们的动机是什么，他们使用了什么样的技术，以及事后他们又是如何看待每次的

---

① 在美国，show and tell 本来指的是小学生们自带物品到课堂上展示并就此展开讨论的一种小学课堂练习形式。——译者

攻击行为或谋杀行为。我们想知道犯罪的念头是如何以及从哪里开始的，犯罪中最能让他们在情感上得到满足的部分是什么，对受害者的折磨以及受害者的痛苦对他们而言是否重要的组成部分。换句话说：成功实施犯罪这一"事实性"因素和背后的"情感性"因素之间的区别是什么。

肯珀出生于 1948 年，在加利福尼亚州伯班克一个破碎的家庭中长大。家里有两个妹妹，父亲叫埃德，母亲叫克拉内尔。他的父母经常打架，最终分居。在小时候，埃德①就常常将家里养的猫肢解，并与妹妹苏珊玩死亡游戏。克拉内尔把他送去父亲那里居住，然后他离家出走了。于是，她又把他送到祖父母那里去住。祖父母住在加利福尼亚州西艾拉山山脚丘陵地带的一个偏僻农场里。

有一天，祖母莫德叫他留下来帮她做家务活，而不是陪爷爷埃德去田里。十四岁且身形高大的他用一把 .22 口径步枪向莫德开枪，然后用菜刀连捅了她好几刀。当爷爷埃德回到家时，男孩也向爷爷开了枪。这让他因为精神失常犯罪被送进了阿塔斯卡德罗州立医院。直到二十一岁时，在州精神病学家的反对下，他离开了医院，被安排给克拉内尔监护。

肯珀平静地坐在监狱会面室里，带我们回顾了他的童年。母亲担心他会骚扰妹妹们，所以让他睡在地下室一个没有窗户的房间里。这让他感到害怕，也让他对母亲和妹妹们心怀怨恨。正是在那个时候，他开始残害那些猫。他说起了自己离开阿塔斯卡德罗后接二连三地打零工的情况，谈到了刚开始办学的加州大学圣克鲁兹分校一个叫克拉内尔的、广受学生欢迎和喜爱的女秘书；但这个女秘书告诉他说，他与在那里就读的漂亮女生们永远也不会是一路人。他还说起了自己有让漂亮女子搭便车的习惯（而他因为被监禁，在成长过程中错过了这

---

① 这里的埃德指的是埃德·肯珀，肯珀家祖孙三代的名字都叫埃德。——译者

些漂亮女子），以及这种习惯最终如何演变成绑架和谋杀的。他告诉我们他是如何把尸体带回母亲的房子，与她们发生性关系，然后肢解她们，并最终扔掉尸体。他的受害者诚然遭受了可怕的痛苦，但他并不像许多连环杀手那样是受到施虐癖的驱使。他告诉我们他所做的——这样的表述我在之前或此后都不曾听说过——是"把她们从她们的身体里赶出去"，这样他就可以（至少在她们死后）暂时地拥有她们。

然后他讲述了他是如何在做了这些事情的两年后，终于于复活节的周末鼓足了勇气，在母亲睡着的时候走进她的卧室，用羊角锤把她打死。然后，他把她的头切了下来，强奸了她的尸体，割下她的喉头，把它扔进了水槽中的垃圾处理器里。但当他打开开关时，垃圾处理器卡住了，那个血淋淋的喉头朝他飞了过来。他认为这预示着母亲永远也不会停止对他大吼大叫。

他给母亲的一个朋友打电话，邀请她来家里吃晚饭。当她到达的时候，他用棍棒打她，然后勒死了她，并砍下了她的头。他把她的尸体放在他的床上，而他自己则睡在母亲的床上。在复活节的星期天早上，他开车出门，漫无目的地兜风，直到来到科罗拉多州普韦布洛的郊外。他在一个电话亭前停了下来，给圣克鲁兹警察局打了个电话，费了好大劲才让他们相信他就是那个"女生杀手"。然后他等着被警方带走。

肯珀自恋又孤独，他想直入主题，有时我不得不叫他停下来，因为我们有一些具体的问题要问他。我们在访谈过程中使用了一台便携录音机，并记笔记。这是个失误。我们后来意识到，因为我们对访谈进行了录音，被访谈对象对我们失去了一定程度的信任。这些家伙天生多疑，但在监狱里，他们多疑是有充分理由的。有人担心我们会把录音分享给监狱的主管当局，或者担心一个囚犯与联邦调查局官员谈话的事会被公众所知悉。几乎是出于同样的原因，记笔记也不是个好主意。被访谈对象希望我们能把所有的注意力都集中在他身上。

尽管存在这些需要调整改进的地方，第一次谈话的大部分内容依然使我们获得了非常重要的洞见，这也许是最重要的。它从一开始就证明了，在理解是什么东西驱使这些男人从事反社会行为时，先天因素还是后天因素这个问题是多么重要。这个问题开始全方位地渗透到我对杀手的每一次访谈中，对约瑟夫·麦高文的访谈也大致如此。

虽然麦高文在成长过程中并没有遭受像埃德·肯珀那样的情感创伤，但他那专横、控制欲极强的母亲显然对他的成长产生了深远影响。他是一位二十七岁且拥有理学硕士学位的智商很高的教师，但他住在母亲的地下室里，在情感上仍然依赖母亲。他无力对抗母亲。作为一个成熟的成年人还被迫和母亲生活在一起，这无疑对他的自我形象，以及如我后来所发现的，对一个无辜的小女孩的生活，产生了影响。

1974 年 6 月 19 日，在卑尔根县的法庭上，在陪审团已就绪的情况下，麦高文和他的律师决定放弃审判环节，直接承认犯下一级谋杀重罪。从他的角度来看，我认为这可能是一个明智的决定。鉴于案件的事实情况以及他罪行的确凿无疑，我无法想象陪审团在宣判时会对他抱有任何同情或做出什么宽大处理。

11 月 4 日，新泽西州高等法院法官莫里斯·马莱赫判处他终身监禁，只有在坐牢十四年后才可考虑假释。麦高文多次试图让他的律师对这一判决提出上诉，但所有尝试都失败了。

接下来的那个月，麦高文在位于阿韦内尔的新泽西州成人诊断和治疗中心接受了另一位精神病学家尤金·雷维奇博士的检查。雷维奇博士接受过精神病学和神经病学的双重训练，是罗格斯大学罗伯特·伍德·约翰逊医学院的临床教授，最早一批有关性侵犯和谋杀的论文就是他发表的。

麦高文再次承认了他在大学期间曾因为性挫败和焦虑而产生过强奸的幻想。在听完了麦高文的叙述，并在他服用及未服用安米妥钠（所谓的"吐真剂"①）两种情况下均对他进行了测验之后，这位精神科学家发现除了情感的程度上有一点不同之外，服药前后没有任何差别。这位科学家说琼的凶杀案"不是一种冷血的谋杀，而是一种在极度的情绪混乱和压力下所犯下的罪行。这起杀人事件是因早泄而引起的焦虑感和失败感所导致的一个结果"。雷维奇博士也提到麦高文有"通过对否认机制的使用而实现某种程度的解离②"的现象。

虽然我在一些强奸案中见到强奸犯因为早泄，或未能实现或保持勃起转而杀害被害人的现象，但往往这种强奸犯是两种特定类型的强奸犯——愤怒报复型强奸犯（anger-retaliatory rapist）和剥削型强奸犯（exploitative rapist）。这些人的受害者往往是成年女性，如果早泄或类似的尴尬场景导致受害者的嘲笑反应或使得强奸犯颜面尽失，那么情况就会变得很可怕。考虑到该案的受害者是个孩子，我很确信琼这个案子不是这种情况。但真正让我感到纳闷的是雷维奇博士的如下结论：

> 我们认为，这样的事件在这样的人一生中只会发生一次。引发这样的事件需要一系列的条件。如果那天那个女孩没有去他家，又或者，如果他有两块钱而不是只有一块钱和一张二十美元

---

① "吐真剂"指被认为可以让人说真话的化学药品，"Truth Serum"这个词是美国妇产科医生罗伯特·豪斯发明的。1920年，罗伯特·豪斯发现在注射麻醉剂东莨菪碱后，患者会进入一种特殊的镇静状态，然后会在无意识状态下如实地回答问题，因而他将具有这类效果的药物统称为"吐真剂"。——译者

② 否认（denial）和解离（dissociation）均属于心理学精神分析流派里的心理防御机制。否认，指不是把已发生的痛苦与不快有目的地"忘却"，而是把它加以"否定"，从而避免心理上的不安与痛苦，就像它们根本不存在一样。解离，指把部分事实从意识境界中加以隔离，不让自己认识到，以免引起精神上的不愉快。——译者

的钞票，这件事就不会发生，至少暂时不会发生。

显然，如果琼没有出现在麦高文家并按了门铃，犯罪就不会发生。她是一个悲惨时机的牺牲品。除此之外，根据我自己从对罪犯心理的研究中得出的心得，我不确定自己在多大程度上能同意各种精神诊断报告的结论。

哪个评估更接近真相呢：是埃弗龙博士认为的"他可能会再次付诸行动"，还是雷维奇博士所做出的"这样的事件在这样的人一生中只会发生一次"的结论？

在亲自和麦高文谈过话之前，我将不做判断。

第四章 后遗症

如果说有哪个词是谋杀案受害者的家人们深恶痛绝的，那就是结案（closure）。媒体、公众、好心的朋友们，甚至司法系统本身，都常常觉得，这就是所有伤心欲绝的至亲至爱之人所追求的，这样他们才能"把这件事抛诸脑后，然后继续生活下去"。

但是任何一个"经历过"谋杀的人都知道没有所谓"结案"这样的事。事实上也不可能有这样的事。哀悼的过程会经历好几个阶段，最终，痛苦会变得不那么剧烈，不那么令人难以忍受，但它永远也不会消失。受害者的离去会给一个人的世界留下空空如也的洞，这个洞终其一生都无法得到修补。

女童子军寄了一张慰问卡。除此之外，再没有任何政府人员试图联系过这家人。

罗斯玛丽说，"在葬礼结束之后，当每个人都离开回到了他们自己的生活中去的时候"，那种空寂就真的来了。在那个时候，对她来说最重要的事是让弗兰基和玛丽的生活尽可能保持正常。"我确信玛丽留在女童子军是因为她想这么做，尽管我甚至只要一想到女童子军饼干就感到十分痛苦。我们待在同一所房子里，所以熟悉的东西仍然在那里，比如学校和朋友们，所以没有太多的变化需要我们去应对。我尽量不对他们过分保护。我继续让他们出门和玩耍，尽管我总是留意他们的下落。他们得有孩子应有的正常生活，我不想疑神疑鬼。"

她也不会把持续不断的、和他们妹妹的案子有关的消息屏蔽起来。"我会告诉他们两个发生了什么事,他们能从我这里听到相关的消息。我知道他们会听到一些东西,但我不想让他们在听到这种事情的时候感到很恐惧。我们会坐在卧室的地板上,谈论他们心里所想的任何事情。他们盼着进行这种交谈,他们知道他们不会被排除在这件事情之外。"罗斯玛丽和弗兰克多次带他们去墓地看望他们"在天堂的妹妹"。

罗斯玛丽开始慢慢接受这样一个事实:她的爱与痛是无法被截然分开的。"这些年来,我在内心深处一直感受着和琼的情感联结,"她说道,"这是一种我本不会去主动选择的情感联结,但它激励着我去做我要做的事。我发现这么做会带来一种平和。"

但这还不是罗斯玛丽所要面对的全部。在谋杀案发生七个月后,她深爱的父亲死于癌症。他一直对他的外孙女宠爱有加,他的悲伤从未停止过。

麦高文认罪的时候,罗斯玛丽旁听了这一过程。为了琼,她觉得她必须在那里。吉娜维芙·麦高文也在场。"当我走进法庭时,她冷冷地盯着我,这是我这一生中所见过的最冷漠的眼神。那是我第一次见到她。"

如果麦高文经历了庭审的话,那么罗斯玛丽就不会那么介怀了,因为这样一来真相就会被公之于众,什么也不会被隐瞒,包括琼到底遭遇了什么。但正如经常发生的那样,其他类型的消息开始慢慢传入她的耳中。其中最骇人听闻的一件事是,她通过一个朋友听说,吉娜维芙告诉一个教堂的熟人说她痛恨罗斯玛丽,因为如果不是她,乔就不会杀了琼并因此进监狱。

同时她自己的身体也持续带来挑战。当停下来思考这件事的时候,她发现第一个迹象好几年前就出现了,那时她十九岁,还在纽约。有一天她跑去追公共汽车。突然她觉得腿上的肌肉紧绷,然后就失去了力气。她不知道发生了什么，但因为这样的事没有再发生，她也就没有再多想。

几年后，当怀上玛丽的时候，她感到异常疲倦。她知道，这不是通常来说怀孕会导致的那种疲倦。

她试图想出策略和应对机制来处理这种无名的病痛。"我必须通过专注和决心来培养自己的力量。"

琼出生后，疲劳感变得更加明显，她不得不请人帮忙，一直到孩子六周大。持续的症状是含糊和波动的，似乎影响到她身体的各个部位。"随着时间的推移，情况越来越糟糕。一天之中，在下午的时候最严重。我知道我一定是得了什么病。"各个时期不变的是她会极度疲劳，而且她知道自己在任何一天的能量都是有限的，如果她把能量用完了，就会产生相应的后果。

她去看医生，但他们什么也没发现。或者，他们告诉她这是产后抑郁症的生理表现。或者是一种她最终能克服的病毒。但她并没有克服，而且"如果我不休息，我会经常被感染"。

直到琼死后一年，罗斯玛丽才最终得到一个明确的诊断。她住进了纽约西奈山医院，接受了一系列全面检查。那里的一位神经科医生断定她患有重症肌无力，这是一种由于神经和肌肉之间的正常通讯失灵所导致的神经肌肉性疾病。这是一种自身免疫性疾病，可能与胸腺异常有关，与一个人的遗传背景关系极小或没有关系。过去和现在都没有治愈的方法，治疗的重点是努力减轻症状。而这种病的症状除了严重的疲劳和虚弱外，还包括眼睑下垂、复视、说话含糊不清、咀嚼和吞咽困难，甚至呼吸困难。

她说："他们告诉我每一例重症肌无力都是不同的。如果我能调整自己的节奏，保持条理，那会好一点。"但她补充道，"我确实也会冒险，而且，那是我从生活中获得最大乐趣的时候。事实上，我觉得这会让我更加珍惜快乐的时刻，因为这种状况让（快乐的）体验变得如此深刻。"

在经历了一次流产之后，有两件令人高兴的事发生在 1980 年和 1982 年：迈克尔和约翰先后出生了。那时，弗兰基和玛丽已经十几岁了，所以这对罗斯玛丽和弗兰克来说，就像是有了第二代孩子似的。

但快乐并没有持续太久。弗兰克失业了，然后，他们的婚姻开始走向失败。"尽管他找到了另一份好工作，但他对我们的批评更多了，"罗斯玛丽说，"当约翰八岁的时候，我亲眼看到他打孩子，还有其他一些不好的行为。"支撑着罗斯玛丽面对所有这些考验的，是她的宗教信仰和对宗教的虔诚。"在我的信仰里，"她说道，"上帝总是我的心理医生。在琼的事情发生之后，我请上帝帮助我选择一种没有敌意的生活，来代替主张防范、保护以及要求公道的生活。"

九十年代初，大概在迈克尔十一岁、约翰九岁的时候，弗兰克搬到楼下去住了。罗斯玛丽知道这是走向一条单行道的一步。"我打算在 1993 年 9 月 7 日，琼的生日那天，离婚。"她说。

后来他们接到一个电话，又一次改变了她的生活。电话是卑尔根县检察院的副警长埃德·丹尼打来的，那天是 1993 年的 7 月 26 日。他说约瑟夫·麦高文正准备申请假释。这着实是一件让人震惊的事，因为罗斯玛丽并不知道良好的行为表现和工作上得到认可就可以削减六年的刑期。1987 年，麦高文的第一次假释申请被拒绝了，那是他第一次有资格申请假释。但看起来这次他的胜算会更大，因为他服刑的时间已经超过了他的最低刑期。

谋杀已经过去二十年了，罗斯玛丽想让琼重新回到公众的意识中。"这并不是沉湎于悲伤，而是不断发声，为把杀害她的凶手关在监狱里而斗争，并努力确保他不会每隔几年就提出假释。我想发起一场群众运动可能对我们所有人都有帮助。"

一位塔潘泽高中前啦啦队队长的母亲给罗斯玛丽打电话说，她的女儿觉得她曾在学校里被麦高文跟踪过，"如果他出狱的话，她会被吓呆的"。

罗斯玛丽知道，她必须为把麦高文关在监狱里付出努力。于是，她从与当地以及县里的政府官员、地区代表和社区合作组织一场静默抗议活动开始做起。这场活动于1993年9月30日在希尔斯代尔的退伍军人公园举行了。一千多名支持者参加了该活动。"我的离婚计划不得不根据律师的建议而做出改变，"她解释道，"焦点必须放在致力于让麦高文继续待在监狱里，不能因为离婚而让这件事复杂化。"

她有两个压倒性的理由建议把他继续关在监狱里：使惩罚至少在某种意义上与罪行的严重程度相称；以及，确保不会再有其他年幼的孩子像琼那样受到麦高文的伤害。罗斯玛丽明白，如果要让琼的死具有任何意义的话，如果要让她在圣周四的失踪和在复活节星期天的被发现有任何意义的话，她必须做点什么。"我传达的信息是很明确的。这是一场受琼、圣周四和耶稣受难节的启发而发起的旨在保护儿童、帮助社会的运动。这种信息就好像是上帝给她传递的。上帝赋予了人类自由意志，因此人类就不得不忍受孩子死于那些背弃了上帝价值观的人之手所带来的痛苦。

"那时我意识到这是我应该做的工作。并且，我认为这么做能使我与琼的灵魂更为接近。这就是运动开始的时候发生的事。我并没有就此得到家庭成员的积极支持——相反，得到的却是家人对我的辱骂，他们用武力威胁我，并向我发送骚扰邮件。上世纪九十年代末，迈克尔和约翰开始参与到这项运动中，但在此之前，我几乎是靠自己一个人。"

她开始大胆说出来。她开始组织活动。她领导了一个为期九个月的运动，目的是让公众意识到对儿童犯罪的罪犯的危险性以及他们应该被关在监狱里的原因。假释委员会听到了这样的声音，于是再次拒绝了麦高文的假释请求。同样重要的是，假释委员会审查了麦高文的案件，并把他转移到位于特伦顿①的安全级别最高的监狱里去了。监狱长认为他一开始就应该被送到那儿去。此外，假释委员会规定，他的下次关于假释的听证会必须过二十年才能召开，也即给他施加了一个二十年的未来资格期限（a future eligibility term，FET）。如果在狱中的行为和工作表现均良好的话，这一期限可以放宽至十二年，也就是他可于2005年再次获得申请假释的资格。

在1993年麦高文的假释请求被驳回后，罗斯玛丽并没有就此罢休。她发起了一场草根运动，组织家长和其他相关利益方为受害儿童集会及请愿争取正义。她写信、打电话、出现在电视和广播上并接受访谈。无论她去哪，都会分发绿色小蝴蝶结，而绿色是琼最喜欢的颜色。

罗斯玛丽花了三年时间来做这种基本上是全天候的游说活动。1997年4月3日，新泽西州州长克里斯汀·托德·惠特曼签署了后来被称为"琼法案"（Joan's Law）的法令。卑尔根县监狱外，惠特曼州长坐在明亮的阳光下，衣服的翻领上戴着纪念琼的绿色蝴蝶结。罗斯玛丽、弗兰克、迈克尔和约翰站在她的身旁，四周环绕着警察、侦探、协助地方治安官办案的警官以及州议员，他们都支持旨在使这项法案得以通过的运动。

"琼法案"修正了新泽西州的刑法，规定任何在实施性侵犯时谋杀了十四岁以下儿童的人，如果罪名成立，将被判处终身监禁并不得假释。

罗斯玛丽走上讲台，感谢州长以及这项法案的倡议者和支持者们。"也许这能阻止犯罪，我们希望能如此。"她说。然后她举起琼的照片说："她，是我们应该感谢的人。琼的精神永存。她想让你们多一些欢笑。她希望你们能更积极。"

---

① 特伦顿是美国新泽西州的首府。——译者

第二年，也就是 1998 年 10 月 30 日，总统比尔·克林顿签署了一份联邦版本的"琼法案"。六年后的 2004 年 9 月 15 日，纽约州州长乔治·帕塔基前往琼的尸体发现地哈里曼州立公园，为他所在的纽约州签署了一项"琼法案"。罗斯玛丽没法到场观看签字仪式，只是在床上听着电话。正是在床上，她打了很多电话与人们联系，让这项法案得以通过。

　　具有讽刺意味的是，不会受到"琼法案"影响的一个服刑犯，正是杀害琼的凶手约瑟夫·麦高文。他是在法案列入法典之前被判刑的，而法律不能溯及既往。因此，根据上诉法院的指示，新泽西州假释委员会和罗斯玛丽·德·亚历山德罗为下一次听证会做好准备。

　　在 1993 年驳回假释的决定下达后不久，麦高文对直到 2005 年才允许他举行假释听证会的裁决提出了上诉。上诉法院要求假释委员会提供额外的信息，然后维持了后者的裁决。在接下来的几年里，麦高文上诉了三次，每次庭审德·亚历山德罗一家人都去了。对于他们而言，做出关于被害人所受影响的陈述是一个艰难的历程，但罗斯玛丽觉得她必须尽可能真实地向假释委员会还原琼和他们自己所遭受的折磨。

　　1998 年 5 月，法院裁定假释委员会将假释的限制定得过高。它指出，假释委员会的成员不应考虑他是否已被成功改造，只需要考虑是否有充分理由相信他如果获释会犯下另一项暴力罪行即可。换句话说：他是否仍具有社会危害性？

　　而我就是在这个时候插手这个案子的。

第五章　心理专家的话

案卷显示，在麦高文被监禁的前十五年里，除了盖伦博士、埃弗龙博士和雷维奇博士在 1974 年对他所做的初始心理评估外，他还做了至少八次心理评估，而上文提到的上诉法院的判决也确认了这一点。在这十五年的时间里，麦高文似乎是一个近乎模范的囚犯，没有惹麻烦上身，也没有在其他囚犯间挑事。

前几次的心理评估都很简略，主要依赖于自我陈述。在我看来，对被监禁的重刑犯进行这种形式的评估是有问题的。当我们大多数人去看医生时，无论是因为生理上还是精神上的问题，我们的目标是被治愈或得到帮助，所以说实话绝对符合我们的最大利益。

但是这种逻辑并不总是适用于监狱。一方面，重刑犯并不是自愿去看精神科医生或心理学家的，而是依据法律的规定被强制这么做的。另一方面，就重刑犯而言，这种会面并不是为了帮助他"变得更好"，而是为了评估他的行为、被改造得如何以及潜在的危险性。因此，最符合他利益的不是说真话，而是从最有利的角度来描述自己。

从阿塔斯卡德罗获释后，法院要求埃德·肯珀必须时不时去见一位州精神病学家。就在这样一次去见州精神病学家的途中，他的车后备厢里就放着最新的一位受害者，一个十五岁女孩的头颅。而就在那次面谈中，精神病学家得出结论说，他不再会对自己或他人构成威胁，并建议封存他的青少年犯罪记录。这就是我不相信个人报告的原因。

　　然而，麦高文在被监禁期间的精神健康档案也近乎如此。生成于1987年1月、1988年10月和1991年9月的三份个人报告显示，麦高文已承认了他的罪行，并且看起来他对犯下的罪行感到悔恨。三份报告都建议可以予以假释。但另一方面，麦高文从来没有主动联系过罗斯玛丽或任何琼的家人，或者试图向后者表达悔恨。

　　1993年10月7日，成人诊断和治疗中心的首席临床心理学家肯尼斯·麦克尼尔博士会见了麦高文。他是应新泽西州假释委员会的要求来的。具体而言，假释委员会希望评估罪犯的"（1）将暴力付诸行动的可能性；（2）一般人格特征；（3）存在/不存在若干心理问题；以及（4）治疗方案建议"。

　　麦克尼尔博士的发现描绘了一幅完全不同的图景，不仅与之前的三份报告不同，而且与盖伦博士、埃弗龙博士和雷维奇博士所做的初始报告也出入很大。据麦克尼尔博士说，麦高文否认了他"在犯罪之前或之后对儿童有任何性幻想或性行为的历史"。

　　麦克尼尔的报告说，虽然

　　　　麦高文先生同时否认了他有任何解离性的症状。但是，他在讨论其犯罪行为的过程中有几个瞬间是值得注意的。在这几个瞬间里他出现了断片和在谈及罪行时把视线移开的情形，这正暗示了一个解离的过程。

　　　　麦高文先生在充分认识其罪行中明显存在的性异常的偏离程度以及其暴力的严重程度方面几乎没有取得任何进展。不幸的是，他似乎继续主要通过否认和压抑来处理自己的这些负面的东西，这与他在犯罪时的状况是相似的。

与之前的三份报告一样，麦克尼尔发现"没有证据表明麦高文先生有采取暴力行为的紧迫风险"，但他闪烁其词地补充道，"在一个非结构化的社区环境里，他处理愤怒、拒绝和性能力不足的感觉的能力仍然会是一个问题"。

　　总之，对我而言，这些报告凸显了我们对于人类想法和动机的理解是变幻莫测的，甚至它们与大脑的关系也是难以预测的。有时，我们可以看到一种精神症状，并可以将其与大脑或神经系统的生理问题直接联系起来，但大多数时候我们做不到这一点。或者，更进一步，有时我们会说，某个特别残忍的、反社会的或触犯法律的行为是精神疾病或情绪障碍的结果。在其他情况下，我们会说肇事者本身并没有罹患精神疾病，而是有"性格障碍"，因此他需要对他所做的事情负有更大的责任。但是精神疾病和性格障碍的区别是什么呢？研读DSM①的精神科医生可以从定义的角度给我们一个回答，但它真的能告诉我们区别是什么吗？

　　我和我的同事们在从事行为科学领域的犯罪分析时，秉持的一个前提是，任何犯下暴力或捕食性罪行的人在精神上都有问题。这几乎是事实，因为"正常"的人不会犯下这样的罪行。但是，精神障碍（mental disorder）本身并不意味着犯罪者是*精神失常*（*insane*）的，精神失常是一个与是否需要承担法律责任有关的法律上的术语，而不是一个医学术语。

　　多年来，有很多人试图给精神失常（insanity）下定义，但他们都会以某种方式回到"姆纳格敦规则"（M'Naghten Rule）上去。该规则是在1843年丹尼尔·姆纳格敦企图刺杀英国首相罗伯特·皮尔

---

① DSM 是 *The Diagnostic and Statistical Manual of Mental Disorders*（《精神障碍诊断和统计手册》）的简称。DSM 由美国心理学会（American Psychiatric Association，APA）出版，目前已经出了第五版，即 *DSM - V*，该指导手册在美国及其他一些国家中被广泛应用于临床以诊断精神疾病。——译者

爵士之后，由英国法院制定的。姆纳格敦在皮尔位于伦敦的住所外对着皮尔近距离射击，结果却杀死了首相的私人秘书爱德华·德拉蒙德。姆纳格敦患有被害妄想症，故因精神失常被判无罪。此后，经过种种解释和变动，英美法庭对精神错乱的基本法律检测标准是，被告是否能分清是非，或者，是否在一种极其强烈的妄想或难以抵抗的冲动下行事以至于抹煞了是非之分。

也许我们所知道的一位最近似于真正精神失常的捕食者是已故的理查德·特伦顿·蔡斯，他坚信他需要喝女人的血才能活下去。当他因精神失常犯罪而被关进精神病院、不再能获得人血时，他会去抓兔子，给它们放血，然后把它们的血液注入他的手臂。当他能捉到小鸟时，他会把它们的头咬下来喝它们的血。这不是一个乐于对比他弱小的生物施加痛苦和剥夺其生命的施虐狂。这是一个彻头彻尾的精神病患者，而不是一个普通的反社会罪犯。他三十岁时在牢房里以过量服用他攒下来的抗抑郁药物的方式自杀了。

不过，像理查德·特伦顿·蔡斯这样的杀手并不多，这种对精神失常和精神疾病的区分的模糊性使得我们对杀手进行访谈这个项目的早期目标之一得以凸显。光是对话本身是不够的。我们知道，要想真正有用，我们必须找到一种方法来系统化我们的结果：找出两者之间可以被更广泛应用的区别，这样就能有一套能拓展至单独个案之外的术语。早在1980年，我们研究性犯罪和人际暴力的专家罗伊·海兹伍德就曾与我合作，一起为《联邦调查局执法简报》（*FBI Law Enforcement Bulletin*）撰写了一篇关于色情谋杀的文章。这是我们第一次没有借用心理学领域的行话，而是使用了一系列我们认为对犯罪调查人员更实用的术语。我们引入了例如*有组织的*（*organized*）、*无组织的*（*disorganized*）和*混合的*（*mixed*）这样的概念来描述犯罪现场的行为表现。

罗伊让我和安·伯吉斯博士联系，他们此前一起做过研究。安是一位备受推崇的作家、波士顿学院的精神病心理健康护理教授以及宾夕法尼亚大学护理学院的教授，还是波士顿卫生和医院部的护理研究副主任。与罗伊一样，她是美国国内研究强奸及其心理影响的主要权威之一。她最近在波士顿学院完成了一个有关如何准确预测男性心脏病发作的研究项目，她认为这项研究也需要进行"逆向工程"，与我们的访谈行动之间有着有趣的相似之处。

安最终获得了美国国家司法研究所的一笔大额拨款，这使得我们可以开展一项彻底而缜密的研究并将结果发表出来。鲍勃·雷斯勒管理着这笔拨款，并承担了与国家司法研究所联络的工作。深思熟虑之后，我们制定了一份五十七页的文件，每次与罪犯面谈之后都要填写，我们把这份文件叫做"评估调查表"（the Assessment Protocol）。除了其他一些要素之外，评估调查表所涉及的内容有作案手法、犯罪现场描述、被害人研究、犯罪前和犯罪后的行为以及他们（罪犯）是如何被发现和被抓住的。既然我们已经认定，无论是对面谈进行录音还是当场记笔记都不是一个好主意，因此每次访谈一结束，我们就立即用受访者自己所说的话来填写访谈文件，能想起多少就写多少。

1983 年，当我们正式完成项目时，已对三十六位罪犯及其一百一十八名受害者（主要是女性）进行了深入的研究。至此，我们在行为科学组已经积攒了足够的经验和水平，可以正式地提供（犯罪）画像和案例咨询服务。鲍勃·雷斯勒和罗伊·海兹伍德继续他们的教学和研究工作，并在其他职责允许的情况下兼职咨询。我成了第一个全职的专业犯罪画像师和刑事犯罪画像项目经理，并最终创建了一个新的组。我的当务之急是要"把行为科学和犯罪画像里的水分给挤掉"。我把我们的小组改名为调查支持组（the Investigative Support Unit），首字母缩写是 ISU。这个组涉及的课程包括犯罪画像分析、纵火、爆炸、高级警察培训项目（the Police Executive Fellowship Program）、VICAP——全国暴力罪犯逮捕计划，这个计划会记录和比较不同司法管辖区之间的案件——以及与包括烟酒枪械管理局及特勤局在内的其他联邦执法机构之间的合作。

我们知道并试图向执法人员表明，对于某些类型的犯罪，我们的刑事调查方法是有用的，而对某些类型的犯罪则没用。例如，一个普通的偷偷摸摸进行的抢劫或重罪谋杀——一种以迅速获利为唯一动机的机会犯罪——不适合进行犯罪画像或行为分析。它的场景太过常见，会有太多人符合犯罪画像，因而用处不大。然而，即使在那样的情况下，我们也可以提出一些更积极的技巧来帮助破案。

另一方面，如果犯罪者的精神状况越趋于病态（这一点可以通过对犯罪行为进行分析而得以证实），那么我们在犯罪画像和帮助找到罪犯方面就能做得越多。但我们必须能够开展我们的分析，并在既能运用心理学同时又能有效破案的前提下，与当地的调查人员进行探讨。

1988 年，鲍勃·雷斯勒、安·伯吉斯和我以出书的形式公开发表了我们的发现与结论，这本书的题目是《性谋杀：模式和动机》。学术界和执法界的反响都很好。但我们仍在朝着这样一个目标努力，即执法专业人员能如同精神卫生专业人士使用第五版《精神障碍诊断和统计手册》（DSM‐V）那样使用我们的探索和研究，并觉得切实有用。

我们开始意识到，要真正搞清楚一个未知的对象（用我们的说法是"无名罪犯"），你必须了解他为什么以及如何犯下了特定类型的罪行。同样的道理，你可以根据动机而不是简单地根据后果或结果来对犯罪进行分类。这是我正在写的博士学位论文中需要处理的挑战：对训练执法人员就凶杀案件进行分类的各种方法进行评估。换言之，我试图证明这一点：对犯罪的行为动力学的分析能真正有助于破案。

最终的结果是，根据我的学位论文研究并在吸纳了联邦调查局和执法部门的一些最优秀人才的想法之后，我们于 1992 年出版了《犯罪分类手册》。该手册作者除了我，还有安·伯吉斯、她的丈夫艾伦·伯吉斯和鲍勃·雷斯勒。在《犯罪分类手册》首次出版的时候，我们已经成功进行了一系列的犯罪画像分析，包括亚特兰大系列儿童谋杀案、亚瑟·肖克罗斯在纽约州罗切斯特犯下的谋杀妓女案、纽约市的弗朗西娜·埃尔维森谋杀案、旧金山的路边杀手案，以及在伊利诺伊州谋杀了卡拉·布朗、在佐治亚州谋杀了琳达·多佛、在南卡罗来纳州谋杀了夏利·费伊·史密斯和在得克萨斯州谋杀了联邦调查局雇员唐娜·林恩·维特的系列谋杀案。此外，我们还通过运用犯罪画像和行为科学帮助释放了被错误定罪的大卫·瓦斯奎兹，一个在弗吉尼亚州坐牢的智障人士。虽然他在被胁迫的情况下供认了几起杀人罪行，但我们能够把这些罪行与真正的凶手蒂莫西·斯宾塞联系起来，后者后来被审判并被依法处决。

回过头来看，像"姆纳格敦规则"这样的精神失常的辩护是我和安、艾伦·伯吉斯以及鲍勃·雷斯勒着手创建《犯罪分类手册》的主要原因之一。从刑事调查的角度来看，某些东西是疾病、障碍还是两者皆非对我们来说其实没那么要紧。我们感兴趣的是行为是如何揭示犯罪意图和犯罪实施的，以及此种行为是如何与犯罪行为人在实施犯罪之前、犯罪期间以及犯罪之后的*思想（thinking）*联系起来的。而此种行为是否已经不正常到妨碍定罪的程度（考虑到从法律上讲，每一起犯罪都是由两个要素组成的——违法行为和犯罪意图），则是陪审团和法官需要考虑的事情。

但这些关于麦高文精神状态的报告让我对它们在决定他是否应该被假释上所起的作用感到更加不安。如果你有了已确定无疑地预示着有些东西很不对劲的严重身体症状，然后你被四个不同的医生检查过，但每个医生都给出了不同的诊断，那么你就会严重质疑他们诊断的准确性。毫无疑问，你会要求进行一系列的检查来确定到底得了什么病，直到血液检测、内分泌和影像学研究确认了你生病的具体原因，你才会放下心来。

然而在大多数情况下，没有这样的检查来确认精神诊断的正确性。我们知道症状——在这起案子中，一名七岁小女孩被残忍地强奸和谋杀了——但我们无法证实其原因。所以，我最关心的是我们如何准确地预测未来的危险性。这就好比医生说他不能证明是什么导致了一种疾病，但他最感兴趣的是它是否会复发。换句话说，我们只能推测，只能提供一个估计或一种意见。但我总是从同一个前提出发，这也是我在联邦调查局这么多年一直在教导的：*过去的行为是未来行为的最佳预测*。

1998 年，在麦克尼尔博士第一次对麦高文做了心理评估的五年之后，在假释委员会的再次要求下，他又对麦高文做了一次评估。麦高文再次否认了他早前承认过的强奸幻想和受到小女孩的性吸引，他把谋杀归咎于一些事件的不良影响。用麦克尼尔的话来说："受害者碰巧在他处于一个极端绝望的时刻来到他的家里。在那个时候，他已经几个星期都一直在积极地计划杀死他自己，但未能贯彻他的自杀计划。"当琼出现在他的前门时，"他被无法解释的愤怒淹没了"。

当读着这些报告并为自己与约瑟夫·麦高文的会面做准备的时候，这篇最新的报告里有一个东西特别触动我：一个极端绝望的时刻，在那个时候，他已经几个星期都一直在积极地计划杀死他自己。

我不确定他是否曾一直计划自杀，但是自从我介入这个案子，开始了解细节的那一刻起，我的第一个问题就是：为什么是这个受害者，以及为什么会在那个时候发生？

即使在性方面他受到小女孩的吸引，即使他对自己的男子气概没有信心，即使他是受到专横的母亲的压制，在这个特殊的时刻，他脑子里到底在想什么，导致他在自己的房子里，犯下了袭击并杀害一个邻居孩子的高风险罪行呢？

麦克尼尔医生告诉假释委员会，他认为他最新的评估与先前的评估大体一致，不过在后来的这份报告中，他指出麦高文"在愤怒的时候有解离的倾向，也有可能有严重的性病态，包括恋童癖和性暴力，这一点麦高文一直予以否认"。他还说，麦高文有"偏执倾向和严重的暴力潜质"，而且，鉴于"麦高文先生一直无法处理其罪行中的性的方面，看来他在对抗激发其犯罪的恋童癖冲动和性虐待方面进展甚微。因此，让他获得假释是存在风险的"。

好吧，我对自己说。那么，尽管麦克尼尔博士认为他的两份报告大体上是一致的，同时这个人在监狱里没有严重的问题，虽然他曾说他认为"没有证据表明麦高文先生有实施暴力行为的紧迫风险"，他现在却看到了"严重的暴力潜质"。

那么，这个叫麦高文的家伙到底是怎么回事呢？如果我探究得足够深入的话，他会向我露出他的庐山真面目吗？

第六章　红色的怒火与白色的怒火

从外面看起来，位于特伦顿的新泽西州监狱和你所能想象得到的安全级别最高的地方一样：厚厚的棕灰色墙壁，上面有卷曲尖利的铁丝网。在墙角和高大的墙面之间，都矗立着装有大玻璃墙的守卫塔。守卫塔的后面可以看到简朴而实用的建筑群斜顶。即使是监狱较新的一座坚固红砖建筑，看起来也阴沉沉的，像堡垒一样，狭小的窗户清楚地勾勒出自由和监禁之间的界限。

那天早上，在狱警的见证下，我宣誓成为一名警官，并得到一个贴了照片的工作证，上面写着我是新泽西州假释委员会的代表。我穿着传统的深色西装来显示权威。

即使对像我这样的人来说，穿过这类场所的外门，并经过层层关卡，最终来到典狱长的办公室，也不禁产生了但丁在假想的地狱之门上看到"入此地者，请弃绝一切的希望"时那种感觉。

在进入监狱和麦高文谈话之前，我设定了一些参数。我相信，根据之前的经验，这些参数将有助于访谈取得成功。

我想要的环境是那种还算舒适且不具有威慑性的。在一个戒备森严的监狱里，这可不是一件容易的事，因为这里的整个环境都令人生畏，而且是故意如此设计的。然而，在这样的背景下，我需要一个能让受访者最有可能打开话匣子的地方。我建议找一个房间，里面只放上一张桌子和两张舒服的椅子。至于照明，我偏爱只开一盏台灯——

不开顶灯，这有助于使背景变得柔和放松。

这一点非常重要，因为在一个戒备极其森严的环境中，囚犯几乎没有人身自由，而我却想让他体会到尽可能多的精神自由——在某种意义上，也就是把他的一些能量交还给他。然后你必须在他面前不断地证明你自己，不仅是在了解案卷和犯罪方面证明，而且还要在你的非言语暗示方面证明。当大卫·伯克维茨被带进纽约阿提卡教改所的一间无窗会见室时——大约有八英尺宽十英尺长，墙面涂着一种暗淡的灰漆——令我印象深刻的是，当我在做开场白的时候，他那双深蓝色的眼睛在我和鲍勃·雷斯勒之间扫来扫去。他正试图读懂我们的表情，并判断我们是否坦诚。我告诉他我们正在进行的研究，并告诉他这项研究的目的是帮助执法部门解决未来的案件，并可能有助于对表现出暴力倾向的儿童进行干预。

根据前期研究，我早就预料到他是一个信心不足的人。于是，我拿出一份报道有他所犯罪行的报纸，说："大卫，在堪萨斯州的威奇托，有一个自称'BTK 勒人魔'（the BTK Strangler）的杀手，他在写给媒体和警察的信中提到了你。他希望能像你一样强大。"

伯克维茨向后靠在了椅子上，把自己调整到一个更舒服的姿势，然后说："你想知道些什么？"

"一切。"我说，然后访谈就从这里开始了。

在特伦顿的监狱里，我告诉典狱长，我不想对访谈的时间设限，也不想被吃饭或监狱清点人数的活动打扰。我们已经提前安排好了，一旦访谈结束，就会给麦高文提供吃食，如果他因为访谈而错过了正式用餐时间的话。

访谈室大概十四平方英尺大。门是铁的，上面有一扇十二英寸宽十八英寸长的金属网加固窗户。透过这扇窗户，警卫能查看我们的情况。墙壁由煤渣砖砌成，并刷成了青灰色。屋子里有一张小桌子和两把舒服的椅子。就如我所要求的，唯一的光源是桌上的一盏台灯。

对于自己会被带到哪里去以及为什么会被带去，麦高文事先并不知情。他是被两名警卫带到访谈室里来的。陪我一起来监狱的假释委员会主席安德鲁·康索沃向麦高文介绍我的时候，把我说成是约翰·道格拉斯医生。他说我能代表假释委员会。我只有在想创造出一种类似于临床的情境时，才会使用"医生"这个尊称。我让警卫们在离开之前把他的手铐打开，然后就把我们两人单独留在房间里。

麦高文和我都是五十来岁，而且我们两个人的身高都大概是六英尺二英寸。我读到过对他教书时期的外形描述，说他个头挺大，但肌肉并不发达。现在，在监狱里服刑多年后，他的身体看起来很结实、肌肉发达。再加上他的胡子已经灰白了，明显不再是一个教科学的年轻高中老师了。

与访谈有关的一切都是精心安排好的。我要面对着访谈室的门，而他则面对着墙壁。这样做有两个目的。我不希望他分心，并且，既然我还不是那么了解他，不是很确定他会如何反应，所以我希望能清楚地看到门上的窗户以及窗户后面的警卫。我对于座位的安排常常取决于所访谈犯人的类型。比如说，如果访谈的是杀人犯，我通常不得不让他们面朝着窗户或门，因为这类犯人往往疑惧心很重，如果访谈让他们觉得焦虑不安、无法在精神上有所逃避的话，他们就无法集中注意力了。

这一次，我坐下来的位置让我在整个访谈过程中都需要稍稍抬起头看着他。我想给他一种略胜我一筹的心理上的优越感。这是和鲍勃·雷斯勒在圣昆廷对查尔斯·曼森进行访谈时，我从鲍勃那里学到的一个技巧。让我惊讶的是，曼森身高仅有五英尺二英寸，那么矮、那么瘦。

曼森一走进圣昆廷主牢房区的那间小小的会议室（我和雷斯勒就是在那里访谈他的），就爬上放在桌子前面的一把椅子的椅背，这样他可以从一个更高的位置上来对我们逞威风，就像他过去坐在一块大石头上向他的信徒"家庭"布道一样，这能给他带来一种天生的、《圣经》式的权威感。随着访谈的进行，有一点变得十分明确，那就是，这个矮小、瘦干干的男人，这个十六岁妓女的私生子，这个由在宗教上十分狂热的姑妈和惯于贬抑别人的虐待狂叔叔抚养长大的人（他的叔叔有时把他打扮成一个女孩并且称他为"娘娘腔"），这个在教养院和少年管教所进进出出，在因抢劫、伪造文件和拉皮条而数度出入监狱的街头混混，已经发展出了一种独特的魅力和能力。他可以把自己"推销"给那些与社会格格不入的人，那些就像他一样迷失、一样多余的人。作为一个曾盯着那双锐利眼睛的人，我可以向你保证，曼森的天赋，他那诱人的光环，是真实的，就像他那妄想的自命不凡一样真实。

我们从访谈中了解到，曼森并不是一个手段高明的罪犯。他是一个手段高明的操控者，而且是为了生存下来才发展出这种技能的。他不像我遇到的其他许多罪犯那样沉溺于折磨（他人）或谋杀的幻想无法自拔。他所幻想的是像一个摇滚明星那样富有和出名，他甚至还设法和"海滩男孩"（The Beach Boys）① 乐队交往了一段时间。

像我们访谈过的其他惯犯一样，曼森的很大一部分成长时期是在机构（教养所、监狱）里度过的。他告诉我们，他不仅受到过同室其他囚犯的殴打，还受到过教导员和警卫的袭击。这种经历让他觉得，弱者或没有判断力的人是可以被利用的。

他 1967 年从牢里出来的时候三十二岁，那时他有超过其年龄一半的时间都是在某种机构里待着或者是处于被拘禁的状态。他一路向北，来到了旧金山，然后发现社会已经大变样了。他靠着自己的聪明

---

① "海滩男孩"（The Beach Boys）是一支来自美国加州的著名摇滚乐队，主打冲浪摇滚音乐，代表作有《宠物之声》《岂不更好》等。——译者

才智加入到性、毒品以及摇滚乐的文化之中，并且有能力免费获得这一切。他的音乐才能和悦耳的嗓音吸引了大批追随者。不久之后，他来到了洛杉矶一带，并发展出一大批"信众"。

听了他的介绍之后，我们意识到他的追随者之所以在洛杉矶犯下那些可怕的谋杀案，并不是因为曼森对他们施加了什么催眠式的控制——虽然曼森确实这么做了——而是因为他失去了对这些人的控制，特别是当其他人，尤其是他的副手查尔斯·"特克斯"·沃森开始挑战他并独自带队去闯江湖的时候。曼森一直预言社会将陷入"慌慌张张"（Helter Skelter）①，这是他从"甲壳虫"乐队的白色专辑（White Album）中挑选出来的一支曲子。当发现追随者们把他的话当真，并因此谋杀了怀孕九个月的美女电影明星莎伦·泰特和她的四位客人时，他不得不重申自己的权威，而这又导致两个晚上后发生了一次破门而入的谋杀案。这次谋杀案是曼森煽动的，但他本人并未亲自参与其中。

我们从对曼森的访谈中学到的东西，后来被联邦调查局用来对付那些富有魅力和操纵力的领袖们创办的邪教，例如圭亚那的吉姆·琼斯牧师领导的"人民圣殿教"（Reverend Jim Jones's Peoples Temple）、得克萨斯州瓦科市的"大卫·科雷什和大卫教派"（David Koresh and the Branch Davidians），以及蒙大拿州的"自由民民兵运动"（the Freemen militia movement）。虽然结果并不总是如我们所愿，但去理解我们面前之人的性格，以试着去预测他们的行为，这一点是非常重要的。

我也通过和像亚瑟·布雷默以及詹姆斯·厄尔·雷这样的刺客打

---

① "Helter Skelter"是英国著名摇滚乐队 The Beatles（俗称"甲壳虫"乐队或"披头士"乐队）在 1968 年发行的专辑 The Beatles 中的一支歌曲，由保罗·麦卡特尼创作。在歌中，"甲壳虫"乐队有意制造出喧嚣、狂野、杂乱的声音。这首歌对之后重金属音乐的发展产生了深远影响。——译者

交道的过程体会到，不要长久地盯着他们看，因为这会让他们感到很不舒服，从而无法敞开心扉。从布雷默那里我们学习到的是目标远没有行动那么重要。布雷默曾跟踪过理查德·尼克松总统，然后得出结论说要接近总统太困难了，于是他把目光转向亚拉巴马州州长兼总统候选人乔治·华莱士。1972 年 5 月 15 日，当华莱士在马里兰州劳雷尔市的一个购物中心开展竞选活动时，布雷默对他开枪射击，导致他下身瘫痪。从雷那里，我们几乎一无所获。他太深陷于自己的偏执幻想之中了，以至于在刺杀马丁·路德·金博士这一罪行上公开放弃了自己的有罪供述，坚持说他不过是一场旨在杀害这位民权领袖的复杂阴谋里糊里糊涂的受骗者而已。

实话实说吧：任何这类的监狱访谈都是从互相引诱开始的。我诱使犯人相信我在那里的唯一目的就是帮助他脱身；他在那儿诱使我相信他应该被放出去。我们通常需要相当长的时间才能够摆脱开始时所设定的这种立场。随着伪装逐渐剥去，我们彼此是怎样的人就渐渐明晰起来了。我在这个案子中的角色看上去似乎是在帮助他想象一下假释那个大日子来临时的情形，并帮助他为这一天做好准备。这对我来说也并非全然虚假。我必须带着一个完全开放的心态进入这种访谈，并记住我的目标是要打开他大脑中的开关，从而揭示出他内在的想法和幻想。

一开始的两个小时主要用来谈一些无关紧要的琐事。这段时间是颇有必要的，可以创建出一种自然的谈话节奏，并能让谈话对象忘却环境，不再那么拘谨。我粗略地告诉他一些与我本人以及我的执法背景有关的事情，以建立起某种程度的信任。我问他监狱的环境怎样，问他在监狱里都做了些什么。让我感兴趣的一点是，他大部分时间都待在自己的牢房里，很少冒险到监狱的大操场上去，他说在那里他感到不舒服。这有些类似于他入狱前的生活：在学校里，他觉得更舒适，在那里他可以掌控局面；与之相对的是，在更大的社区里，他在社交上很笨拙，更容易受到伤害。

几年后，我看到了一封他写给一位女士的信的复印件，他与这位女士定期有通信往来。他在信中提到我没有记笔记这一事实，提到我把他卷宗里的细节都背下来了，而且还提到我在让他感到放松方面挺在行的。我的目的是把谈话引向我想谈的方向。他在信中"称赞"我倾听了他要说的话，而不是仅仅把事先准备好的问题清单过一遍，就像假释委员会的代表们通常所做的那样。在这一点上他说得对。我来这里就是为了通过倾听让他揭示他自己，从而从他身上学到一些东西。这是我唯一的主题。

渐渐地，我开始把他引到了罪行本身这个话题上。我一点也不作评判。我并不试图给他造成一种我在纵容他的行为的印象。我只是想尽我所能地真实客观，这样我们就可以重现他当时的思想过程。这些年来，他对精神科医生、心理学家和心理咨询师们给出了如此多不同的回答，我非常好奇自己是否能让他把这个故事原原本本地讲出来。

我是通过创造一个"这就是你的生活"式的叙述来实现这一点的。有必要给年轻人们解释一下，这是二十世纪五十年代当我还年轻时的一档电视节目。在这个节目里，主持人拉尔夫·爱德华兹会在著名嘉宾的家人或朋友的帮助下"诱使"其本人进入演播室，为观众讲述他或她的一生，中间穿插着他往昔岁月中所遇到的那些人的追忆片段。我引领着麦高文进入到 1973 年那个星期四的下午，让他来告诉我他到底是怎样的一个人。

我知道他在学校里以缺乏幽默感和不合群而出名，至少在教职员队伍中是这样。我也知道他在那个时候已经订婚，但是婚约最终落空了。如果是那个女人拒绝了他，那肯定会是一个突发的压力源。

虽然鲍勃·卡里略说麦高文不是一个很愿意表露自己情绪的人，但是他却有这样的印象，即"麦高文的内心堆积了很多的情绪"。麦高文从来没有提起过婚约落空的事，卡里略说他再也没有见过那位年轻的女士（即麦高文的未婚妻）。

"我有一次见到了他的女朋友，"杰克·梅斯奇诺说道，"我的天，她是我见过的最甜美、最漂亮的女人了。与麦高文相比，她身材十分娇小。"也许（她）对麦高文的母亲而言是一个威胁？虽然梅斯奇诺在当时就知道两人分手了，但他从来都不知道背后的原因，而麦高文亦对此讳莫如深。

麦高文的一些同事计划在复活节假期去加勒比地区旅行，但他们并未邀请麦高文。

我问梅斯奇诺，如果乔（即麦高文）也一起去了（加勒比）的话，会发生什么事呢？他透露说，本来是计划邀请麦高文的。

那么为什么最终没邀请他呢？梅斯奇诺说，麦高文无法让自己的生活有条理，也不懂如何进行各种的安排。这与他已经到了这个年纪还跟母亲和外祖母住在一起的这种情况是相当符合的，并且这肯定是导致他觉得自己生活中有持续的挫折感的原因之一。

当我说，"我想知道，用你自己的话说，二十五年前是什么情况？这一切是如何使你走到这一步的？"我有意回避了那些富有意味的或者描述性的词，例如杀死、侵犯或谋杀，我也没有把琼说成是他的"受害者"或者是一个孩子。"那个小女孩——琼——你认识她吗？"

"呃，我在家附近见过她。"麦高文答复道。他的情绪波澜不惊，带着一种就事论事的语调。

"她来你家是为了卖女童子军饼干么？"他说他认为是母亲从琼那里订了饼干。一则报纸新闻援引一位前 FBI 特工的话说，他们在房子里发现了超过一百盒女童子军饼干的空盒子。

"让我们从她来到门口的那一刻开始，"我说，"一步一步地，告诉我从那个时点开始发生了什么。"

就像是发生了一次蜕变一样。麦高文的整个行为举止完全变了，甚至连他的外表在我看来似乎也变了。

当他的眼睛越过我，直勾勾地盯着空空如也的空心砖墙壁时，他的眼神是茫然的。我能判断得出来，他正全然地看着自己的内心世界——回到了四分之一个世纪以前。我能感觉到他已经一下子回到了那个一直在他脑海里盘旋的故事中去了。

前门是敞开着的，门外是和煦的春天。麦高文说，从这栋二层住宅的一楼处隔着纱门看出去，他看到琼正站在楼梯平台上。她说她是来送两盒女童子军饼干的，要收两元钱。他想让她下楼到他住的那一层去，以远离正在楼上睡觉或看电视的外祖母。

这就是为什么他说他只有一张面值二十美元和一张面值一美元的钞票，不得不去找找零钱的缘故——目的是让她和他一起到楼下去。关于因为没有正好数量的零钱而感到尴尬的故事，不过是胡扯，其目的就是为了给精神科医生一些无关紧要的信息。

这就是我希望在访谈时发生的事。我在同其他性罪犯打交道时也有类似的经历：一旦你能启动他们的开关，他们就不会闭上嘴巴。当雷斯勒和我在对蒙特·瑞塞尔做访谈时，他回忆起当他开车回到位于弗吉尼亚州亚历山德里亚市的公寓大楼停车场时，看到一个女人正要下车，于是他用枪指着她把她逼到了一个僻静之处。之后，她试图逃跑。他追着她进了一处溪谷，并抓住了她。然后他生动地描述了把她的头撞向岩石，并把她的头摁进小溪流水里的场景，仿佛他正在观看一场电影。

我的目标是打开麦高文大脑中录下的这场凶杀案的"DVD"。在坐了二十五年牢之后，麦高文回忆着那个星期四下午的每一个细节。这就像让一个朋友谈论他看过的一部绝妙电影。但在这个场景里，麦高文是编剧、制片人、导演和男主角。他实现了几乎每一个罪犯都有的三个愿望：操纵、支配和控制。

在没有直视我的情况下，他说起了他诱使琼进入地下室和他的卧室，命令她脱掉衣服，然后对她进行了性侵犯的情景。

我问他是否强奸了她。只是用了手指，他坚持说。

那么精液是怎么进入的？那是射精后留在手指上的，他说。

在一种专注和兴奋的状态下，他毫无悔意地描述了自己是如何抓住她的脚踝，把她甩来甩去，并把她的头撞到地板上，使她的头骨断裂。他的描述和他之前对警探和精神科医生所说的相距不远。他甚至从来没有假装出某种同情心，而我之前访谈的其他犯人则会那样做。让我印象深刻的并不是他说的那些事实，而是他所具有的明显的意向性（intentionality）。

外面热得要命，但是访谈室里却冷得不得了。事实上，当我坐在那里的时候，尽管穿着一套毛料的衣服，我依旧尽量让自己不要发抖。而另一方面，麦高文却开始大量出汗，这和他所说的他在攻击了（琼）之后的情形是一样的。在一种恍惚的状态中，他把目光从我身上移开，重重地喘着气，他的囚服被汗水浸透了。我能看到他的胸肌在颤抖。

我立刻想起了之前在盖伦博士的初次报告中读到的那句引语：在麦高文殴打并勒死琼之后，"她停止了挣扎，有点像躺在那儿一样。我穿好衣服。我一直大汗淋漓"。在他的头脑以及身体里，他都回到了彼时彼地。

"掐死一个人挺困难的，不是吗？"我问道，"即使是一个年纪很小的人。"

"是的，"他欣然同意，"我没意识到会需要那么大的力气。"

"那么，你做了些什么呢？"

"嗯，我转过身来到她的身后。"我把这句话理解为他转过身来，到了她的头趴在地上的地方。

"你勒了她多久？"

"直到我认为她已经死了。"

"然后，你又做了些什么？"

"我出去拿了些袋子好把她给塞进去，并把她的衣服也放进去。当我回来的时候，发现她在抽搐。"

请注意，这不是一种由一时无法控制的熊熊怒火所造成的闪电战式的攻击。他并没有突然清醒过来，对自己说，*哦，我的天呐！我都做了什么？* 当他看到她还在抽搐时，他唯一的想法就是再次掐死她，以确保她最终死去。这就好像他又谋杀了她一次一样。

我记得在整个描述过程中，唯一一次麦高文看着我的时候，是当他说"约翰，当我听到敲门声，抬头透过纱门看到站在外面的人时，我就知道我会杀了她"的时候。

"我能感觉到两种不同的愤怒，"他接着说，"红色的怒火困扰着我，但我可以把我的头转过去，集中注意力，控制住它，就像有人在交通堵塞时超我的道或我在学校与人发生冲突时一样。但我无法控制白色的怒火。"

"那就是当琼来到你家的时候你所感觉到的吗？"

"是的，"他说，"没错。"我们仍然四目相对。

所以他是在白色的怒火熊熊燃烧的时候杀了琼。他甚至给它（愤怒）起了一个名字，这个事实告诉我，他从前也经历过这样的愤怒，而且将来非常有可能还会经历同样的愤怒。但他没有在前门那就杀了她，不管他的心中蔓延着怎样的怒火。在那一刻，一个有条不紊的、关于要怎样把她带到他想去的地方以便做他想做的事的计划，立刻在脑海里形成了。

我指出了这一点，并对他说："你并不是一个精神病患者，尽管你试图摆脱。我看到的是相当合乎逻辑的理性的行为。"就此，他并没有和我争论。

至于精神病学上的论断，即"杀人行为是由于早泄而引起的一种额外的心烦意乱和失败感的结果"：又错了。这起谋杀案是如下这一系列因素综合作用的结果：扭曲的愤怒感、凌驾于另一个人之上的短暂权力所产生的性兴奋，以及不要给已然说不出口的罪行留下任何证人的非常现实的考虑。

他在与盖伦博士面谈时也同样承认了这一点。他说："如果我放过她的话，我的整个人生都玩完了。我所能想到的全部事情就是除掉她。"我想知道在我之前是否曾有人花时间把麦高文的所有陈述串起来通盘考虑。

但我并没有把他的杀人行为简单地说成是一种仅仅是为了避免被发现和被抓获而采取的现实行动。这里不存在走得太远的问题。从麦高文描述这件事情的方式，我可以看出来，这一行为给他带来的快感和情感上的满足感贯穿在这一残忍谋杀的整个过程之中，让他好像获得了自己拥有摧毁某物或某人的能力的感觉。

有那么一刻，我问他："如果我能在你做这件事的时候拍下关于你面部的一个'视频图像'，它会是怎样的？"

他很主动地将他的脸扭曲成一种强烈的、带着极大的邪恶满足感的样子。

甚至他描述尸体处理的方式都是合乎逻辑和有条理的，而不是惊慌失措或草草了事那种。他拿了一些毛巾和清洁材料来擦去血迹，试图把这些潜在的法医证据给消除掉，以免他母亲看到，以防警察查证。他把尸体包在一块毯子里，开车走了好一段路，来到一个他熟悉的地方把它给扔了。然后他回到家里，装作什么也没发生过似的。他还参加了寻找琼的行动，以便掩盖自己的罪行。

大多数的囚犯都知道面试官出具的好报告会给他们带来一些好处，因此会在某种程度上试图装傻乱说。麦高文没有这样做。我想那是因为我已经做好了充分的准备，而他也足够聪明，明白这行不通。他同意和我谈话的目的是为了提高他获得假释的机会，他知道如果撒谎被我抓个现行的话，假释就不可能了。我整个访谈方法的要点是让访谈对象"舒服"到足以让我知道他真正的想法和感受的地步。

令我吃惊的是，他甚至没有为自己所做的事或对琼的家人表达过任何意义上的悲伤。对于整件事的发生，他当然感到遗憾——我不是第一个听到这种情绪表达的人——但是，对于他从这个小女孩身上夺走了什么，以及所有爱她的人和所有进入她短暂生命的人，他没有一丝情绪上的体认。我得到的印象是，他认为既然不能让这个年轻女孩起死回生，那么他只能继续前进，而每个人都应该对此表示理解。谋杀对他来说只是生活中的一个事实，就好比他得了癌症或心脏病发作了，现在医生们正在确定他是否已经康复，可以出院并恢复正常生活了。

每一次暴力犯罪都是在两个或两个以上的人之间发生的。当罪犯和受害人之间发生了近距离的私人接触——而不是爆炸、投毒、纵火或狙杀行为——时，训练有素的犯罪分析员可以通过观察罪犯的行为获得大量信息，了解罪犯的实际想法，即使他说得很少或什么也不说。当听到约瑟夫·麦高文和琼·德·亚历山德罗之间那场致命遭遇的每一个细节时，我不仅关注暴力和性侵犯这些事实，而且关注这一犯罪行为所实施的具体方式。

我所关注的是行为本身，而不是受害者的个性或特殊性。我不怀疑麦高文有一定的恋童癖倾向，他在之前一些访谈中也提到了这种倾向。这与他缺乏社会成熟度和他那种根深蒂固的无能感是相匹配的。但他之前没有性犯罪记录，哪怕是轻微的性犯罪记录。档案中也没有提到警方在搜查时发现了什么儿童色情或儿童幻想作品。如果他曾经有过什么幻想的话，我想那种幻想是关于成年女人的。他唯一真正的幻想是对权力的幻想。

在他的叙述过程中，我开始明白，这起犯罪是一种愤怒之下的行为。这种愤怒从"红色"迅速升级为"白色"。它是由某种东西引发的，某种突发事件，只是这个时候我还无法确定那是什么。我的猜测是——这种猜测是基于他的生活状况，他订婚了但最终没有结婚，以及我对其他性罪犯的广泛了解而作出的——这种东西与他的母亲有关。尽管如此，我还是无法确定到底是什么引起了他的愤怒。

听麦高文说话的时候，我意识到引爆他的是一种行为，而不是受害者。所有以前访谈过他的人，如果他们想让他谈他的恋童癖，那他们就大错特错了。当他在描述自己对一名七岁女孩的强奸行为时，他既没有表现出什么强迫症的一面，也没有表现出获得了什么特别的愉悦感。而且，这个孩子毕竟是他在附近经常见到的。他以前从来没有试图专门去关注她，去和她交朋友，勾引她、引诱她。那种暴力、性堕落以及最后的谋杀，这些都是一种原始愤怒的外在表现。他不是在实践他脑海中的某种幻想，不是在实践一种性虐待的幻想。这个偶然闯入的受害者的一个显著特征是她身材矮小、易受伤害。如果麦高文看到的是一个能够和他好好争斗一番的人，他就不会犯罪。

麦高文从对过去的遐想之旅中慢慢回过神来。在描述犯罪细节时，他注意力很集中，浑身发抖。现在他很平静，不再出汗了。他重新经历了一场他曾参加并赢得的战斗，这场战斗与他生命中其他许多战斗不同。

我们谈到了他对枪支的喜爱，这是另一种明显的心理补偿。我问："如果你生气了，你带着 AK - 47 去购物中心，你会杀谁？"我不仅想知道他的回答，还想知道他是否会接受这个问题的潜在前提。"你会找谁？学校的孩子、老师、警察？"

"任何人。"他答道。

这个回答有重大意义。他不仅没有否认这种事情发生的可能性，而且基本上是在告诉我，他的愤怒是泛化的、不分青红皂白的。

我们开始讨论他假释出狱的可能性。我问："乔，你出去后打算去哪里？"我刻意用"出去后"，而不是"如果出去后"这种措辞。我想尽量给这次谈话保持一种积极态势，这样他就会对我袒露心扉。

他告诉我他要去纽约会见另一个以前的犯人，那是个电工，他答应给麦高文一份助手的工作。我告诉他，我在纽约长大，经常回纽约，当他发现那里的生活成本有多贵的时候，一定会感到震惊的。

他偷偷地回头瞥了一眼门，以确保警卫听不到我们的谈话。"约翰，"他压低声音说，"我有的是钱。"

"在这样的地方待了二十五年，你能有什么钱？"我说道，"在这里做车牌是不来钱的。"

他低声说，外祖母和母亲去世时，他从她们的人寿保险赔偿款以及出售房子的房款中得到了相当可观的一笔钱。他说那些钱存在州外的一家银行，有几十万美元。

"为什么存在那里？"我问。

他低声说："我不想让受害者的家人拿到钱。"

我心里想的是：这家伙真是冥顽不灵。他完全不关心他所伤害的人，不关心那些生活因他而永远改变了的人。

我当时说的是："你知道吗，你是个很聪明的人，乔，你把一切都安排好了。我想你在纽约会过得很好！"这对保持我与他的融洽关系是必要的，而且我也并非在说谎。我真的认为他是相当聪明、足智多谋的，他应该能够想出办法在一个像纽约这样生活节奏紧张的地方生存下来。我只是没说我对他的计划有多震惊。就像在进行高级别的商业交易谈判一样，你必须知道什么时候该说什么、什么时候闭嘴，尽管要做到这样确实挺难的。

后来我们了解到，一位调查员代表罗斯玛丽调查了吉娜维芙·麦高文的遗嘱以及资金去向。她在谋杀案发生后不久就卖掉了希尔斯代尔的房子，搬到了新泽西州的一幢别墅中。卖掉那所房子后，她和她的侄女在威斯康星州住了一段时间，然后去了一个共济会的护理中心生活。她于1992年4月去世。根据她的遗嘱设立了好几个信托基金，其中一个的受益人是她的那个侄女。

遗嘱是在威斯康星州认证的，因为那是吉娜维芙的居住地。调查员发现所有的资金都已经拨付出去了，没有任何余款可供德·亚历山德罗一家去追索了。显然，吉娜维芙早已为了应对任何直接向乔提出的索赔做好了安排，她在那些年通过不断地往外付款来保护自己的资产，使之不受因不当致人死亡诉讼引起的任何索赔的影响。她指示侄女照顾乔，给他所需要的一切，而不是把这笔钱交给他。当他告诉我这笔钱存在州外的时候，他所说的一定就是这个意思。

隐藏在这些安排背后的那种情绪，让我想起了吉娜维芙曾对教堂的熟人说，她讨厌罗斯玛丽，把她和乔的所有麻烦都归咎于这位受害者的母亲。自恋、边缘化和反社会性格的特征之一就是不愿意为任何事情承担个人责任，认为一切都是别人的错。

访谈结束时，已经过去了五六个小时了。我们俩都没吃过东西，也没离开去洗手间。但我那时对什么会引爆约瑟夫·麦高文有了更好的理解。他应该也感觉到了这一点，尽管他的角度与我的有所不同。在给女笔友的信中，麦高文对假释表示乐观，因为他认为他和我进行了一次很好的访谈，我理解了他。我确实理解了他，我是带着一种开放的心态走进来的，我所关心的不是他到底做了什么——那一切是无可争辩的——而是他是否仍然危险。他所犯的错误是把我的不加评判的态度和举止解释为同情或接受。

这就是几乎所有这些人都出错的地方——他们只能通过以自我为中心的情绪感知来理解别人。一切都是围绕他们的。他们无法理解的是，要让我对他们表现出真正的同情，实际上取决于他们对受害者是否表现出真正的同情。

当我们结束访谈时，我握着麦高文的手，感谢他和我交谈。我祝他好运，尽量不向他透露我对他的个人看法，也向他解释了我会对假释委员提出什么样的建议。

第七章 底线

第二天早上我去了新泽西州假释委员会。大多数假释决定都是由两三名成员做出的，但由于这是一个备受关注的案件，无论怎么决定都会引起争议，安德鲁·康索沃希望全体委员都在场。

我们在监狱的一个会议室见面。我想房间里大概有十到十二个人，包括法律、心理和警察人员。康索沃把我介绍给大家，并请我简要介绍了一下我在分析和调查方面的背景。我讲述了联邦调查局行为科学和特征分析项目的起源，并解释说我的博士项目是教警官和侦探如何对暴力犯罪进行分类。

我告诉他们，我尽量客观地调查每一个案件，直到我去会见囚犯的前一天才会阅读所有的报告。

"我的基本理论、我的方法的基本前提，"我说，"就是要理解艺术家，你必须看艺术作品。"同样，我说道，要理解暴力罪犯，你必须去看他的罪行。

我决定从一开始就直言不讳。他们应该都知道我是干什么的。"我从来都不明白，"我接着说，"那些对缓刑、假释、判刑和治疗作出决定的人——如果你没有这些信息，如果你不明白这种信息告诉你的是什么，如果你不了解坐在你对面的那个人，如果你相信那个人说的是实话，那么你只能依靠囚犯的自我报告，那你的双眼就被完全蒙蔽了。"

例如，如果想评估一个被定罪的强奸犯，你需要回顾警方对受害者的访谈，了解他在袭击过程中所做和所说的，以理解他到底是五种不同强奸犯类型中的哪一种。如果他还把受害人给杀了，这显然告诉了你很多你需要知道的事情。

　　会议开始前，康索沃告诉我，委员会中的不少成员都倾向于从恋童癖的角度看待这个案件。如果麦高文获得假释，他应该被列为性侵犯者吗？

　　我对委员会说，"我很好奇我们是不是在看一个传统类型的猥亵儿童者、一个恋童癖者，看看这是不是一个'选择型'的罪犯，也就是要寻找一个特定类型受害者的那种罪犯，还是一个'情境型'的罪犯？我所说的这个词的意思是，任何正好遭遇到这类罪犯的人都有可能成为受害者，所以我们要做的是评估犯罪者的风险水平和受害者的风险水平。"

　　"就受害者而言，孩子在家里和院子里都处于低风险，到社区中就处于中等风险之中了，再到踏进她从未去过的那所房子，就陷入高风险之中了。"

　　对于犯罪者来说，他的行为本身给他带来的风险很低。毫无疑问，他能对一个七岁的孩子做他想做的任何事情。但他被发现的风险很高。犯罪发生在罪犯和受害人的社区，如果受害人活着，受害人可以辨认出他，而且有理由确定受害人的父母或其他人会知道她去了哪里。因此，罪犯应该会想到，对他进行调查只是时间问题。

　　为《性谋杀：模式和动机》和《犯罪分类手册》做研究时，我们开始把罪犯分成条理型、无条理型和混合型。我解释说，一个无条理型的罪犯犯下这种高风险的罪行有几个可能的原因，包括年轻和缺乏经验、因药物或酒精引起的判断或情绪失控，或者有精神缺陷。麦高文不是那种人。

　　这并不是说他那天早上一醒来就对自己说，我要等有人来敲门，然后我要杀了他/她。但这次犯罪，虽然明显是偶然的，但却是有条理的。它的行为展现出一种逻辑过程。这是很多人，甚至是执法人员都很难理解的一点：如果犯罪行为本身如此不合逻辑，那么实施过程又怎么能是有条理的？换言之，像约瑟夫·麦高文这样聪明、受过教育、值得尊敬的人，通过他作为公立学校教师的身份获得了社会的大量关注，怎么会采取这样一种行动来危害他所从事并看重的这一切呢？怎么可能这样？

但是它确实发生了，而且这种行为往往是被一种比理性思维所能想到的更为强大的东西触发的。在麦高文这个案子中，那个东西就是一种持续的、压倒性的无能感和卑微感，再加上某个具体因素所引起的一种难以压抑的愤怒，这种愤怒的情绪随时会爆发。

我解释说，在大约二十五岁到三十五岁之间，某些人——在这一点上男性尤甚于女性——意识到他们不会达到他们自认应该达到的水平。即使约瑟夫·麦高文有一份好工作，他也不得不面对这样一个事实：他仍然和母亲住在一起，并没有成为他想要成为的那个人。愤怒开始积聚，这种情绪不会消退下去；恰恰相反，当这些人认识到自己无法实现自己的目标和期望时，这种情绪会变得更加强烈。

这是一种因怒而生的罪行。性侵犯只是发泄这种怒气的一种武器而已。这种行为在他自己看来是合理的，至少他在当时是这么认为的。他认为自己的一切都是其他人的错。虽然麦高文不会用这种分析的方式来思考这个问题，但琼成了所有其他人的化身。对于一个有犯罪倾向、认为自己没有什么力量或对自己的生活没有什么控制力的人来说，通过杀人可以获得一种终极权力。在那短暂的一刻，或是他所能体会到这种权力的那段时间内，他终于控制住了身边的世界。我向假释委员会报告说，我的感觉是麦高文以前从未经历过这种感觉，当它爆发时，它是包罗万象的、催眠式的、超验的。

"他把她带到地下室的那个卧室。他让她脱光衣服。他早泄。他很兴奋，但不是因为他要实现他的梦想——和一个年轻女孩做爱。他是因为自己的力量而兴奋，因为他想杀人，而且马上就要杀人——这就是导致他性勃起的原因。当他失去了控制，不是失去对受害者的控制，而是失去了对自己勃起功能的控制时，他的愤怒就变得更加强烈了。"

另一个对许多人来说难以理解的概念是，一个罪犯可以被一些与性没有任何直接联系的东西引起性冲动。当我们访谈"山姆之子"杀手大卫·伯克维茨的时候，他告诉我们，当他过去放火，然后看着消防队到达现场的时候，他就会在那里手淫。对于这个无名小卒来说，控制强大力量的能力——火本身和消防队以及所有好奇的围观人群——是一种性行为。同样，他告诉我们，在疯狂的杀戮行为中，他会回到自己射杀年轻夫妇的地方，呼吸那里的空气，然后回家自慰，在脑海中重温他那些杀戮的威力。

丹尼斯·雷德，也就是"BTK勒人魔"，向我承认他喜欢开车从受害人的房子边经过。他认为那些房子就是给他的奖杯，并且会因为没有人知道他的秘密而感到自豪。他说，他尽量不去参加受害人的追悼会，不去受害人的坟墓，因为他害怕被监视。相反，他从报纸上剪下他们的讣告，一遍又一遍地读。事实上，杀人带来的这种力量感对这些杀手来说是极其诱人的。

委员会的一名委员指出，麦高文在先前的声明中说，琼按照他的命令脱下了自己的衣服，她在这段时间内没有以任何方式哭泣或抗议。

"我觉得很难相信，"我说，"我想她实际上并没有听从每一个命令，这意味着他失去了控制。"我无法想象这个年轻的女孩不会害怕和哭泣。我读了法医的报告，报告证明琼肯定存在某种挣扎行为。罗斯玛丽说过好几次，她女儿不会在受到攻击时逆来顺受。我强烈认为，麦高文之所以那么说，目的只是想尽量让他的罪行看来没有那么残酷。

虽然法医的报告认为琼遭受了实质性的强奸，但从我在访谈中收集到的信息来看，我相信麦高文只是通过手指"强奸"了她，这是导致她处女膜破裂的原因。

我提到了他先前提出的，当琼走过来卖饼干而他说自己没有零钱这一借口。"他没有零钱？这不过是为了掩盖他的犯罪动机。他只是在找理由。他从一开始就想杀人，不管他有没有零钱。至于任何医生说如果他有零钱就不会发生这种事，那太可笑了！"然后我就跟委员会讲了"红色愤怒"和"白色愤怒"的事情。

当我告诉委员会的委员们说他把钱藏在州外，以及一旦获得自由他的打算是什么时，他们更加惊讶了。我曾问过麦高文，在监狱中待了二十五年后，而且这些监狱大部分都是最高安全等级的监狱，他认为自己走到外面的世界中去情况会怎样。

"如果我能在这里生存，我可以在任何地方生存。"他回答说。但是，虽然没有人怀疑监狱生活的严酷，但我注意到的是，监狱生活与外面的生活大不相同。尽管监狱是一个可怕的地方，但它是一种受到严格控制、高度结构化的环境。麦高文一天吃三餐，有精神病药物治疗，还被持续地监控。在这种情况下，那些在外面的世界无法正常过活的暴力罪犯通常表现得很好。我告诉委员会，虽然你肯定不会考虑假释一个在监狱中总是制造麻烦的囚犯，但根据我的经验，一个囚犯很配合或说是一个模范囚犯这个事实，对预测他出狱之后到底有多危险这方面几乎没有任何价值。

我们谈到了那个康涅狄格州的修女，麦高文一直在和她通信，她提出要把他安置在一个重返社会训练所里面。我指出，他承认他希望在那里人们像在监狱里那样看着他，他不知道如果他没有足够的监控到底会发生什么。他再也不会被允许回去教书了，也很难与那些他认为智力低下的人交往，所以他需要一份独立的工作。这太难了。

麦高文曾告诉以前的心理保健医生，他记得看到他十二岁的表妹穿着一件短睡衣，注意到她纤细的阴毛从内裤里露出来，这让他很兴奋。但我说他也会被像拉奎尔·韦尔奇这样的电影明星或者任何其他穿着同样服装的成人美女所吸引。不同的是，他没有勇气像接近一个十二岁的女孩那样接近大明星。这比说他是一个恋童癖更能说明他的社会成熟程度到底处在什么样的水平。

　　"如果这是一个有预谋的性犯罪，"我说，"他会开车在附近或邻近的街区寻找一个他不认识的人，一个更难追踪的人。相反，他攻击第一个来到他家门口的脆弱的人。"我说我甚至不会把他归类为性犯罪。他不是喜欢小女孩，而只是喜欢支配和控制。

　　"我不认为他是一个典型的猥亵儿童者，"我说，"因为如果他出去了，如果他遇到任何障碍、任何坎坷或任何挫折，他不一定会再去骚扰另一个七岁的孩子。他的受害者可能会不同，但他的愤怒依然在那里。"

　　我想起了杰克·亨利·阿博特的案子。他是一个杀人惯犯，成年后大部分时间都在监狱里度过。当阿博特听说作家诺曼·梅勒正在写一本关于犹他州的加里·吉尔莫的书（吉尔莫是1976年最高法院恢复死刑后在美国被处死刑的第一人），他提出向梅勒提供关于监狱生活的现实描述。看到这些信件所表现出来的洞察力和原始的文学天赋之后，梅勒帮助这名罪犯出版了一本名为《野兽的肚子》的回忆录。这本书得到了积极的评价和大量的关注，并被梅勒和其他知名人士用来支持作为对阿博特实施假释的理由——一个在写作中表现出这种洞察力和敏感度的人，应该已经康复了。

　　尽管监狱官员心存疑虑，阿博特还是在1981年被假释了，并来到纽约生活。梅勒和他的家人努力为他找到工作，让他重新适应外面的生活。

　　获释六周后，阿博特在格林威治村的一家咖啡馆与两名妇女共进晚餐。起身去洗手间时，他和一位名叫理查德·阿德南的服务员发生了争执。理查德·阿德南是一位有抱负的演员和剧作家，那家咖啡馆是他岳父的。他们最后冲到了咖啡馆外面，阿博特在那里刺死了阿德南。

马克在著名作家梅勒的晚年成了他的朋友。梅勒告诉马克，整个阿博特事件是他一生中最大的遗憾之一。我明确提出我对麦高文案件也有类似的担忧：一旦发生了什么事，他的愤怒就又被激起来了。

听到这些之后，康索沃说："我们的责任是确定他的威胁程度。"他停了下来，看着我，问道："如果你是假释委员会成员，你会释放他吗？"

"不会，"我回答说，"我不知道他什么时候会犯罪。我不知道是一年、五年还是十年后。但当这种情况出现时，当生活给他带来了压力的时候——失去工作、被女人拒绝、被不希望他生活在其中的社会拒绝——他就可能再次实施猛烈的攻击行为。我把他的个性看作一颗定时炸弹，如果事情不按他的方式发展，随时都可能爆炸。"

我说起了他对我提出的当他带着 AK－47 去购物中心之后会做什么的那个假设性问题的回答。

"他根本无法应付压力。这就是为什么他在审讯中崩溃了。"

我指出，不一定需要一个惊天动地的情况才会促使他再次诉诸暴力。"比如，在超市排队时，有人在他前面插队？"一位委员这样问道。

"他可能会去停车场，在车里等着，"我说，"他会陷入焦虑、恐慌。为了克服这一点，他要做的就是振作起来，变得血脉偾张。然后他会回到店里和这个人对质，如果她表现得不够好，他就会爆发。"

我注意到，现在他年纪大了，他的作案手法可能会改变，他可能会转向其他类型的受害者。我经常看到这种情况。如果他决定以妓女为目标，那么在社交上的无能对他而言就不再会是个大问题了。他只需要一辆车。他只需要等着妓女接近他并开始和他攀谈，而不是主动去接近妓女。他所要做的一切就是让她上车。

我举了阿瑟·肖克罗斯的例子，他被称为"纽约州罗切斯特的吉纳西河杀手"。他杀了一男一女两个孩子。他被判处二十五年无期徒刑，十五年后因表现良好而被假释。然后他开始以妓女为目标，在被捕前谋杀了十二名妇女。细节变了，受害者也变了，但他的猎物仍然是脆弱的、容易接近的个体。我不想看到肖克罗斯的悲剧在这里重演。

"有压力、有危机的时候，你得一天二十四小时监视他。"

最后，我们转到了一个在这种情况下自然会出现的主题。"我知道你们在这件事上不需要解决罪犯回归正常生活的问题。"我说。

"你可以，我们不能。"康索沃澄清说。

我会的。"当你和这样的罪犯打交道时，绝不应该使用'回归正常生活'这个词。因为他从来没有过什么正常生活。怎么让他回归？能回归到什么样的正常生活中去？"

"那么，约翰，你看他现在和他刚入狱时有什么明显的不同吗？"康索沃问道。

"我看不出来。"我说。这是一种愤怒的犯罪、一种权力的犯罪。这种犯罪并不是为了性本身。正如我所注意到的，对于许多罪犯而言，一切都与操纵、支配和控制有关。

"他会为你摆出一副漂亮的面孔，但他就像一座冰山，你只能看到水面上百分之十的东西。你可能会看到他反应方式的变化，因为他很聪明，整个假释过程对他是一种教育。他知道你所有的测试。他知道你在找什么。"

"但是你所做的只是把他的身体放在冰上二十五年。你没有改变他头脑中对暴力的性反应。"

肖克罗斯也是如此。上世纪八十年代末，当我的小组被派来协助搜寻"吉纳西河杀手"时，画像师格雷格·麦克拉里做出了一个高度精确的画像并提出了高度精确的策略，成功协助逮住了肖克罗斯。格雷格搞错的一个因素是嫌疑人的年龄。他低估了大约十五年。那十五年的牢狱生涯对这个罪犯来说只是一种关押模式，他一被释放就恢复了以前的生活和态度。

"如果（麦高文）再次犯罪，很可能是针对身边的一个人或一群人。"我对委员会说，"底线是：我不希望这个人住在我的街区或社区。"

第八章 "实质的可能性"

　　我从约瑟夫·麦高文那里学到了很多东西，但仍然对分析中的一个因素不满意，还是有一块拼图缺失了。我确信一定是有突发的压力或煽动性的事件促使他杀死了一个无辜的孩子。这并不意味着有什么东西把他给突然引爆了，让他"决定"去强奸并杀害一个小女孩；也不意味着他的犯罪不是自发的行为，在这个行为中动机、手段和机会突然汇聚在一起，使得罪犯让自己那黑暗的、事先已有的某种欲望获得了满足。但我确信有什么东西"刺激"了他，使得他在那个时刻犯下了罪行。

　　是工作上的事吗？是和同事打架、是外遇还是被某个学生拒绝了？他一直不愿向我提起。是不是跟被未婚妻甩了有关？那肯定会引起一种愤怒之情。我有理由相信，他没有被同事们邀请一起去参加复活节假期旅行，这与他的罪行是有关的。但在研究了案卷并和他谈了很长一段时间后，我认为肯定发生过比这更为重大的事情。

　　我们一直希望监狱访谈是开放式的、天马行空的，因为你永远不知道哪一个因素或哪一类问题会带来有价值的东西。但在某些谋杀案和其他暴力犯罪案件中，有一个关键问题一直让调查人员困惑不解，解决了这个问题就将获得重要线索。

　　"连环杀手"一词指的是重复杀人且杀人行为有一定周期性的那种凶手。这类凶手在每次犯罪后都有一个"冷静"期。如果凶手没有被抓到就停止犯罪了，那几乎总是由于以下三个原因之一：他死了；他因为一个无关的罪行被捕并被关进监狱了；或者他并没有真正停止，只是转移到了另一个地区，执法部门还没有把他的新罪行与旧罪行联系起来而已。但是对于威奇托的"BTK 勒人魔"来说，每次犯罪之后都会间隔很长一段时间；然后我们会再次听到有关他的消息，要么是他犯下了一个新的凶杀案，要么是他给媒体或警方写了信来吹嘘之前的某次杀人罪行，还为这一罪行提供了相关证据。这些可怕的罪行给他带来的"声名"显然对他的自尊心是非常重要的，这使得我们无法理解他为什么会长时间地处在一种休眠状态之中。

堪萨斯州威奇托的"BTK 勒人魔"是我在联邦调查局工作早期时出现的。1974 年 1 月 15 日星期二，离十六岁生日还有两周的查理·奥特罗与他十四岁的弟弟丹尼和十三岁的妹妹卡门从学校走回家，发现他们的父母，三十四岁的朱莉和三十八岁的约瑟夫被人捆绑起来、塞住嘴，并被残忍地勒死和刺死了。当警察赶到现场时，他们发现了九岁的乔伊的尸体，手脚也被捆绑起来，侧躺在他和丹尼共用的那间卧室里，他是被勒死的。在地下室，他们发现了十一岁的乔西的尸体挂在头顶的一根管子上，双手被紧紧地绑在背后。和其他人一样，她也被绳子紧紧捆住了。她的嘴被毛巾堵住了。她穿着一件淡蓝色的 T 恤，内裤垂在脚踝上，一条腿上有一种黏性物质，看起来像是精液。凶手要么是在她即将死去的时候，要么是在她死后，对着她手淫过。

这是威奇托地区一系列残暴凶杀案的开始。这一连环凶杀案持续了十七年，让整个社区陷入了三十多年的恐慌，在这些年中至少十名受害者的生命被剥夺了。

奥特罗一家被杀死的十个月后，当地一家报社接到匿名电话，根据这个电话警方在图书馆的一本书里找到了一封嘲讽信。写信人声称他就是那起凶杀案的罪魁祸首，同时他还会进行更多的杀人行动，并接着说："对我来说，暗语就是：捆绑他们、折磨他们，然后杀了他们，也就是 B. T. K. ①，你们会看到他又这么做了。他会去找下一个受害者。"

这种对警方和媒体大肆吹嘘的信件交流一直持续着，对于这个凶手而言，这种对获得关注和声名的渴望，同残酷的凶杀行为本身似乎一样重要。

威奇托警察局让我做一个调查分析，那正是匡迪科行动分析项目开始加速推进的时候。在不明嫌犯实施第一次谋杀案十年后，我们与BTK 特别工作组成员进行了一次重大案情磋商。到这个案件最终破案时，我已经从联邦调查局退休十年之久了。无论是生理还是心理上，这种犯罪的残暴本质仍然困扰着参与调查的每个人。

他选择的攻击对象既有那种偶然性的目标，也有事先计划好的目标。他有时候会跟随自己漫无目的开车时见过的人，或是在市政执法过程中遇到的人——他的工作是处理草长得太高的草坪和流浪狗之类。奥特罗一家被杀后，他的受害者年龄从二十一岁的凯瑟琳·布莱特到六十二岁的多洛雷斯·戴维斯。他绝对是一副铁石心肠。他把二十四岁的雪莉·维安掐死在她的卧室里，而维安的孩子们则被他锁在浴室亲耳听着这一切。

但从调查的角度来看，该案最奇怪、最令人困惑的地方是犯罪行为在发生时间上没有什么规律性。1974 年发生了五起谋杀案，1977年发生了两起，1985 年和 1986 年各有一起，1991 年又发生了一起。即使 BTK 在那之后死了或者因为一个无关的罪行被关了起来，这也不能解释他在重新开始他那可怕罪行之前长达数年的时间间隔。对于一个如此热衷于吹嘘自己罪行并执着于要维护自己在媒体上恶名的连环杀手来说，这一点尤其令人觉得困惑。

---

① 即 Bind（捆绑）、Torture（折磨）、Kill（杀害）。——译者

BTK 是在 2005 年被抓的，也就是他最后一次行凶的十四年之后。他不满足于躺在自己的杀人"成就"之上，于是把电脑磁盘寄送到了当地的一家电视台。警方技术人员通过磁盘的元数据追踪到了当地一间教堂中名叫"丹尼斯"的用户。互联网搜索显示，丹尼斯·雷德是教会理事会主席，他的黑色切诺基吉普与一辆把信件留下然后离开的车辆外观相符。

他原来是个有家有女的男人。懦弱的雷德同意了一项认罪协议，为的是避免被判死刑，但同时永远不得被假释。我正是在堪萨斯州戒备森严的埃尔多拉多监狱里得到机会和 BTK 面对面访谈的。

在与雷德交谈并研究了他的案例之后，我对 1977 年南希·福克斯被杀和 1985 年马琳·海奇被杀之间之所以隔了这么久得出一种判断。我猜测，这里面一定牵涉他的妻子宝拉。她一定是发现什么了，或者是发现他在做什么。

雷德证实，1978 年秋天的某个时候，宝拉走进他们的卧室，发现丹尼斯穿着一件连衣裙，脖子上缠着绳子，把自己吊在浴室门上。变装和自慰窒息是他最喜欢的两种自慰活动。这件衣服不是宝拉的，所以大概是他从多年来闯入的许多人家中的某一处拿来的。温和且不怎么抛头露面的宝拉不敢相信她所看到的一切。她以前从没听说过丈夫有这种癖好。

她对他说他需要帮助，但她不知道他该去哪里寻求帮助。整件事太尴尬了，没法谈。相反，在思考了几天之后，她打电话给她曾经做过簿记员的弗吉尼亚州医院，要求匿名与一位治疗师谈谈。她说"一个朋友"的丈夫穿着女装试图上吊。治疗师推荐了几本书，宝拉把这些书买了，送给了丹尼斯。

雷德则表示，这是他多年来一直在抗争的心理问题，并承诺说再也不会这样做了。由于害怕宝拉的任何行动可能会导致调查人员找到他——她曾经不经意地说起过他的笔迹看起来像警方公布的 BTK 的笔迹，因此他觉得自己最好保持低调，尽量不要进行这种自慰行为，至少在家里不要这样。

显然，这种情况持续了大约两年。然后，在1980年，宝拉再次走进卧室，又发现丹尼斯脖子上缠着一根绳子。这一次她担心的不再是他的心理健康了，而是"像个该死的大黄蜂一样疯狂"。他从没见过妻子如此激动和愤怒，这让他很害怕。她说如果他再这样做，她就会离开他。如果她把她所看到的公之于众，而接着又发生了一起BTK凶杀案，那么当局要把二者联系起来还有什么难的？

这对我来说是一个新的发现，让我理解了为什么一个连环杀手会停止犯罪，让我对职业生涯中一直在追捕的那类人有了新的认识。具有讽刺意味的是，尽管宝拉第一次发现丈夫自慰的时候就对丈夫表现出的性瘾感到担心，但他在这之后停手了很久这一情况则证明，雷德是具有理智和理性的。虽然我相信他跟所有残暴的杀手和强奸犯一样都有不同程度的精神疾病，但事实上，为了生存下去，他选择了停止犯罪行为，哪怕只是暂时停下来，这显示出他具有很高的前瞻性思维和执行力。当然，他有一些性虐方面的色情书籍和画册，还能通过自我捆绑、易装癖、自慰和从犯罪现场拿来的纪念品来满足自己，更不用说他那生动的想象力；因此，很少有连环杀手像雷德那样可以用这些东西来代替实际行凶所带来的刺激。我毫不怀疑，只要他活着，他就会继续幻想着捆绑、辱骂并看着女人和女孩死在他的手上。

而诈骗大师、银行劫匪、珠宝窃贼和飞机劫机犯加勒特·布洛克·特拉普内尔身上，则有另一个令人不解的地方。他最引人注目的犯罪行为发生在1972年1月28日，当时他在芝加哥上空劫持了美国环球航空公司从洛杉矶飞往纽约的2号航班，那是一架波音707喷气式客机。当时他是用一把.45口径的手枪劫持这架客机的，他将这把手枪藏在胳膊上的假石膏里登上了飞机。他要求获得超过三十万美元的现金、总统理查德·尼克松的正式赦免，还要求把教授和活动家安吉拉·戴维斯博士给释放了——后者因向一名被告提供武器而被判入狱，被告用博士提供的武器控制了加利福尼亚州马林县的一家法院并劫持了人质。一名法官和另外三个人被杀了。许多人认为戴维斯之所以被定罪是出于政治动机，她的定罪后来被推翻了。

由于飞机正好在纽约的停机坪上等着加油和机组人员换班，因此两名联邦调查局特工得以伪装成机组人员登上飞机，朝特拉普内尔左肩和左臂开枪，并将其抓获。在持续五周的审判中，陪审团陷入了僵局，但他最后被判犯有"劫持航空器罪"，判处两次终身监禁外加十一年监禁。

即使在被定罪后，特拉普内尔的惊天举动还没有完。他不知怎么说动了朋友芭芭拉·安·奥斯瓦尔德（他是在芭芭拉进行囚犯研究的研究生课程时接触到她的）。芭芭拉 1978 年 5 月 24 日在圣路易斯劫持了一架直升机班机，并强迫飞行员降落在马里恩监狱的院子里去营救他。在降落过程中，直升机驾驶员成功地把奥斯瓦尔德的枪给夺了下来，并开枪把她打死了。

同年 12 月 21 日，奥斯瓦尔德十七岁的女儿罗宾劫持环球航空公司从洛杉矶飞往纽约的 541 航班，要求释放特拉普内尔，否则她就引爆绑在她身上的炸药包。联邦调查局的谈判人员最终在没有造成任何伤害的情况下说服了她，而所谓的炸药包不过就是把门铃和铁路信号弹连接在一起的一个装置。母女俩都上了他的道？我很少见到罪犯对某些易受影响的群体有如此惊人的控制力。查尔斯·曼森是唯一一个我能想到的类似的人。

但特拉普内尔最让我着迷的地方是他劫持飞机的目的是要求释放安吉拉·戴维斯。当时政治性的飞机劫持事件并不少见，很多飞机被劫持到古巴或阿尔及利亚，然后再返回。但从我所了解到的关于特拉普内尔的一切来看，他并没有什么坚定的政治信仰。他唯一坚定的信仰就是让自己富有。那么，为什么他会如此强烈地强调他的这一要求，而且在被联邦调查局特工带走之后依旧如此？一些观察家得出的结论是，单看这种反常举动就足以说明他精神不正常。《纽约时报》说他有"长期的精神疾病史"。

"那到底是怎么回事，加里？"当我终于和他坐下来的时候，我这么冷不丁地问了一声。

他回答说试图劫持一架客机是风险相当高的举动，因此他这样坚定不移的冒险狂也知道很有可能失败。他还知道，当时大多数劫持事件都是出于政治动机。所以在向我解释他的逻辑时，他说了一些大意为"如果我不从那个角度来劫持飞机，我觉得我会遇到很多困难。我想如果黑人大兄弟们认为我是一个政治犯，那么我在监狱里面洗澡时就不太会被他强奸"。

尽管他的这番话中存在着种族主义因素，但从行为分析角度来看，这非常重要。首先，这番话表明，特拉普内尔并不是疯了，而是完全理性的，并且提前计划好了所有的事情，因此精神错乱的说法就站不住脚了。

这番话还帮助我们改进了人质谈判的方法和程序。无论是在劫机、抢劫银行甚至是恐怖事件中，劫持人质的犯人发表的声明或要求不管显得多么离谱或不正常，谈判团队都必须认真考虑其实际含义是什么。犯人是否由于压力或疲劳而精神失常，因而说了些无稽之谈？或者，犯人的话是否有更深层的含义，谈判团队可以利用这一点在不发生暴力和流血的情况下，缓和整个局势甚至结束整个事件。

特拉普内尔的话表明，他明白他不可能从这种情况中逃脱出来，因此已经在考虑下一步，也就是遭到逮捕和监禁了。这表明在这起事件中，在不伤害人质的情况下解决问题的可能性比较大。换句话说，特拉普内尔当时其实是想减轻其行为后果的严重性，而不是使其更加复杂化。他提出的要求还向谈判者暗示，他可能有一些看重的东西，谈判人员可以拿这个和他讨价还价。与其去和他探讨具体的赎金要求或希望把飞机劫持到哪里去，不如展开对话，问他为什么坚决要求释放安吉拉·戴维斯。这样一来，谈判者就可以直面他真正关心的问题了。

同样，有一次，我自己去访谈了布鲁斯·皮尔斯——杀害丹佛有争议的电台名人艾伦·伯格的凶手之一。皮尔斯是反犹的白人至上主义组织成员，该组织认为犹太人是撒旦的后裔。事实证明，皮尔斯之所以同意接受访谈，是为了能够宣讲他的理念，为了能够辱骂我和联邦调查局。虽然这次访谈看起来是一次失败，但它很有价值，因为我得以深入探查他这种心态——对一项事业疯狂的专注和奉献。因此，如果执法部门与这样的人对峙，或者面对人质被这样的人劫持的情况，那么谈判人员的策略就是拖延时间，他们可以重述劫持犯的话来评估其对事业多么执着，以此为谈判破裂时避免无辜人员丧生的战术反应做好准备。

在实施犯罪的时候，是什么主导了麦高文的思维过程？这始终是关键问题。当安德鲁·康索沃直接和他交谈时，我希望乔·麦高文能说出这一点。

到了这个时候，我已经对康索沃有了足够的了解，开始以"安迪"来称呼他了。我开始对他有了极大的尊重，他有智慧、有严谨的职业道德、有为确保关在监狱里的人只有在适当时候才能被释放的这项艰苦工作的献身精神。他告诉我，他和假释委员会的其他成员将在下周和麦高文面谈，并就如何进行这种面谈征求我的意见。

我说我认为他和同事应该继续不断地提问，让他继续说话。最终，平静外表下那种真正的愤怒就会浮出水面。如果他们按照我建议的做，我认为麦高文很有可能达到这样一个地步：真实面目会显露出来，假释委员会将对他获得更多了解，从而验证我对麦高文的观察以及就是否假释他提出来的那些建议。

1982 年，韦恩·B. 威廉姆斯因亚特兰大儿童谋杀案受审，富尔顿县助理地方检察官杰克·马拉德向我咨询，如果被告律师让被告在庭上作证，该如何进行盘问。我说，首先我认为威廉姆斯很有可能作证，因为我发现这个人非常自命不凡，有强烈的优越感，感觉整个刑事司法系统里面都是笨手笨脚的人。他认为他能控制局面，即使是在证人席上也是如此。

　　我向马拉德建议说要尽可能靠近威廉姆斯，进入他的个人空间，以"这就是你的生活"的方式来回顾案件和他的个人历史，通过不断地向他提出问题来维持紧张气氛，直到威廉姆斯陷入惊慌失措为止，这样就有机会抓住威廉姆斯的把柄了。

　　当威廉姆斯真的出现在证人席上之后，马拉德立即抓住机会按照我所说的进行了盘问。在好几个小时的盘问之后，马拉德靠近威廉姆斯，把他的手放在了威廉姆斯的胳膊上，并以自己南方人那种慢条斯理的腔调说："那是一种什么感觉，韦恩？当你用手指扼住受害者的喉咙，那是一种什么感觉？你慌了吗？你慌了吗？"

　　威廉姆斯平静地回答："没有。"然后当他意识到自己这么回答到底意味着什么之后，就勃然大怒起来。他用手指着坐在法庭上的我喊道："你在尽你所能让我符合联邦调查局的档案，我是不会让你得逞的！"他开始大骂联邦调查局的"暴徒"和起诉他的那些人是"傻瓜"。但那个时刻成了整个审判的转折点。几名最后给他定罪的陪审员后来也是这么说的。

　　我认为在假释委员会听证会中，可以对乔·麦高文采取同样的策略。

　　正如我所说，为麦高文案提供咨询有两个目的。首先是帮助新泽西假释委员会提出一个负责任的、适当的建议。第二个是为了我的研究工作的需要尽可能去了解杀手的思维方式。我对他和我相处了好几个小时之后会对委员会说些什么非常感兴趣。我没有马上得到他到底说了什么的情况，但最终，在委员会作出了决定后，康索沃向我讲述了他在特伦顿监狱里遭遇的情况。

听证会有一个主要目的：确定"如果被假释，罪犯是否有可能再次犯下其他罪行"。

麦高文承认，在无数次的治疗过程中，他并没有完全保持坦诚，没有把自己和盘托出。他承认在1970年，即琼遇害前三年，他曾短暂地和一名十六岁的学生约会。尽管有另外两位老师因为和学生约会而被解雇，但这个女孩从未对任何人透露过消息，所以他从来没有因此受到纪律处分。当委员会中有人问他为什么明显违反学校政策并拿自己的职业生涯开玩笑时，他说他现在意识到这是因为他在那种关系中可以处于一种"优越的位置"。

麦高文在塔潘泽高中教书的时候，一个曾经在同一所高中读书的女学生告诉罗斯玛丽，她和他有过一次不愉快的遭遇。虽然他不是她的老师，但她在一年级时被错误地登记报了化学课，于是需要他在一个文件上签名。那是大约在琼被杀前两个星期的事情了。因为她觉得自己被他吓坏了，因此她带了一个朋友一起过去找他。"他看着我的样子，"她对罗斯玛丽说，"让我觉得他就是个想把我一口吃掉的巨人！"这种话比较宽泛，但这个年轻女孩感觉受到威胁这一点，则是显而易见的。

康索沃对我说，从见面一开始，他就有这样的印象：麦高文认为自己在智力上比委员会成员们更高一筹，这一点很像韦恩·威廉姆斯。这一点也不让我感觉惊讶。让我感觉惊讶的是，在讲述谋杀的细节时，麦高文坚持说，他之所以让琼陪他到地下室去，就是因为他没有合适面额的零钱。

我想知道的是，当我认为我们在那次访谈中完全打破了这种说法的情况下，他怎么还会坚持呢？但我越想就越觉得他这么做是正常的。他是一个习惯于操纵事实为自己的观点服务的人。如果他真的觉得自己在智力上比他认为的那些蠢笨的委员会成员优越，那么他就一点不用管他之前已经向我承认琼一到门口他就知道他要杀了她这件事了。他可以告诉他们任何他想说的事情，以支持他的说法，也就是那次杀人不过是一时陷入了疯狂。

康索沃直截了当地告诉麦高文，他不相信麦高文对那场谋杀的叙述。麦高文漫不经心地说他也承认他的叙述不是完整的或者说不是完全准确的，但他就是不松口，一点也没有因为康索沃的质疑而退缩。

康索沃并没有继续追问，而是把这个事情记在心里，打算后面再说。接着，他就转而讨论起麦高文的成长历程起来。他让麦高文叙述了自己的童年和青春期的经历，谈论了他的父母以及他们与他的关系。

康索沃记得档案中有一个记录。麦高文的弟弟，当时还只是个蹒跚学步的孩子，得了很严重的先天性疾病。麦高文曾在一次访谈中提到，在弟弟住院的最后几天，母亲不让他上楼去看弟弟，而是让他在医院大厅里等着。很明显，她认为年幼的乔看到弟弟这么快就要死了，会陷入巨大的痛苦。当康索沃提起这件事时，他发现麦高文有受到了困扰的样子，所以他决定继续沿着这个线索追踪下去，看看到底发生了什么。

最终他们还是进入了我一直期待进入的那个时刻。我们把注意力集中在麦高文订婚和谋杀案发生之间的那段时间，那时其他老师没有邀请他一起去复活节的旅行。在那期间，也就是从情人节到复活节的期间，假释委员会访谈过的那个高中的人们都注意到他的举止行为发生了变化。一个人说他"开始表现得很奇怪"。

麦高文说，在谋杀案发生时，他一直在考虑自杀，因为他认为自己是一个彻底的失败者。"我没有和任何人约会。我没有建立什么关系。我哪儿也不去。我是说，当时是复活节，我的大多数朋友都要去复活节旅行了，去佛罗里达或墨西哥或别的地方，我则无所事事。"

他还接着说，他之所以没有自杀，是因为"太胆小了，不敢那么做"。

接着，他是这样说的："门铃响了，这个可怜的小女孩就站在那里，我的脑海里闪过一个念头，'好吧，既然你不敢自杀。那你能杀了她吗？'"

安迪当时的反应基本上就是："你是想告诉我，你为了一次旅行而杀了一个小女孩吗？"

"嗯。"他开始吞吞吐吐起来。康索沃回忆说："那么，我们为什么不回去看看，因为我不相信你说的。我不明白。每个人都是成双成对的，而你则是单身。这种情况让你很困扰，这到底是怎么一回事？"

然后麦高文就和盘托出了。

"他告诉了我他计划结婚的整个过程。"康索沃说，"他遇到了一个女孩。他们相爱了。然后他把她带到家里来，把她介绍给母亲和外祖母。"

"然后他妈妈说：'你不会结婚的。'他说：'不，我会结婚的。'她说：'好吧，你可以结婚，但是如果你结婚，现在就可以收拾行李离开，带上你的新娘，或任何其他什么称谓的这个人，别看我，别跟我说话。你被排除在遗嘱之外了。我没有钱给你。祝你好运！'"正如康索沃以一句话概括的："要么选她，要么选我。"

未婚妻并没有因此把乔甩了，而是他把她甩了！

康索沃接着说："他没有说他妈妈为什么会那样反应，他只是说事情就是这样的。乔和那个女孩道别了，和妈妈待在一起。麦高文除了对母亲有一种无法表达的怨恨之外，他可能也觉得这是他实现真正幸福的最后一次也是最好的一次机会。"

有了这个突破之后，康索沃觉得，这看起来不错。让我们继续吧。他说："好吧，现在我们要认真看看你母亲是怎么一回事了。在我看来，自从我坐在这里以来，我们讨论的每一个问题都与你和你母亲有关。看起来你对她爱恨交织。"

"他摇了摇头说：'不，不，不，我从来没有恨过我的母亲！'

"我说：'面对现实吧：你遇到的每一个困难、每一件对你不利的事，都可以追溯到你母亲身上。你父亲早逝、你弟弟……'我看着他说：'你接受治疗多久了？'

"'哦，我做了二十年的心理治疗。'

"'那你在治疗时谈什么？'"

他告诉康索沃说，他在治疗过程中谈了自己为什么要来接受治疗，他是如何从中吸取教训的，为什么他再也不会这样做了，他该如何避免这样的事情。于是康索沃问他："你有没有谈起过你的母亲？"

"当时，他突然变了一个人——就在那时，就在那里。我一辈子都不会忘记。我说：'你有没有谈起过你母亲？'他看着我，脸上不是那种'善良的乔·麦高文'的样子，而是一脸冷冰冰的。他说：'禁止谈论我母亲！'这几乎是在威胁我：如果我继续讨论，他就会离开。'禁止谈论我母亲！'

"我说：'等一下！你对我说，你已经完成了你必须做的每一件事，你已经完全理解了你罪行的严重性并完全康复了。这是非常严重的犯罪，所以你要达到很高的康复标准。你告诉我，你谋杀并强奸了一个小女孩，把她放进垃圾袋，开车把她扔在了另一个州。但是你又说你从来没有谈论过你的母亲。这种情况下你还说你已经完全康复了？'

"他说：'我说了，禁止谈论我母亲。'"

但康索沃坚持不懈。最终，他让麦高文承认，他那种"无法抗拒的性能力不足感"可以追溯到他母亲那里。

"我说：'我们再从那里说说吧。'我们把他那种不允许讨论他母亲的最后通牒给顶回去了。我说：'你当时有多生气？'

"'非常生气。'

“'你一直都很生气吗?'

“'是的。我生气了两个星期。我一直都在生气。'

“'但是你不能表现出来,因为你害怕你母亲?'

“他说:'是的,是这样的。'他当时真的很生气,因为这让他所有的痛处都再次浮出来了。”

在我们的研究中,盛气凌人的母亲和长大后成为罪犯的男人之间有着很强的相关性。虽然绝大多数有这样母亲的人长大后不会成为罪犯,但在那些有犯罪行为的人中,专横的母亲是一个重要的影响因素。

在拍摄《沉默的羔羊》过程中,联邦调查局与制片方的合作很愉快,甚至允许制片方在匡迪科拍摄一些场景。尽管汉尼拔·莱克特博士声名狼藉,但《羔羊》中的主要罪行是由人称“水牛比尔”的杰姆·甘布犯下的,泰德·莱文(Ted Levine)出色地演绎了甘布这一角色。比尔是三个真正的连环杀手的结合体——埃德·盖恩、泰德·邦迪和加里·海德尼克,我们在匡迪科对他们三个人都进行了详细的研究。

导演乔纳森·戴米(Jonathan Demme,我和他之间建立起了一种非常密切的关系)让我指导泰德,并向他解释像杰姆·甘布(“水牛比尔”)这样的重罪犯的内心想法。正如我在麦高文案中告诉新泽西州假释委员会的,我的主要原则是:要理解一个艺术家,你必须要看他的艺术作品。同样,对于一个罪犯,要了解他,你就必须了解他的“艺术作品”——在他看来他的罪行就是他的艺术。他生活的其他方面是无关紧要而且单调乏味的。

以“水牛比尔”为例,他对“艺术”的理解相对简单直接,因为比尔实际上是在创造一种物质:一件由真正的女人皮肤做成的女装。我对泰德和乔纳森说,这让我想到,他的精神病态根源可以追溯到他母亲身上,埃德·盖恩就是那样的。通过穿上一个女人的皮肤做成的衣服，他就可以在自己的脑海中重塑出母亲对他的控制；他会觉得生活对他不公平，因此他对别人所做的一切都是正当的。

虽然麦高文没有用过多的言语表达出来，但他的愤怒是真实的。终于在有关他母亲的话题上取得突破后，康索沃说："那么现在，让我们回顾一下（谋杀的）故事。老实说，不论是谁走到那扇门边来，都死定了。

"他说：'是的。'

"'谁重要吗？'

"'不，除非过来的是一个武警。'

"'好吧，你的想法不错。你确定吗？'

"'嗯，我想是的。'

"'但即便如此，你现在面对的是一个你决定要杀的小女孩；你要杀了她，但你得把她弄进去。她就住在那个街区，你不能在草坪上到处追她。你打算怎么办？'

"他又用同样的眼神看着我说：'你好像忘了我是个老师，我可以用我的声音指挥一个孩子，特别是那个年龄的孩子。'

"我说：'给我演示看看。'

"他说：'琼，你得进屋来。'或者类似的老师的语言。任何在学校上学的人都能认出'老师的声音'，她马上就进来了。我说：'她进来多久之后死的？'

"'非常快。'

"'所以你之前已经做了杀死她的决定。'

"'是的。'

"'零钱是怎么回事？你根本就没有给她找过什么零。'

"他说：'没有，没有。'

"'剩下的就只是细节问题了？'

"'是的。'他在约翰访谈他的时候一直坚持了二十五年的整个故事，现在彻底崩塌了。他再也回不到那个故事中去了，因为他说的其他一切都不成立了，这使得我们自己的工作轻松多了。

"'那么，强奸呢?'他说强奸只是一时兴起而已。强奸只是因为她是个七岁的女孩。他不打算强奸一个处境类似的男人，他绝对不可能那么做。强奸只是愤怒的另一种表现。当他开门时，她已经死了。他只是太生气了。我觉得他的整个世界，他一生中发生的一切，都压到他的身上来了。我是说，有多少像他这样年纪的人会因为他们的母亲而不结婚?他可不是个孩子。他被什么东西激怒了。我想那次旅行确实有一定的关系。他独自一人。他表现得很奇怪。这次旅行代表了这样一个事实：他是个失败者，是一个懦夫，因为他根本无法对抗自己那该死的母亲。

"那时，我们又回到了更具体的犯罪细节上。我只是想在档案上把所有事情都搞明白，包括掩埋尸体这种细节。他处理尸体的方式，肯定是想逃脱惩罚。至于所有其他的事情，比如招供，我认为警方的报告说明了一切。"

如果麦高文在杀死琼后没有被逮捕，他最终会不会像埃德·肯珀那样，设法杀死他的母亲?可能不会。和肯珀不同，他的母亲和她对待他的方式，并没有让他产生一种极端的情感宣泄，看起来他在对母亲的情感上处于更多的矛盾之中。但这并不意味着怨恨和愤怒会消失，他在康索沃的调查中所体现出来的东西，可以证明这一点。

听证会持续了几乎一整天。会议结束后，假释委员会的委员们开会对他们的调查结果进行了一次回顾。

1998 年 11 月 6 日，新泽西州假释委员会发布了正式报告，拒绝假释约瑟夫·麦高文。

在解释其理由的声明中，委员会列举了几个因素。首先是犯罪本身的残忍。第二，调查发现，麦高文对导致他谋杀的原因缺乏洞察和体认，这是"极其令人不安的"。委员会认为他在解决导致他犯罪的问题上进展甚微，这主要是因为他对各种精神病医生、心理学家、治疗师以及其他权威人士不够坦白和诚实。委员会注意到，虽然麦高文参加了许多小时的治疗，但集中处理他对他母亲的愤怒的时间不超过四小时。正如报告所述，他最终承认说，那种愤怒才是他杀害琼的"幕后主使"。

然而，关键的因素是，委员会认为麦高文的精神和心理健康状况"与过去没有太大区别，假释后（麦高文）仍有很大可能会犯罪"。

另一个要解决的问题是接下来要过多久才能再次考虑是否假释他。委员会将这一决定交给了一个由三名委员组成的小组，这是一种标准的做法。

1999 年 1 月 7 日，该小组决定麦高文只有在三十年之后才能够再次被考虑是否假释，这理论上意味着麦高文在三十年内没有资格再次获得假释。实际上，情况并不完全是这样的，因为州上诉法院下令假释委员会审查的是该委员会在 1993 年做出的最初决定，这意味着三十年的期限是从那一天开始计算的。而且，像所有有资格获得假释的囚犯一样，麦高文因为参加监狱工作和表现良好而获得了一些法定的积分。更重要的是，为了防止权力滥用，麦高文这一类的罪犯在法律上有权每年获得一次复审听证的机会，届时假释委员会如果认为他的情况发生了变化，可以重新进行评估。

这一切看起来都非常官僚主义，但正是这种程序性的过程决定了一个人可以获得自由还是应继续被监禁。从另一个角度说，这个过程决定了公众是否会遭受那些曾经表现出暴力倾向的个人所带来的风险。

麦高文要求假释委员会对三人小组的决定进行复审，委员会于 1999 年 8 月 2 日维持了三人小组的决定。

随后，他向新泽西州高等法院上诉庭提出了申诉。在麦高文诉新泽西州假释委员会的判决中，他的律师辩称，他在过去近三十年中都是模范囚犯，没有证据表明他如果获释会再犯罪，因此委员会的决定是武断的、错误的。罗斯玛丽当时正因为慢性病身体变得特别糟糕，她在客厅里面起草了一份受害者影响的声明。

2002年2月15日，法院做出裁决，维持了假释委员会的决定，并宣布："有关三十年之后才能考虑是否假释的决定，是在委员会的自由裁量权范围内的，并得到了大量实质证据的支持。"

第九章　琼的遗产

我们已经实现了我们的目标：约瑟夫·麦高文在可预见的将来将被安全地关在监狱里。2009 年，委员会成员变更后，麦高文又一次被判定在三十年后才有资格获得假释，这次他没有去对假释委员会的最新裁决提出上诉。假释委员会将他有资格获得假释的日期定在 2025 年 8 月，这使得他在监狱里面度过余生的可能性大大增加了。

作为罗斯玛丽领导的运动的一部分，获得八万个签名的请愿书和三百封信被送到了假释委员会。当接到有关假释委员会决定的电话时，她把琼的绿色斗篷披在了肩上，也就是琼和姐姐玛丽出去卖女童子军饼干时穿的那件斗篷。

罗斯玛丽说："他永远也逃不出来了，这意味着我们可以不必每隔几年就与他作一次斗争了，这也意味着我们给琼带来了正义。"但这并不是她为自己设定的愿景和目标的终极所在。

1998 年，在琼去世二十五周年纪念日，也就是假释委员会对麦高文的审查正在进行中的时候，罗斯玛丽正式成立了"琼·安吉拉·德·亚历山德罗纪念基金会"这一非营利性组织。这个组织过去和现在的任务都是促进儿童安全和保护，保障受害者的权利，帮助无家可归和被忽视的青年。儿子迈克尔和约翰在帮她管理这个基金会。

在"琼之乐"志愿者的支持下，基金会的"乐趣""教育"和"安全计划"帮助了帕特森和帕塞伊克的父亲英语社区中心、哈肯塞克的青年咨询服务霍利中心、纽约州派恩布什的希望基金会、希尔斯代尔的匠心俱乐部等地方的贫困人士。自 2001 年以来，该基金会每年都为他们提供娱乐和教育性的游览机会，包括纽约市、华盛顿特区、大冒险主题公园和泽西海岸，并给受害者提供帮助、呼吁进行相关立法等。基金会现在已经开始对伊丽莎白的"圣约之家"提供支持。圣约之家的宗旨是帮助十八至二十一岁的年轻人赢得更加稳定的未来。自 2016 年以来，"琼之乐"计划一直为当地学校提供儿童安全课程，给教师和家长做如何发现、报告和防止虐待儿童行为方面的培训。

该基金会最近取得的成就是与当地立法者合作，在新泽西议会出台了一项修正"琼法案"的法案。这个法案把性侵案中被害人的最低年龄提高到了不满十八岁，在这样的案件中，罪犯会被判处无期徒刑，而且不得假释。纽约圣约翰大学法学院的一位教授则用对罗斯玛丽的视频访谈来教学生们如何进行有效的辩护。

在民事方面，罗斯玛丽提出了《为受害者伸张正义法》，州议会于 2000 年 11 月 17 日通过了该项立法。希尔斯代尔市政府签署了该法案，使之成为当地法律。罗斯玛丽身体很虚弱，不能出席，但迈克尔和约翰代表她出席了。新法律取消了谋杀案和过失杀人案件的诉讼时效，允许受害人的家属起诉被定罪的凶手，对凶手在犯罪后任何时候获得的遗产或任何其他资产提出追索。

第二年，罗斯玛丽对麦高文提起诉讼，赢得了七十五万美元的判决。麦高文没有对判决提出异议，尽管那时他从母亲和外祖母的遗产中得到的几乎所有资金都已经支付给了一位亲戚，或者花在了律师费上。他被要求每月从监狱收入中支付赔偿（平均每月十四美元），罗斯玛丽把这些钱全部都给了基金会。不幸的是，我没有看到麦高文对琼失去生命或罗斯玛丽的感受有任何关切的迹象。如果说他在乎什么的话，那就是他没有办法把那十四美元花在监狱食堂里面了。真正让他烦恼的是，他被抓了，从而不得不承担后果。

罗斯玛丽的正义斗争开始引起全国关注。2004 年，她因表现出非凡的勇气和英雄主义而获得司法部犯罪受害人办公室颁发的奖章。约翰代表她去华盛顿接受司法部长约翰·阿什克罗夫特颁发的奖章，因为她实在没有力气去那里了。

罗斯玛丽仍然担心琼的遭遇可能会发生在其他孩子身上，她坚持让人们了解这起案件，让社会关注儿童安全。她不断和女童子军管理局就安全问题进行沟通，并于 2014 年 10 月会见了新泽西州北部女童子军首席执行官和全国女童子军办公室的首席体验官。她提出的想法包括要求停止让女孩挨家挨户卖饼干或收钱的做法。她引用了美国司法统计局的一项统计数字，上面显示十四岁的女孩是最容易受到性侵犯的对象之一。这项禁止挨家挨户销售的禁令是马克和我长期以来一直都在倡导的。

我也不觉得我的工作结束了。如果我能从约瑟夫·麦高文这样的人身上了解到更多的东西，以及他的思想是如何运作的，这对我和我努力为之服务的受害者们都是有价值的。

这个机会出现在 2013 年秋季，当时琼·安吉拉·德·亚历山德罗纪念基金会于 9 月 7 日在希尔斯代尔附近的一个小镇上为琼举办了一场纪念活动，纪念琼"四十八岁生日"。这是一场晚宴舞会，是为基金会募款的活动，我被要求发表主旨演讲。马克和他的妻子卡罗琳陪着我，我们见到了许多在琼的案件中起过作用的人。

那场活动很棒。迈克尔是主持人，约翰是摄像师。我亲眼看到人们对罗斯玛丽的爱和钦佩之情溢于言表，见证她自 1993 年运动开始以来所做的一切，真是令人激动。为了纪念琼，我们都戴着基金会发的绿色腕带和丝带。

第二天的大部分时间，我们同罗斯玛丽、约翰和迈克尔待在她家里。从她和我们坐在一起的客厅里，罗斯玛丽可以看到佛罗伦萨街的尽头和女儿丧命的那所房子。她因为过去几天的各种安排和纪念活动而感到很累——重症肌无力在任何长时间的精力消耗之后会变得很严重，但她想和我们谈谈，把整个故事讲一遍。

她带我们去了琼的房间，打开她精心保存好的琼穿过的布朗尼色套装。她的芭蕾小拖鞋就放在厨房外面的那个过道上。我们没有办法不让泪水模糊了自己的眼睛。这就像是在神圣的遗迹面前一样。餐厅的墙上，我们看到了在新泽西州、纽约州和全国范围内，分别由克里斯汀·托德·惠特曼、乔治·帕塔基和比尔·克林顿签署的法案的签名副本。然后我们沿着琼在她家和麦高文家之间走过的那条路走了一遍，看到这两个家庭之间有多近，真是让人毛骨悚然。

当我和被害儿童的家庭成员——尤其是父母——交谈时，有一个曾经让我感到惊讶但现在已不再意外的情况是，他们经常想知道他们的孩子受到了什么样的伤害。像大多数警察一样，我尽力不让他们知道那些可怕的细节。但在很多情况下，他们想知道那些细节，好像是为了分担孩子的痛苦，以某种方式把这种痛苦转移到自己身上来。我记得凯蒂·索扎在自己那可爱的八岁女儿被姑妈的男朋友殴打致死后，坚持要求殡仪馆允许她看一下八岁女儿德斯特尼的裸体，这样她就可以体验女儿所遭受的每一次创伤，并永远记住那一切。我记得杰克和特鲁迪·柯林斯对我讲过他们是如何目不转睛地看着他们二十岁的女儿苏珊娜的尸体的。苏珊娜是海军陆战队的一名下士，她那令人惊叹的美丽已经被折磨她的凶手给彻底粉碎了。在她被安葬于阿灵顿国家公墓之前，守灵期间只能用一个封闭的棺材把她给装起来。我还记得，好几年后，他们还向马克询问法医和警方报告中的所有细节（马克研究过这宗谋杀案），希望可以分担她的痛苦。事实上，在宗教上极度虔诚的杰克在牙科手术中常常拒绝医生给他用麻醉剂，他请求上帝让他通过这种方式来减轻苏珊娜最后所承受的痛苦。

罗斯玛丽也是这种情况。她想从我们这里了解案件档案中所记录的琼所经历的一切，以丰富她之前所积累起来的有关案件细节的资料，从而进一步加强她与女儿之间的交流。

她特别想知道琼是和麦高文打过架、挣扎过，还是顺从地屈服了。我们告诉她，从祖吉布医生的检验报告以及麦高文对安迪·康索沃和我说的那些话来看，很明显，琼一发现情况不妙之后，就立即进行了激烈的抵抗，尽管她根本不是面前这位身高六英尺二英寸的成年男子的对手。

罗斯玛丽对琼曾经如此勇敢地为自己的生命而战一点都不感到惊讶，因为琼从不害怕为自己或他人挺身而出。"大约十五年前，她的一位同学和我通过一次电话，这是琼去世后我第一次和她的这位同学说话，现在这位年轻女士已经长大成人了。她告诉我，琼一看到她一个人玩的时候，就会让她和自己的玩伴一起在操场上玩。她说琼让她有一种被接纳的感觉。

"她是我无法用语言描述的灵感，"罗斯玛丽说，"这就是为什么我选择为琼的正义以及为保护其他孩子而战。我不发声是做不到这些的。你不能想着别人会去这么做。你必须自己做。"

2013年4月19日，退伍军人公园举行了第二次守夜活动，这一次是为了纪念琼去世四十周年。在这次活动中，人们为一座雕塑和花园举行了揭幕仪式，这将让后代得以分享琼给社会留下的重大遗产。

2014年4月3日，第一部"琼法案"签署周年纪念日，希尔斯代尔在镇火车站附近为纪念琼建立了石雕和花园。

这座雕塑和花园是由"琼之乐"的支持者们资助的。许多当地企业也参与进来，奉献了他们的时间和资源。在通往雕塑的砖路上，专门定制了琼最喜欢的绿色公园长椅。椅背中央是一只白色的蝴蝶，那是琼四岁半时画的一只带有她签名的蝴蝶画。蝴蝶两旁簇拥着从她的另一幅图画中取材的橙色花朵。

在谈到罗斯玛丽的时候，县行政长官凯瑟琳·A. 多诺万说："她把她的悲伤变成了一颗真正闪亮的星星，成为我们大家学习的光辉榜样。"

纪念碑面向街道的一侧是一只白色蝴蝶以及"记住今天的琼，这样明天的孩子们就会安全"的铭文。面对车站的那一面，也就是所有行程中的游客和居民都会看到的那一面，则是脸上挂着微笑、穿着制服的琼的照片和她的故事。建这座雕塑的资金是琼·安吉拉·德·亚历山德罗纪念基金会筹集的。2014 年 6 月 27 日，围绕这个雕塑的美丽多彩的花园建成了。2018 年 4 月 19 日，"儿童永久安全"喷泉在园内揭幕，源源不断的水流象征着儿童安全永无止境的重要性。

刻在石碑上的文字简要地叙述了琼是如何化身为一只白蝴蝶的。2006 年 4 月一个寒冷的日子，罗斯玛丽在纽约哈里曼州立公园查看发现琼尸体的地方时，发现一只白色蝴蝶在那里的大石头后面盘旋着。琼是在圣周的星期四被杀害并在复活节星期天被发现的，这一切本来就被罗斯玛丽赋予了重大的精神意义。现在，罗斯玛丽在看到这个美丽的生物之后，就把它视作琼的幸福灵魂的标志。在接下来几年里，她不断讲述这个故事，说蝴蝶象征着琼不可抑制的能量和精神。

"我们今天所做的一切，今天聚集在一起，是有关社会正义的。"罗斯玛丽在雕塑落成典礼上说，"当你看到这座雕塑时，你们每个人都会有所感触，我希望你们能和不在这里的人分享这种感触。"

当其他人都在称赞她时，罗斯玛丽却在赞扬她的女儿。"激励我的人主要是琼。如果不是她的灵感，我不会一直做我现在正在做的事情。一直以来就好像是她在告诉我要做我正在做的事情一样。"

尽管这是一种令人心碎的激励因素，但罗斯玛丽希望游客们不要把雕塑和花园看作"一个悲伤的地方，而是一个欢乐、和平、教育儿童安全意识的地方。最后，但是同样重要的是，它是一个社会的希望之地"。这也是一年一度的儿童安全节筹款活动的地点，筹款是为了进一步推进基金会的使命。

读着石头上的文字让我想起了一些事情——也就是马克、卡罗琳和我一起去罗斯玛丽家那天的一个小细节。

我们的交谈结束后，罗斯玛丽、迈克尔和约翰正在屋后有屏风的门廊那里给我们安排午餐。那是一个凉爽的秋天。突然，不知从哪里飞来了一只洁白的蝴蝶，在我们头顶的空中盘旋着。

我们都对这种"巧合"啧啧称奇。

"看，"罗斯玛丽说，"她和我们在一起。"

许多年后，琼的影响仍然在人们的心中，不仅在公共政策层面，而且在个人层面也是如此。最近，一个中年男子告诉罗斯玛丽，他小时候非常喜欢和琼在一起，和她一起玩。

他回忆说，当他和朋友吵架时，琼会用"哦，算了吧，我们一起玩吧！我们做点什么吧！"来让大家分开，这样大家就不打架了。

这个迷人的七岁孩子的话在罗斯玛丽的脑海里回响着：哦，算了吧，我们一起玩吧！

我们做点什么吧！

"这就是我坚持下去的原因。"

第二部分
"杀人对我而言就是第二个天性"

第十章　就潜伏在家里

在现实生活中，没有哪一个暴力罪犯像汉尼拔·莱克特那样才华横溢或"魅力四射"——任何一个说有这种罪犯的人，都肯定没有见过这种罪犯。自从第一次做杀手访谈，我就下定决心要去看看这些男人（偶尔也有女人）的本来面目。有人——不是假释委员会，而是一个电视纪录片——找我去访谈一个名叫约瑟夫·康德罗的囚犯的时候，我就是这么想的。

一位关注我职业生涯的电视制片人代表微软全国广播公司找到我。他对我和我的同事们在监狱里面对杀手进行访谈的事情很有兴趣。他觉得这种与杀手一对一的行为分析活动，可以变成很吸引眼球的电视节目。尽管我对各种所谓的真人秀节目感到厌恶（这些节目只聚集人造的冒险活动、虚伪的浪漫和瞬间成名，看起来是对普通人的一种系统性羞辱），我还是同意了。与很乐意把我也给杀掉的杀手们进行一对一的交谈，是我生命中最强烈的经历之一。

因为说实话：对"真正的犯罪"的痴迷，实际上是对作家和哲学家所说的人类状况的痴迷。我们都想知道和理解人的行为和这种行为背后的动机，以及我们为什么做了我们所做的那些事情。在犯罪问题上，我们看到人类的处境变得更加严峻和极端，无论是对罪犯还是对受害者都是如此。从一个非常真实的意义上讲，电视观众追求的是和我一样的东西：对犯罪心理有更广泛和更深入的理解。我真诚地认为，让广大观众看到邪恶的面目是什么样的，这有很大的价值。如果我们能找到合适的访谈对象，我和电视制作人想要的就不会发生什么冲突。

每一期节目都以监狱访谈为中心，其余部分则是有关凶手及其罪行的新闻短片、照片、证据以及对幸存者、侦探、检察官和其他牵涉其中的人的电视访谈——和实际案件调查类似。我同意做一集，条件是对最后呈现的节目得有一定程度的控制权。尽管我不反对利用一下公众对暴力犯罪的好奇心，只要这能让公众对暴力犯罪有更好的理解和洞察就行，但我坚决拒绝以耸人听闻的方式去描述或美化罪犯。

做电视节目面临的最大问题是一个现实问题：与之前相比，访谈连环杀手变得困难得多。即使是严格意义上与执法相关的访谈，像我和鲍勃·雷斯勒那样来到监狱并出示一下证件就可以进行访谈的日子，也早已一去不复返了。这种访谈不仅要得到囚犯的知情同意，还要遵守与监狱安全、刑事诉讼和惩教有关的规范，因此跑到监狱里面去访谈暴力罪犯就变得非常困难了。

因为我已经不在联邦调查局了，我不能强迫一个囚犯跟我说话，所以我们就把整个安排写下来，写信给监狱长，请求他们合作。这可能是一个很大的障碍，原因显而易见：监狱是一个受到高度控制、纪律森严的地方。每个人都在同一时间起床、同一时间吃饭、同时上床睡觉，因此对其中一名囚犯进行长时间的访谈就会扰乱监狱的正常秩序。

我在寻找一个符合暴力罪犯定义的人，但也试图找到一个与我以前遇到过的任何凶手都不同的人，因为我一直努力获得新的见解，从而进一步加深我们对犯罪心理的理解。在寻找愿意与我们交谈的囚犯的过程中，我遇到了约瑟夫·康德罗。

你永远不知道为什么某些被监禁的凶手会同意和你说话。有些人很无聊。有些人认为你可以帮助他们摆脱困境，比如约瑟夫·麦高文就是这样的。毕竟总有那么一丝获得解脱的希望，即使是对那些被判无期徒刑且不得假释的人来说也是如此。有些人认为，通过与联邦探员或像我这样的前联邦探员合作，可以从政府和工作人员那里得到更好的待遇或尊重。另一些人喜欢重温他们的罪行，并觉得这给了他们更高的地位。还有一些人认为访谈是他们的自我分析：他们想要对他们所犯下的罪行做出解释。一些暴力罪犯已经知道他们犯罪的原因，但想看看我是否能把他们的动机给找出来。

我们知道康德罗过去拒绝了很多访谈请求，我怀疑这与他不想谈的未被警方侦破的犯罪行为有关。无论如何，他将在监狱里度过余生，但如果他被指控并被判犯有其他可判处死刑的谋杀罪，那么他可能就会面临死刑。

我想他同意和我交谈的原因是我的背景已经向他解释过了，他能帮助执法机关理解和自己类似的罪犯，这将有助于执法机关识别和抓获他们。我不确定他有多在乎了解他自己，他甚至也可能不想让像他这样的人坐牢。但任何一个被叫作"儿童杀手"的囚犯都不是受欢迎的人物，无论是在囚犯中间还是在普通民众眼中都是如此，所以他之所以愿意坐下来接受访谈，可能是为了提升自己的形象。

就像我原来在联邦调查局工作时进行这种访谈一样，我无法接触到被访谈的囚犯的监狱档案，但得到了大量的案件材料以及所有的媒体报道。我把这些材料摊开在饭桌上研究。当我飞往华盛顿州的时候，我觉得已经掌握了一切了。

约瑟夫·罗伯特·康德罗在华盛顿州瓦拉瓦拉监狱服刑，刑期是五十五年。这名前磨坊工人、房屋油漆工、小工，因为对 1996 年强奸和谋杀一名十二岁女孩认罪，并承认 1985 年谋杀了一名八岁女孩（这个案件之前没有破案），从而避免了死刑。

除了都处在青春期前，这两个受害者还有什么共同点？康德罗是这两个女孩所在家庭的亲密朋友，这使他成了理想的访谈对象。在职业生涯中，我对血腥的犯罪现场已经习以为常了。而进入那些制造这种现场的人的心理，是一种比看到犯罪现场更为可怕的历程。

什么样的人会强奸并杀害他所认识的人的孩子，而这些人又把他当作朋友呢？他在策划和实施犯罪时脑子里想的是什么？这就是我要弄清楚的。

康德罗也是1982年在华盛顿卡拉马市勒死八岁的希拉·希尔弗内尔斯的主要嫌疑人。希拉最后一次被人看到是在她赶校车的路上。第二天，她被勒死了，赤裸的尸体是在河边被人发现的。没有人被捕。康德罗和希拉的母亲曾经约会过。

我在《西雅图邮报》上读过一篇文章，他在文中声称，自从自己被监禁以来，已经回归到了他的奇佩瓦祖先的信仰上。这种信仰求人们为自己的错误行为赎罪，并在他们死前纠正这种错误；否则，他们的灵魂将注定要在灵界受尽折磨。尽管罪犯有时会在监狱里突然精神觉醒，但我不知道我该在多大程度上相信他的说法。不过我还是打算问他为什么同意接受访谈。为此，我必须把所有能发现的关于约瑟夫·罗伯特·康德罗及其罪行的情况都了解清楚。尽管这次访谈是为一个电视节目，而不是犯罪学研究，但我会以同样的方式进行访谈，事先会进行大量的研究、案卷审查和准备工作。我要和一个杀手谈话，因此我必须充分了解他到底是一个什么样的人。

约瑟夫·康德罗1959年5月19日出生于密歇根州马奎特市，母亲是奇佩瓦部落的一位美国土著人，她那时已经有了六个孩子，觉得自己无力再照顾其他孩子了。因此，她一生下约瑟夫·康德罗就把他给抛弃了。他被约翰和埃莉诺·康德罗收养了，这对白人夫妇住在密歇根州铁河市，他就是在那里长大的。后来他们搬到了华盛顿州的岩石堡市。约翰是雷诺金属公司的制铝工人。康德罗后来说，他的父母认为收养他是个错误。

小时候，他显得很难适应环境，喜欢随身携带一把刀，还和一群折磨并杀害身边小动物和宠物的团伙混在一起。到处玩火、年纪不小了还尿床，这是暴力犯罪分子的预兆之一，这种现象我们一遍又一遍地看到了。迄今为止，在"杀人犯三指征"中，虐待动物是最严重的一种。

康德罗一家曾试图用严格的中产阶级教养方式抚养他们的儿子，但他一直惹麻烦。父亲不得不几次保释他出狱，并两次为他支付了在戒毒所戒毒的费用。

十几岁的时候，康德罗在学校和社区骚扰女孩。我了解到，尽管他的年龄增长了，但偏爱的受害对象的年龄一直没有变。这一点很重要。他被指控多年来多次猥亵女孩和年轻妇女，但大多数指控最终都没有被起诉。

1985 年 5 月 15 日下午，就在康德罗二十六岁生日前夕，八岁的丽玛·达内特·特拉克斯勒正从华盛顿州朗维尤的圣海伦斯小学回家。朗维尤位于考利茨县哥伦比亚河的河畔，人口约三万五千人。在离她家大约两个街区的地方，丽玛停下来给邻居看她在学校做的一个艺术项目。这个三年级的学生大约四英尺高，重四十五磅，是一个漂亮的蓝眼睛女孩，一头金发，性情友善。她穿着一件粉红色的衬衫，一条棕褐色的格子裙，白色紧身衣，深棕色的木底鞋，还有一件系腰带的及膝外套。我之所以强调她这些外表的细节，是因为这是她最后一次被人看到时候的样子。

母亲丹妮尔·金恩开始为女儿还没有回家担心，她来到学校，想沿路去找丽玛，但没有看到丽玛的身影。回到家后，她给乔·康德罗打了电话。乔·康德罗是她丈夫、丽玛的继父鲁斯蒂·特拉克斯勒在高中时候的老朋友，也是这家人的好朋友。许多年后，丹妮尔回忆说，在女儿失踪的那天早些时候，乔和鲁斯蒂坐在她家的前廊上，一边喝着啤酒一边大笑，而丽玛则在那里修剪草坪，汗流浃背的。他们在那里逗笑，说她太勤快了，把院子弄得真整洁。

丹妮尔打来电话后，康德罗过来了，丹妮尔甚至用了康德罗的手机报警。她的孩子失踪的消息一公布，警方和社区成员们就展开了密集的搜查，就像搜查琼·德·亚历山德罗的下落时那样，但他们找不到她的踪迹。

丽玛失踪前后，人们看到康德罗在附近，开车去一家便利店买啤酒和香烟。警方讯问了他，但没有任何证据证明他与孩子的失踪有关。这个案子成了悬案。

几年过去了，康德罗仍然逍遥法外。

十一年后的 1996 年 11 月 21 日，在华盛顿的朗维尤，于蒙蒂塞洛中学上学的十二岁的卡拉·帕特里夏·拉德和尤兰达·让·帕特森决定逃课。当时，卡拉和尤兰达一起住在同一栋房子里，还有卡拉的妈妈珍妮特·拉普拉和她的同居未婚夫拉里·"布奇"·霍尔顿。尤兰达是拉里的侄女，他是她和她哥哥尼古拉斯的监护人。大约一个月前，他们家来了一个新成员：约瑟夫·康德罗。

康德罗是卡拉的妈妈的一个密友，经常过来和一家人待在一起。此时，三十七岁的康德罗已经和三个不同的女人生了六个孩子，他并不为那些孩子提供任何经济支持。康德罗最近与拉里和珍妮特重新建立了联系，并定期过来居住；事实上，他已经成了家里的常客，卡拉称他为"乔叔叔"。但是最近一次，珍妮特和拉里把他给赶了出去，因为他酗酒和吸毒，已经到了让人无法忍受的地步。珍妮特后来说，拉里不在时，乔经常过来骚扰她。

那天早上，拉里在 7:15 把两个女孩送到学校。大约 7:30，一辆 1982 年的金色庞蒂克牌火鸟车停在学校停车场旁边的人行道上；这辆车是康德罗的。据尤兰达说，当女孩们发现这辆车时，她走了过去，靠在司机侧的车窗上，而卡拉则在乘客侧上车。不久之后，康德罗把窗户摇了起来，显然是为了和卡拉私下谈谈。当卡拉从车里出来了之后，她对尤兰达说，她问了乔是否愿意带她去附近柳树林的养猪户皮特家，这样她就可以和小猪玩耍了。她问尤兰达是否愿意一起去，但尤兰达说，她害怕拉里或卡拉的妈妈说她，因此她不想去，并说她要回去上课。那之后，康德罗的火鸟车从学校停车场开走了。尤兰达最后一次见到卡拉时，卡拉正在铁杉街向东走，大概是为了去和康德罗见面。尤兰达随后走进了校舍。

像十一年前的丽玛一样，卡拉再也没有回家。然而，在这成为一个问题之前，很警觉的校长就曾打电话给卡拉的母亲珍妮特，说卡拉不在学校。当卡拉一天没有回家时，珍妮特立刻想起了康德罗，甚至指责他绑架了她的女儿——这段对话被拉普拉的一台有故障的电话答录机给录下来了。不知道什么原因，即使她拿起电话，这台答录机还是会一直在那里运行。

警方在整个社区展开了搜查，并将卡拉的照片提供给了《朗维尤每日新闻报》。卡拉想参观的养猪场的老板皮特·万格林斯文说，11月21日那天他不在家中，但他看起来一点都不惊慌，而且还邀请警探到他家四处看看。他们没有发现她的踪迹。与此同时，和卡拉的妈妈一样，执法部门把重点放在了康德罗身上。

乔·康德罗接受了警方的讯问，他承认那天早上他在学校外看见了卡拉和尤兰达，并停下车来和她们交谈。他承认说卡拉要求他带她去养猪场，但他说他拒绝了卡拉的要求，并让她下车，并警告她们回学校去。他说两个年轻人都是好女孩，但每个青少年都会恶作剧。根据康德罗的描述，他在铁杉商店停下来喝了一杯咖啡，然后开车到马特哈勒伐木场找工作。但伐木场的办公室是锁着的，虽然他确实看到有人在院子里伐木，地上泥泞不堪，他不想下车，但车陷在泥里了。

为了对任何与康德罗有关的人进行彻底调查，朗维尤警察局的侦探们询问了乔的前妻朱莉·韦斯特，乔与她育有两个孩子，目前与她住在一起。他可以随时来随时去，因为她已经把现任丈夫给赶出了家门。朱莉告诉他们，康德罗很容易暴怒，曾多次打她，包括有一次在她怀孕时把她的衣服撕下来，并把浴室墙上的一个水槽给扯了下来。她最终不得不到法院去拿了一个限制令，这导致他要求离婚。不过，这并没有结束他们的关系。有一天晚上，当他们两个都喝得醉醺醺之后，她又怀上了他的孩子。另一次他在她家时，他变得很凶，她威胁要报警。康德罗警告她，如果她这么做，他就会把电话从墙上给扯下来。

朱莉说，卡拉失踪的那天上午 11:45 左右，康德罗来到她家带儿子上学。当康德罗 12:30 回来时，他让她搭他一程去工业涂料公司申请一份工作。当他们经过马特哈勒伐木场时，他说他早些时候停在那里询问工作情况，但由于实在泥泞因此没有下车。韦斯特认为这很奇怪，因为她没有注意到轮胎、挡泥板或火鸟车身上的任何泥点。

然后是发梳。当她爬进车里时，副驾驶座很靠后，所以她往前调了调。当副驾驶座位往前移动的时候，她注意到座位下面有一把发梳。她很详细地描述了这把梳子：梳子是黑色的，但梳齿是白色的，梳齿尖那里又是黑色的；一些梳齿不见了，其他的似乎被咬坏了。当天晚些时候，她和珍妮特交谈，问卡拉有没有那样的发梳。珍妮特说卡拉总是带着一把发梳，她觉得那听起来像是卡拉的。

虽然朱莉·韦斯特很乐意协助警方调查，但康德罗现在的女朋友佩吉·迪尔特却不是这样的。康德罗和佩吉有一个女儿考特尼，佩吉不想与警方合作，禁止警方单独与考特尼交谈。

佩吉不愿意合作也无法改变康德罗所编的故事分崩离析的事实。在铁杉商店工作的两名店员认识康德罗，他们说，在康德罗宣称来店里的那个时间，并没有在店里见过他。同样地，马特哈勒伐木场的一名伐木工人说，如果有人从原木场唯一的入口进来，他肯定都会注意到，乔·康德罗那辆金色的火鸟车根本就没有在那里出现过。

虽然丽玛 1985 年失踪的案子并没有立即浮现在人们的脑海中，因为那宗案子毕竟发生在很久以前，但是同一个镇上有两个金发碧眼的女学生在相似的情况下失踪，这似乎太巧合了。我想一些高级警官也一定是这么想的。

这个案件的首席侦探雷·哈特利得知，康德罗两年前被指控猥亵朋友的女儿，但被无罪释放了；他还因在停车场吸毒而被一家木材厂解雇了。大约在同一时期，他还把一个和他约会的女人的房子里面给破坏了个够，把她的宠物笼子也扔到了院子里。每次听到这样的事情，我都会觉得难以理解，摸不着头脑：这样的事情发生后，这个女人居然继续与康德罗约会。

另一位名叫克里斯托·史密斯的女士，在前一年春天和康德罗约过会，还让他自由出入她家。她告诉侦探说，康德罗喝酒的时候变得很凶恶，他甚至在这种时候自称为"暗黑破坏神"。她说起了夏天的一次烧烤，当时他喝得太多了，开始非常粗暴地对待另一个女朋友维姬·卡乔拉。史密斯不得不插手，阻止康德罗的暴力行径。康德罗显然在男女关系上非常随意，当侦探问他克里斯托姓什么时，康德罗回答说："我不知道。我们只是好朋友。"

警方一边着手绘制康德罗性格的整体画像，一边继续挖掘更多关于卡拉之前与他交往的情况。当一名警探询问尤兰达时，她说，她和卡拉实际上几周前就逃学了，这样乔·康德罗就可以带她们去柳树林附近一座废弃的房子里，那里有大大小小的很多猫。卡拉本来想带一只小猫送给她妈妈当生日礼物。那天，他告诉两个女孩离开学校——就像卡拉失踪那天所做的一样——这样他就可以在老师看不到她们的地方接她们。当警探问尤兰达在那之前是否上过康德罗的车，她说他带着她、卡拉和他的女儿考特尼在5号州际公路边上的图特尔河里面游泳，并在河边露营；天气很冷，他们只住了一个晚上。

当警方最后终于可以在司法大厅的警察局询问考特尼时，她承认她的父亲可能是"有点凶"：他偶尔会扇她耳光，还因为她顶嘴而打她。几周前，他还用巴掌打了她妹妹爱普罗的头。她还说，直到两个月前他搬进来之前，她对这个父亲所知甚少，以至于她叫他"乔"而不是"爸爸"。考特尼说，她无意中听到康德罗和卡拉的妈妈珍妮特的电话通话，电话中珍妮特说她要报警。"上次我见到她时，她在我的车里，我叫她滚下车。"考特尼说她父亲这样对她说。

和女儿考特尼一样，佩吉·迪尔特最终不得不向警察局报告情况。她过来的时候，透露说康德罗曾到她的车库里来借铲子。当警察检查车库时，发现两把铲子都不见了。

这起案件表明，无论警方或民众个人有什么样的怀疑，即使他们对犯罪行为有了一个很好的判断，但除非有确凿的证据，否则这一切都没有任何意义。在我讲课的时候，经常有读者和听众对我说，无论我讨论的是什么案件，看起来似乎都不难解决。从某种意义上说，他们是正确的。并非每一个案件都涉及复杂的行为画像和调查。毫无疑问的是，并不是每一个案子都可以成为神秘小说的素材。

但是马克和我经常做一些实验：我们先告诉听众谁是罪犯，然后让听众从头把这个案子看一遍。当我们讲完后，大多数听众都认为这个案子很简单，不明白为什么警察会在破案过程中遇到那么多困难。

然后我们将同一个案子讲给不同的听众，但不透露谁是真正的罪犯。在同一个案子中，即使我们给了听众们一份犯罪嫌疑人名单，但他们几乎从来都没有提出过犯下这一罪行的人到底是哪一类型的。

在寻找亚特兰大儿童谋杀案的主要嫌疑人韦恩·B. 威廉姆斯时的情况，就是这样的。虽然在事后看来，对他的行为特征的把握，以及把他给抓捕起来，没有什么难的，但在办案过程中一切都很难。

1979—1981 年亚特兰大儿童谋杀案使我们在全国和海外的执法机构中获得了极大的声誉。超过二十名非洲裔美国儿童和青少年失踪并死亡了。警察局的许多人、媒体和整个社区的人都确信谋杀案是由一个三 K 党一样的仇恨组织所为，他们企图恐吓这座南部城市，以此抵制它所持的进步观点。

这是我们介入这种案件的方式之一，因为这可能是违反了《联邦民权法》的一种罪行。另外，由于有儿童失踪，司法部长格里芬·贝尔命令联邦调查局设法确定他们是否被绑架了。继 1932 年航空英雄查尔斯·林德伯格的小儿子被绑架这个臭名昭著的案件发生后，绑架便被定为联邦犯罪，人被绑架二十四小时后，联邦调查局就有了管辖权。亚特兰大谋杀案被定为局里的重大案件，案号是：ATKID。

但当罗伊·海兹伍德和我应亚特兰大警察局的要求去当地帮助分析案件时，我们很快就确定了两件事。首先，这些并不是三 K 党式的谋杀案；这些案件中没有什么具有象征意义的因素，看不到恐吓或引起恐惧的意图或行为，也没有什么人留下名字或声称这些罪行是自己所为。此外，当我们去查看受害者被绑架和/或尸体发现的地点时，很明显，在这些黑人占多数的地区，任何白人都会显得很显眼并会被人发现，因为这些地区的生活往往是昼夜不停的。但绑架这些年轻人的罪犯并没有引起这样的注意。我们认为凶手很有可能是非裔美国人，尽管到目前为止我们所研究的连环杀手几乎都是白人。

在警方专门调查谋杀案的一间工作室里，我们翻阅了每一份案卷，阅读了儿童失踪和尸体被发现地区的目击者的证词，研究了犯罪现场照片，并查看了验尸过程。我们询问了家庭成员，以便了解受害者之间是否有什么共通性。

大多数受害者都很爱在街头活动，但对自己社区以外的世界很天真，因此容易受到诱惑。大多数人还生活在相当贫困的环境中，因此只要有一个合适的诱惑，他们可能不需要太多的时间就会跟着陌生人一起走了。为了验证这一点，我们让便衣警察——无论是黑人还是白人——给邻居家的孩子五美元，让他们来做些工作。这种方法几乎每次都奏效，而且向我们证明了白人在这些社区是很容易被注意到的。

在调查中，我们认为其中两名受害女孩并不是整个模式的一部分，因为绑架的方式和受害者的类型是不同的。在调查多起谋杀案时，你必须非常小心，不要忽略了不同案件之间的关联，同时也不要把没有关联的案件给联系起来。

尽管这里发生的一系列儿童非自然死亡事件都被说成是由一个或一群犯罪分子一手制造的，但我们认为许多案件与主要的那些案件之间没有证据上的关联。有些可能是某个罪犯模仿这些案子的作案手法的结果，而另一些则不过是一些发生在同一时间的毫无关联的儿童谋杀案。记录显示，该市每年约有十至十二起儿童凶杀案，大多数是因个人原因引起的，罪犯与受害人有亲属关系或认识受害人。

我们开始构建我们的画像档案。虽然绝大多数的连环杀手都是白人，但我们也了解到，这类凶手往往倾向于在自己的同类中寻找目标。因此，我们非常确信我们所面对的是一个非裔美国男子，因为女性杀手是非常罕见的，我们认为一个男人对这些孩子有更大的威严。这个男子会在二十几岁的样子，面对年轻的男孩有同性恋的性冲动，尽管缺乏性侵犯这个因素表明他觉得自己的性能力不行，或者为自己的性能力感到羞耻。由于案发时间不同，我们认为他没有什么稳定的工作，或者说他可能会是个体经营者。我们认为他智力高于平均水平，但学业不良。他会对受害者施加威严，因此我们认为他能说会道，很可能想成为一名执法人员。如果我们的分析对的话，那么，他很可能开着一辆警车那样的大车，而且还带着一只大狗。

一段据称是凶手的录音带被送到距亚特兰大二十英里的佐治亚州康耶斯警察局总部，案子终于取得了突破，大家都很兴奋。但当我在匡迪科听那段录音时，我听到的是一个白人的声音，我很确定那是假的。不过录音带里面的那个人提到了最新的受害人，并说可以在洛克代尔县西格曼路的某段路段边上找到这个受害人的尸体。从这个人的语气以及心理语言学的分析来看，我觉得这家伙自认为比警察聪明。所以我建议他们假装相信了他的话，但是去西格曼路的另一边找找。

如果他在那里看着，也许他们就能把他抓个正着。

媒体对这次搜查进行了大量报道，正如我所预料的那样，根本没有什么尸体。果然，那家伙打来电话对警察说他们太蠢了。那些"愚蠢"的警察事先准备了一个电话追踪器，追踪到了那个老白人，在他家里把他给逮了个正着，从而把这个案件中的一个"噪音"给解决了。为了确保万无一失，警方还是到这个老白人所说的西格曼路的那边去找了一番，以确保那里确实没有什么尸体。

不过不久之后，有人在西格曼路发现了一具十五岁黑人男孩的尸体，这就告诉了我们一些关键的事情：不明嫌犯对媒体报道作出了反应，并试图证明自己有多么聪明。鉴于这种情况，我们向警方提出了几点主动行动的建议，包括聘请业余"保安"来为一场抚慰受害者家属的大型音乐会提供安保服务。但当我的想法被助理司法部长批准时，已经太晚了。

又发现了一具尸体，验尸官说这具尸体上的头发和纤维，与前五名受害者身上的头发和纤维相吻合。既然我们已经知道不明嫌犯在跟踪媒体报道，我就确信下一具尸体会被扔到河里，这样一来尸体这种实物证据就会被水冲走。我们花了一段时间才把当地所有执法部门都组织起来对河道进行监控。那时，在河道南端发现了一名十三岁男孩的尸体，然后在查塔胡奇河又发现了两名男孩的尸体，一名二十一岁，另一名十三岁（查塔胡奇河在亚特兰大西北部，科布县与亚特兰大隔河相望）。与之前的那些全身穿着衣服的受害者不同，这三具尸体的内衣裤都被脱光了，大概是为了不在尸体上留下什么头发和纤维证据。

一个多月后，当地的机构对河流监视行动失去了耐心。这时，警察学院一位名叫鲍勃·坎贝尔的新学员，在杰克逊公园大道桥以南的查塔胡奇河边站最后一班岗。他看到一辆小汽车从桥上驶过，在桥中间停了一下。坎贝尔听到一声巨响，他用手电筒照着水面，看到了水面上的涟漪。那辆汽车掉头走了，坎贝尔指示一辆监视车紧跟在那辆车的后面。

那辆车的司机是一位二十三岁的非裔美国人，名叫韦恩·伯特伦·威廉姆斯。他很礼貌地告诉警官说，他是一名音乐工作者，和父母住在一起。当一具先前失踪的二十七岁黑人男性尸体在下游被打捞上来时，威廉姆斯被严密地监视起来。

威廉姆斯非常符合我们的画像：他开着警车类的大车，还有一条大狗。他认为自己比警方高一等，在初步的审讯中应付得很好。警方获得搜查令后，他们发现他车上的头发和纤维，与我们认定的相互关联的那些谋杀案中发现的头发和纤维相符。

威廉姆斯因亚特兰大儿童谋杀案而受到审判并被定罪。但我们要谈的让人不安的第二个情况是：

在一个案件中，一名十几岁的女孩被绑架并被电线勒死了。我们确信罪犯是一个患有精神疾病的男子，他几乎肯定在收容所待过。警方找到了一个符合我们行为画像的嫌疑犯，他甚至用同一种电线而不是皮带来绑他的裤子。然而，没有证据把这个人和那起谋杀案联系起来，所以这个人最终没有受到审判。

当亚特兰大儿童谋杀案即将结束，罗伊·海兹伍德和我准备离开亚特兰大的时候，我们和特别工作组的精神病医生交谈，我向他解释了我们是如何得出与那个当时不知名的罪犯有关的结论的。

"你怎么知道的？"精神病医生问道。

"从他犯罪的方式来看，"罗伊回答说，"我们试着用他思考的方式思考。"这是我们从加里·特拉普内尔那里学到的。

这似乎引起了那个医生的兴趣。他问，如果他给我们做一个心理测试，我们是否可以表现得像他所说的有精神障碍的人一样？我们说应该可以。

他让我们每个人进入了一个单独的房间，我们都进行了明尼苏达州多项人格测验（MMPI），这是对成年人使用最广泛的标准化心理测试。我们都被诊断为具有反社会人格的精神病人，并伴有偏执。精神病医生感到惊讶。罗伊和我都为自己感到骄傲：我们已经证明我们可以像他们一样思考问题。

回想起来，这个案例的结果可能看起来很清楚、很明显，但实际上根本不是这样的。我们可以随心所欲地怀疑韦恩·威廉姆斯，但在警方获得确凿证据之前，他们无法逮捕他。接下来检方还是要对他立案。我们也许可以把这个罪犯的个人特征描绘出来，但那毫无疑问只是个开始而已。要把他关进监狱，需要的不仅仅是心理学。虽然怀疑某人可能对于讨论犯罪的电视节目专家和网络讨论群来说都是可以的，但在现实的刑事侦查活动中，这种怀疑没有什么重要性。我后来了解到，约瑟夫·康德罗对这个概念有非常连贯的思考。

和韦恩·威廉姆斯一样，当康德罗被要求到警察局接受讯问时，他一直保持与警方的合作。他唯一会生气的时候是当侦探们发现他似乎前后矛盾时。在讯问结束时，根据地方检察官办公室的指示，本案的主侦探吉姆·杜斯卡警官警告康德罗不要与朱莉·韦斯特有任何联系，不要去她家，不要和她说话，也不要试图通过电话联系她。康德罗说他知道了。

第二天杜斯卡接到了朱莉的电话。她说康德罗那天早上给她打电话，询问警察对她说了什么，她又对警察说了什么。他告诉她不要再对警察说什么，也不要把他打电话来的事情告诉警察，因为他不应该和她通电话。她回答说她会把她知道的一切都告诉警察，因为她没有什么可以撒谎的。

她告诉杜斯卡说她非常害怕康德罗，因为他性情暴躁。"我不知道当他发现我和警察谈过话后他会怎么做。"杜斯卡在他的书面报告中记下了她当时的原话。

杜斯卡立即作出了反应，前往一名法官家中获得了逮捕令。那天下午，他和案件督察史蒂芬·雷哈梅警长开车去了克里斯托·史密斯的家，那是康德罗最后一次露面的地方。他们敲了门，康德罗应声而来。他们说他们来是因为康德罗试图威胁证人，因此需要逮捕他。他们给他戴上了手铐，让他坐在巡逻车的后座上，并向他说明他有保持沉默的权利。

在司法大厅的讯问室，康德罗否认曾与朱莉·韦斯特通过话，他说他甚至不知道她是证人。最后，杜斯卡觉得听得不耐烦了，就直接问康德罗为什么不说实话。

康德罗低下头几秒钟，然后抬起头来说："我真的需要一个律师。"讯问就这样中断了。警方把他带到县监狱，并为他设定了二万五千美元的保释金。这个数字很快就翻了一番。

第十一章　荒野弃车

同一天，克里斯托·史密斯给了杜斯卡一份声明，说康德罗对她说，珍妮特·拉普拉和警方怀疑他绑架了卡拉。他再次向她说了一遍在学校前面看到那两个女孩儿、和她们交谈、让卡拉下车、然后去找工作的说辞。

史密斯问他，如果警方指控他，他打算怎么做。

"他们什么都没有。我会坚持我的故事。"她说他这话说了两遍。然后她提到前年夏天他们在战场湖边露营的时候去树林里玩游戏的事情。当时她问乔他会怎么处理一具尸体。

"不会有尸体，不会有证人，不会有证据。"他当时回答说。

警犬队反复搜查警方认为康德罗可能带卡拉去的地方，但都一无所获。

那时，警方已经找到了一名与康德罗一起上过高中的证人。大约六七年前，丽玛的继父鲁斯蒂·特拉克斯勒曾冲着康德罗大喊，指责是他杀害了丽玛。康德罗叫他闭嘴，随后两人扭打在了一起。随着警方对康德罗了解的深入，他们发现康德罗是一个非常暴力的人。另一位和他断断续续生活了大约七年且给他生了一个孩子的女人伊丽莎白·安·福特说，每次只要他开始酗酒，她都会把他赶出家门。他还和她哥哥打过一架，把她哥哥的下巴和三根肋骨都打断了。他还一把将柴火炉从墙上给扯了下来，怒不可遏地朝她哥哥扔了过去。她最终只能找到警察局，警方禁止他再去打扰她。

法律之网终于网住了约瑟夫·康德罗。1996 年 12 月，卡拉失踪后不到一个月，他在克拉克县华盛顿州高级法院被传讯，罪名是在 1991 年 9 月猥亵一名七岁女孩和强奸一名十岁女孩。检方说，康德罗在探望一位朋友时，对睡在客厅地板上的两个女孩进行了性骚扰。审判定于次年 5 月进行。

与此同时，朗维尤的警方在继续寻找卡拉，到几个目击证人和线人告知的康德罗喜欢经常光顾的几个地方进行了走访。其中一处是朗维尤以西的索洛山上的一座空房子。这是一个孩子们喜欢去玩的地方。卡拉的几个家庭成员，包括她的叔叔，在她失踪后的三个星期之中为了搜寻她曾经来过这个地方，但是什么也没有发现。

1997 年 1 月 4 日，卡拉失踪快两个月的时候，警方对离索洛山公路边的那所房子不远的一片树林进行了搜索。他们来到一个峡谷，发现了一辆废弃生锈的红色大众汽车，轮胎和车轱辘都没有了，车头朝南，上面还挂着华盛顿州的旧车牌。在车内，警方发现了卡拉的黑色锐步 T 恤和胸罩，然后在车底乘客侧那里发现了一具女性尸体，头朝车后，双脚在乘客侧的车门下方。

司机侧门框正对面的一棵树上有一处撞击的痕迹，车上也有对应的凹痕。这表明这辆车此前可能是司机一侧靠在了树上，以便把尸体放在下面，然后再将车放下来，压在受害人的身上。

警长雷哈梅要求州法医人员来处理现场。他们到达之后，朗维尤的警察们用绞盘把车侧拉了起来，靠在树上，这样他们就可以处理尸体了。大家采了所有相关的样本，然后警方把那棵树给砍倒了，并将大众汽车从现场移走，接着他们就去分析那些样本。

躯干上部严重腐烂，露出了几根肋骨，这表明可能被动物撕咬过。但下半身因为被完全埋在车下，保存得很好。身上有一条内裤和一条黑色短裤，与卡拉生前所穿的衣服相配。在附近收集了样本后，现场的技术人员把尸体下面的泥土挖开，用两个尸袋，一头一个，把尸体给裹起来。两个尸袋被粘在一起并密封起来，然后被送往州犯罪实验室。牙科记录证实这具尸体是卡拉的。考利茨县验尸官加里·格雷格宣称她死于"不明原因的暴力"。

一些物证，包括在尸体上和周围发现的那些衣服，都被送到一个独立的实验室和圣地亚哥警察局法医生物学组进行分析。卡拉身上和衣服上的精液与谋杀痕迹都直接指向康德罗。

1997年1月27日，考利茨县检察官詹姆斯·J. 斯托尼尔向高等法院提交了一份名为《犯罪信息》的文件，指控约瑟夫·康德罗在卡拉·拉德死亡案中犯有一级严重谋杀罪。为了保障康德罗的安全，他在等待审判的时候被单独隔离监禁起来了，因为即使是因暴力犯罪而入狱的囚犯，也对猥亵和杀害儿童的人恨之入骨。

检察官就康德罗的死刑案件做准备的时候，他仍被关押在华盛顿州温哥华的克拉克县监狱，谋杀案审判定于1998年7月开始。与此同时，考利茨县检察官苏·鲍尔在咨询了丽玛的母亲丹妮尔·金恩的意见之后，向康德罗提出了一项协议：如果他主动承认卡拉·拉德和丽玛·特拉克斯勒是他杀害的，并告诉调查人员他把丽玛的尸体到底扔在了哪里，那么检察官就不会要求对他判处死刑。

1997年5月，康德罗因猥亵和强奸罪在克拉克县受审。陪审团在不到两个半小时的审议中就给他定了罪，他被判处三百零二个月的监禁。

考虑了一番之后，也许是因为发现陪审团对他的定罪一点都没有迟疑，康德罗接受了苏·鲍尔提出的交易。他说，他之所以接受不仅仅是因为避免自己被处决，还因为他想让自己的孩子们来作出对他不利的证词，同时他也希望两名被害女孩的家人可以把这个事情了结。

每当听到一个凶手说他做某个事情不是为了自己的私利时，我都会非常怀疑。

在朗维尤警探斯科特·麦克丹尼尔对他进行的长达二十多小时的讯问中，康德罗把自己比作一条一直躲在池塘底部的鳄鱼，肚子饿了就会浮出水面。当我读到他对多年前发生在丽玛身上的事情的描述时，这种可怕的比喻就不由自主地浮现在我的脑海。

任何杀害儿童的罪行都是恐怖的、毁灭性的，但丽玛被杀案中最令人不安的细节是康德罗是如何策划这次谋杀行动的。康德罗的供词揭示了这一罪行中特别重要、特别卑劣的方面：他是如何让这名八岁的孩子跟着他走的。原来丽玛的妈妈给了她一个暗号，为的就是防止有人接近她，并试图把她给骗走。这个暗号是"独角兽"，如果对方不知道暗号，她就知道不应该信任对方。乔·康德罗是丽玛父母的好朋友，她的继父鲁斯蒂把这个暗号透露给了康德罗。

他告诉丽玛，是她父母让他来接她去游泳的，他们稍晚也会过去。康德罗后来说，当他看到丽玛正往家走的时候，"我把车停在了路边，心里想，如果她上了我的车，我就带她到树林里去。而她确实马上就跳上了我的车"。

康德罗还告诉调查人员，他之前之所以把卡拉和尤兰达带到那所废弃的屋子里面玩，目的就是为了"演练"一下。

他对执法人员说："我计划强奸并杀了她们两个人。"

他事先已经找好了弃尸的地点。他说他在强奸和勒死卡拉之前狠狠地殴打了她。请记住，他和这名女孩的家人有着亲密的关系——他对她来说是"乔叔叔"。然而，他为了实现自己的邪恶目的，不管不顾地恶毒地殴打了她，紧接着强奸并杀害了她。虽然他并没有什么精神失常的迹象，但这种精神状态对于我们大多数人来说简直就是堕落到了极致。事后，他去了佩吉·迪尔特的家，冲了个澡，把自己擦洗干净，把衣服洗干净，并把鞋子给扔掉了。

1999 年 2 月 26 日，康德罗当着法官吉姆·沃姆的面，对卡拉·拉德的一级重罪谋杀和丽玛·特拉克斯勒的二级故意谋杀认罪。当着受害人亲友的面，康德罗当庭宣读了他的供词。3 月 5 日，沃姆法官判处他五十五年徒刑，刑期从他一年半之后因强奸和猥亵儿童罪而被判的最低刑期届满时开始计算。尽管康德罗幸免于死刑，但县检察官吉姆·斯托尼尔希望确保他永远不会再获得自由或假释。

在宣判时，丽玛的母亲丹妮尔·金恩说："我十四年中一直在等待答案，但最终得到的答案并不能缓解我的痛苦。他欺骗了我这么久，他一直都知道真相，我实在无法理解今天坐在这里的这个披着人类外衣的怪物。"

第十二章　高墙之内

位于瓦拉瓦拉的华盛顿州监狱，被囚犯称为"高墙"，已经有一百多年的历史了。它坐落在帕卢斯山和蓝山之间，位于该州东南部，靠近俄勒冈州边界。最初的建筑是用附近挖出的黏土砖建造的，厚厚的石墙是从哥伦比亚河流域运来的混凝土和巨石砌成的。这所监狱要关押的是最穷凶极恶的罪犯，直到今天都是如此。现在它还装上了铁栅栏，顶部为带刺的钢丝。

监狱管理部门的目标是通过锻炼、上课以及在监狱的各个车间和维修部门工作，让囚犯们尽可能地忙个不停。最初的黄麻厂在 1921 年被改造成车牌厂，目前每年生产两百多万块车牌。那些被判定为与其他囚犯一起参加这类活动太过危险的囚犯则被关押在一个安全等级最高的地方，他们每天二十三小时都被关押在牢房里，通过门上的一个狭缝吃饭，每次外出放风至少有两名警卫跟着。

这种牢房就是约瑟夫·康德罗的永久住所。

在媒体对我的访谈进行跟踪的时候，我对囚犯的访谈也是最为困难的。当我还在联邦调查局的时候，哥伦比亚广播公司的《60 分钟》节目组安排了记者莱斯利·斯塔尔和一个电影摄制组，跟着我和调查支持组的另一个同事朱德森·雷一起来到了宾夕法尼亚州立大学附近的罗克维尤监狱。我们在那里访谈加里·迈克尔·海德尼克，他因在费城北部家中的地下室囚禁并杀害了好几名妇女而被监禁起来。在那个地下室里，他挖了一个坑，装满水，然后把一名或多名女人扔进去，并电击她们。托马斯·哈里斯在《沉默的羔羊》中就把海德尼克的这个行为安在了"水牛比尔"的身上。基于这部小说改编的电影最近上映了，媒体和公众都非常热衷于挖掘背后的"真实故事"。海德尼克曾试图用精神错乱来为自己辩护，但据我所知，当他在地下室折磨女人的时候，还通过自己的投资策略在股市赚了六十多万美元。他于 1999 年被注射执行死刑。截至本书写作的时候为止，他是宾夕法尼亚州最后一个被执行死刑的人。

我们试图与海德尼克建立融洽的关系，但他虽然表现得很诚恳，却一直很警觉。他眼神有些迷离，从我的经验判断，这是一种深度偏执的特征。由于其他囚犯会对他进行袭击，他已经被隔离保护起来，这只会进一步加剧他那种人人都想过来抓他的感觉（在这里，这种危险是真实存在的）。尽管他很聪明，在股票市场赚了很多钱，但他没有受过高等教育。

他无法否认那些妇女是被他囚禁起来的，但就像南方奴隶主试图捍卫他们那站不住脚的制度一样，他坚持认为他和这些妇女组成了幸福的家庭：他们一起庆祝生日和节日；他给她们送礼物，给她们好吃的；他甚至提到他买了收音机给她们听，但朱德森说这实际上是用来掩盖她们被电击时发出的尖叫声。

是的，他不得不殴打她们中的一些人，他最后承认了这一点，但这是为她们自己好，就像一个家长打孩子是为了孩子好一样。他创立了自己的宗教，他的终极目标是利用这些妇女在世界上留下许多小海德尼克。这听起来很奇怪，但他坚持说他是认真的。他就这样一直很奇怪但很平静地说着，直到我说我想看看他生活经历中的一些问题为止。

"给我讲讲你母亲的事吧。"我往他那边靠了靠，这样说道。

这时他突然失控了。他站起身来，好像要扯下麦克风离开似的。

我告诉他，我们的研究表明，大多数像他这样的连环杀手要么与母亲发生过严重冲突，要么经历了某种悲剧失去了母亲。听了这话，海德尼克开始不由自主地抽泣起来。

我之所以能对他做到这一点，是因为我们在这次访谈前进行了深入的研究。我知道，在二十世纪四十年代末和五十年代初，加里和他的兄弟特里在克利夫兰长大，父亲冷酷无情、情绪暴虐，看不起他，还会体罚他。他还有一个酗酒的母亲。在加里两岁的时候母亲就和父亲离婚了，当时特里还是个婴儿。他们跟她过，但几年后，因为她酗酒，他们被迫又回到了那个讨厌的父亲身边。母亲在 1970 年自杀前，又结过三次婚。

在摄像头面前与犯人建立融洽的关系需要更长时间——一般来说，这不是因为他被摄像头吓到了，而是因为他太在意自己在电视上的形象，希望让观众觉得自己才是受害者；你必须克服所有这一切，才能触及关键的事实和情感真相。还有一个简单的数字问题：当我为联邦调查局做访谈时，房间里只有一两个人在说话；而电视摄制组则需要多人来布置、照明并在房间中做好准备。当人太多或者房间太大的时候，就更难把谈话引向我想要的地方去了。我想我至少要花一个小时才能让康德罗集中精力来和我交谈，讨论我想要讨论的问题。

微软全国广播公司的高管们希望我能对要访谈的人直截了当，表现出对其有一种明显的厌恶和蔑视。这种对抗性的风格可能会制造出紧张而扣人心弦的电视节目，但就我而言，这样是不会得到什么富有成效的访谈结果的。这种要求和我们在最初进行那些监狱访谈时所遭遇的几乎如出一辙：当时联邦调查局里的高级官员们想知道为什么我们对凶手如此和蔼可亲，监狱长们则质疑我们为什么每次访谈都要花这么长时间。同时，我们那种风格也会让电视观众感到不安，因为他们不会明白我为什么对这些邪恶的人这么好，还和他们有说有笑的。

或许，在奈飞公司的《心灵捕手》剧集第一季中讨论得最多的是第九集，当时鲍勃·雷斯勒和在节目中相当于扮演我那种角色的比尔·滕奇及霍尔登·福特在伊利诺伊州监狱里对"学生护士大规模凶杀案"的凶手理查德·斯派克进行访谈。为了摆脱斯派克对他们的蔑视，让他认真接受访谈，霍尔登反问斯派克是什么东西赋予了他"把八个成熟的婊子赶出这个世界"的权利。

事实上这和我们当时实际进行的访谈几乎一模一样。当时我们、一名惩教教官和斯派克在监狱的一个会议室里，但斯派克根本就不理我们。我转头对着那位教官说："你知道他做了什么吗，你们这里的这个家伙？他杀了八个女人。有些女人看起来很漂亮。他把我们八个好看的屁股给剥夺了。你觉得这样公平吗？"

斯派克听了我说的话，笑着转头对我说："你们这帮家伙真他妈的疯了。这一定是把你我给区别开来的一个很微妙的地方。"就这样，访谈如火如荼地开始了。

访谈约瑟夫·康德罗的房间大约有二十英尺宽、四十英尺长。机组人员共八人，动用了三台摄像机。然后，大约有六名惩教人员在现场监督，以确保康德罗不采取什么暴力行动，因为我已经要求不要把他给铐起来。

当康德罗从牢房里被带进来，见到房间里所有的人和设备时，他看起来有些震惊。他又高又结实，非常强壮。当我们握手时，他的大手掌把我的完全给裹住了。看了他的档案之后，你会不由自主地立刻想起他用这双大手殴打和勒死年轻女孩的情景。

在对这次访谈进行准备并翻看他的记录时，我希望康德罗像查尔斯·曼森那样，爬到椅背上面对鲍勃·雷斯勒和我——一个想主导局面的自以为是的人应该会这么做。

但我们发现约瑟夫·康德罗不是查尔斯·曼森。他是一个顺从的人，似乎很乐意谈论自己的凶杀行为。我最紧迫的任务是设法让他忘掉摄像机和屋里的其他人。这花了一些时间，他说他希望我知道他不会再谈别的案子了。他是其他几起儿童凶杀案的最大嫌疑人，他知道执法人员会很乐意再给他加一个罪名，让他最终被判处死刑。

但不会仅仅因为他顺从就意味着这次谈话是轻松的。我根据自己既定的策略，仔细地听着，就像鲍勃和我在联邦调查局里面对罪犯进行询问的时候那样。你在寻找的是对调查人员有用的具体的答案。你不必一个接一个地问问题，尤其是当罪犯在刻意自我防护时。乍一看，其中有些问题平淡无奇，但每一个细节和行为指标对像我这样一个试图打开和理解某个特定暴力罪犯的心理的人来说，都很重要。

我很快就让谈话进入了正轨。"我很感激你抽出时间和我交谈。我们所要做的是教育公众、执法人员、学校教师，真正地理解你的背景，看看在你的童年早期，是否有任何东西导致你走上了犯罪道路，并讨论你的犯罪行为本身。我们认为这将是非常有益的。我想先跟你谈谈你早年的事。"

我提到的第一件事就是他是被收养的。他说自己是被收养的——大概是自己已经十八个月大的时候——并详细讲述了养父母的家庭是如何从欧洲移居过来的。我觉得有趣的是，他说埃莉诺·康德罗是他的继母，这可能是一种心理依恋障碍的征兆。他说他们直到他七岁左右才把他的身世告诉他。

"当他们把你的身世告诉你时，你有什么感觉？"我问。

"我对此感觉很复杂，"他回答说，"你知道吗，我一直想知道为什么有人会抛弃他们的孩子。"

"你是不是有一种被遗弃或类似的感觉？"

"是啊，一种被遗弃的感觉。我认为这是我小时候出问题的主要因素之一。"

这有点像钓鱼。你在你认为可能有鱼的地方抛下一根钓线，好让鱼儿看到鱼饵。

我绝不是在贬低收养的好处，但值得注意的是，一些最臭名昭著的连环杀手都是被收养的。这些人包括"暗夜跟踪者"理查德·拉米雷斯、"山姆之子"大卫·伯克维茨、"山坡勒人魔"肯尼思·比安奇、"女生杀手"西奥多·邦迪以及在纽约市和长岛谋杀妓女的乔尔·里夫金。虽然绝大多数被领养的孩子都在他们慈爱的父母身边茁壮成长，但我认为，如果一个小男孩已经有了某种心理问题或初期已经有反社会人格障碍，那么那种被亲生父母放弃或"拒绝"的感觉会助长他的敌意、他对权威的蔑视以及其他一些消极行为。然而，出于同样的原因，这可以成为罪犯"解释"其动机和行为的一种借口。

康德罗回忆说，就在得知自己是被收养的时候，他就开始变了。"我开始变得非常暴力。那时我们的学校还没有心理健康之类的课。我们只有一个校长。我的意思是，校长所做的就是纪律处分，你知道的，这就是我开始在学校里有所'表现'的时候。我开始殴打别人。我的身材比其他人都高大。"

不足为奇的是，许多暴力罪犯在学生时代都是欺凌者或是被欺凌的对象。

"你上过天主教学校？"

"我上的是天主教学校，是的，私立天主教学校，我在那里做得很好，我擅长体育运动。八年级后我上了公立学校，从那时起我开始吸毒。"

"你吸的是什么毒？"

"大量的大麻、迷幻药、快速丸……"

我问他，在那个年纪，他是更喜欢挑男孩还是女孩作为自己的作案对象。

"我身边的任何人。"

"你小时候有没有被骚扰过？"

"从来没有。"

"在生命的哪个阶段，你产生了（虐待狂性）幻想？你还记得那是什么时候吗？"

"差不多在同一时间。"

这并不意外。在我多年来访谈过的所有性侵犯者中，有整整50％的人在十二岁到十四岁之间有过第一次强奸的幻想。埃德·肯珀和"BTK勒人魔"丹尼斯·雷德在十几岁之前就开始有暴力犯罪的幻想了。肯珀会从他妹妹的洋娃娃身上割下胳膊和腿，雷德会画女人被捆绑、被折磨的图画。你可能很想知道，如果有人在这一时期介入的话，接下来的情况会是怎样的。

康德罗说他会让女孩脱光衣服，然后和她们做"试验"，尽管他否认自己和她们有什么性交行为。他还谈到他会残忍对待动物——这是杀人犯三大特征之一——这一现象是在康德罗一家搬到华盛顿的朗维尤之后开始的。

"我和一群孩子混在一起，他们是社区里面的混混。一天，一直和我一起混的一个孩子说：'来吧，我知道哪里有猫。我们去把它们给杀了。'我很想去。他带了一根棒球棒。就在那次，我第一次动手杀死了动物。"

康德罗接下来一直都用大块的木头在动物不注意的时候猛击它们的头部。

"你是一种什么感觉？"我问。

"一开始我有点害怕，然后我就变得兴奋起来。然后我们就跑，因为警察来了。有人打电话把警察给叫来了。我们赶紧爬到树上，躲在那里看着警察在整个地区进行搜查。"

他唯一担心的是被抓，但逃过警方的搜查也是一件令人兴奋的事。他对自己殴打一只毫无防备的动物致死并没有任何悔意。在这一点上，我们可以清楚地看到他是如何成长起来的，他对他人的苦难没有任何同情心。

"你和异性相处得怎么样?"我问,"我是说,你和女孩约过会么?"

"是的,是的,"他说,"我经常约会。我有很多女朋友。"我很想知道这么多女孩看中他身上哪一点。

"在约会的时候,你是否对某个特定年龄段的女孩有偏好?比如说十几岁的,你总是希望女孩更年轻一些?"

"是的,"他回答说。这是我真正感兴趣的地方。"你知道,随着我年龄的增长,女孩们基本上都会和我年龄相仿或者比我小一些。但后来,我和约会对象之间的年龄差距越来越大,很快我就发现自己,你知道的,开始骚扰孩子了。"

"所以,你说的是,尽管你年龄增长了,但你的目光一直锁定在某个特定年龄段上。你希望那些女孩大概是多大年纪的?"

"我上学的时候只喜欢比我小的女孩,你知道的,比我小几个年级。"

"听起来你对年幼的女孩有一种迷恋——一种强迫性的想法。你能控制住你的这些强迫症一样的想法吗?"

康德罗承认说:"我满脑子都想着年幼的女孩儿。"

我问他是否像丹尼斯·雷德那样画画。

"不,我只是在脑子里想象。我是说,我一直都在那样想着。七年级的时候,我就想带人出去强奸并杀害她们。"像他这种类型的人经常在脑海中上演他们自己幻想的理想剧本,但实际犯罪很少完全符合这种剧本。

"所以你有一种极大的愤怒情绪。你认为这种愤怒来自哪里……让我们回到你七岁的时候,你那时知道自己是被领养的,你觉得自己被遗弃了,你认为……"

"那只是其中的一部分。但是我的养父母,他们是控制欲非常强的人。我记得我告诉妈妈不想再去教堂了,她逼迫我必须去。他们会强迫我做事。他们会彼此大喊大叫，在精神上折磨对方。他们总是对着对方大声吼叫。"

他觉得，这一切让他"和附近的孩子们一起做了很多离经叛道的事情"。

"那是什么？"我问，"你说的离经叛道的事情是一些什么样的事情？"

"好吧，你知道的，我要么揍男孩，要么把女孩带走然后让她们给我脱光衣服，玩我们的'小游戏'。但很快我就注意到附近所有的父母都不让我和他们的孩子玩了。然后，为了离工作地点更近一些，我的养父带着我们搬到了华盛顿的朗维尤。现在，我不知道他搬家是因为我做的那些坏事，还是他纯粹只是想离工作地点更近一些。可能两者都有吧。但他从来没有告诉我他为什么搬家。"

连环杀手身上有一个很有意思而且总是出现的现象，那就是他们身体内有两种不断相互斗争的情感概念：一种是自以为是的权力感；另一种是根深蒂固、普遍存在的自卑感和匮乏感。我在约瑟夫·康德罗身上也看到了这一点，这几乎渗透到了他性格和人生观的方方面面。

他对父母的态度就是这样。在大致告诉我他的家庭生活有多不正常、父母总是对他大喊大叫、互相辱骂之后，他又补充说，"但他们真的是好人。我是他们唯一的孩子。在我小时候他们给了我想要的一切。爸爸教会了我金钱的价值。他让我在十二岁的时候去工作，我有自己的园艺小生意。是的，他们是好人。"

说起"金钱的价值"，其实他是一个经常失业的男人。他总是会长时间地靠压榨朋友、前妻和女朋友过活。像这样的人，观念和现实是两码事，他们看不出这两者之间有什么关系。

"最后，"我说，"当你开始把脑海中的幻想付诸实施的时候，是什么东西刺激你去那么做的？"

"大概十二三岁吧。一天晚上，有个女孩在附近一家商店工作，我幻想着带她出去强奸她之类的。我准备了一套强奸工具，在商店十一点关门后，我去了那里，她刚把门锁好。我问她是否愿意让我搭车，她说：'当然可以。'然后她就让我上了她的车。我拔出刀子和其他东西，把她带到了索洛山地区。她哭了，说：'请不要这样，请不要这样！'我——我没继续。我没有继续下去。"

"所以你停下来了？你为她感到难过？"

"是的，是的。"

"那时候你确实有所触动了？你有一种感觉了？"

"嗯，这是我的第一次。我不知道我在做什么。"

"所以说在幻想中一切都是完美的，但在现实中，当事情不按计划进行时，你认为你有一个很好的计划，但你没想到她会哭，你没想到她会有这样的反应？"

"是的，但后来我克服了那种情绪。"换言之，他学会了在情感上与受害者分离，所以她们的恳求或痛苦不会再影响他了，也不会再阻止他去做他想做的事了。

"她有没有向警方报案？"

"报了。我为此上了法庭，但律师让我脱身了。"

而结果就是，至少有两个无辜的女孩因他而死。

第十三章　"形势之便"

　　我们已经聊完了康德罗的童年和成长时期，要开始探讨另一个关于他的问题。这也是让我最感兴趣的：他为什么冒险去绑架和杀害熟人的孩子？对于任何一个足够聪明的人来说，这都是极其危险的行为。

　　与这个问题联系在一起的是一个更基础的心理学问题：他为什么选择还未到青春期的人作为作案对象。我的直觉是，那种力量匮乏感引导他走向他认为和自己能力水平相当的人。我们对这一现象程度较轻的情况其实很熟悉：比如一个高中毕业（或没有毕业）的人，回到家里后总是会和比他年幼的孩子们在一起，因为他在他们中间会有一种受到尊重的感觉，而他的同龄人对他不会那样。

　　我问："为什么你选孩子当你的目标？为什么不选一个，比如说，十八岁的女人？我是说，为什么是孩子？你有足够的时间去思考这个问题。你脑子里在想什么，让你去针对孩子？你想从中得到什么？"

　　康德罗的回答直截了当、干脆利落，让人觉得非常诧异。

　　"我认为这只是形势之便。你知道，孩子们都很信任别人，我和他们的家人关系很密切，我只是利用了他们的信任。"

　　"所以，基本上，这对你来说是个很容易下手的目标。"

　　"是啊，那时候他们是很容易下手的攻击目标。"

　　他的背景表明，由于各种心理因素，他更喜欢年轻的女孩，而我仍然认为这主要与他个人的匮乏感有关。但他选择年轻女孩下手的战略原因很简单，那就是她们是很容易到手的猎物，这就好比狮子会从在水坑边喝水的羚羊群中挑出最弱的那个一样。一个八岁或十二岁的孩子，不可能会像一个十八岁的孩子那样和他打斗一番。

但在他开始杀人之前，难道不担心被他猥亵的女孩会回去告诉她们的父母吗？

"我担心，"他承认，"我猥亵了一个女孩，她回去告诉了她妈妈，她妈妈过来和我对质，但……接下来她什么也没做。我们只是讨论了这件事，然后她就走了。我原以为她会去警察局报案，但她没有去。她决定不报案了。"

请把他这番话，和他在索洛山上持刀威胁那个十二岁或十三岁的女孩，然后律师让他成功脱身一事一起考虑。许多家长不愿报警，因为他们担心社区里的每个人都知道他们的孩子受到了性骚扰，而他们不想让孩子受到那种耻辱，也不想让孩子在法庭上作证。康德罗开始理解了这种"潜规则"，并开始为了自己的私欲利用这种规则。

"你认为在你生命中——我是说儿童早期——可能有什么事情能够阻止你越界，阻止你去犯下暴力罪行么？"我问道。

"没有，我认为大多数性骚扰者，是基因所致，这种基因就在家族中。我的一个家庭成员在美国的另一所监狱里。他也是个猥亵犯。所以我真的相信，就像酗酒和吸毒一样，这是一种流行病，政府机构必须认真研究，因为我认为这是我们的基因造成的。"

乍一听，这似乎很有见地，很高屋建瓴的样子，就好像康德罗对自己也深陷其中的问题有了一种大局观一样。但归根结底，这只是他不想为自己的罪行负责的另一种表现而已。就像酗酒、像吸毒，这是遗传的：我就是为了骚扰和杀人而生的，对此我无能为力，所以要由政府机构来做研究并找出答案。

胡说。一个酒鬼不能仅仅因为他喝醉了就去殴打妻子或者用车撞行人。康德罗也许有强烈的欲望去强奸和杀人，但他并不是被迫的，其他像他这样的人也都不是被迫的。他很希望以"最安全"的方式犯罪并把自己的罪行掩盖起来，因此，这种罪行并不是"无法抗拒的"，犯罪只是他个人做出的选择。

当我们访谈康德罗的女儿考特尼时，女儿也觉得父亲的说法是不对的。考特尼说，如果这种行为是遗传的，她就会像父亲一样有杀人的冲动，但她从来都没有过伤害任何人的一丝一毫的冲动。她认为父亲的行为是他的选择，所谓的基因不构成他犯罪的借口。

我接着问康德罗："你认为你有上瘾的性格吗？"

"是啊，很容易上瘾，就是那种'要不就现在，要不就永远别做'的感觉。"

"现在也是这样么？即使是在这里？以什么方式呢？"

他一意识到我会向他提出什么样的挑战，而他自己又想避开这种挑战的时候，就经常会修改自己的说法。

"我不知道。应该不是真的上瘾，可能只是一种强迫性的人格。在监狱里没什么可做的。你必须在这里耗时间，你必须让这些时间有点意义。大多数人都是通过不断地清理牢房、参加项目或者运动或者别的什么来消磨时间的……"

"那你做什么呢？"

"嗯，我经常打扫我的牢房。我和其他囚犯一样，我喜欢牢房保持干净。"

首先，他和其他囚犯不一样，尽管他愿意认为自己和其他囚犯是一样的。他是个猥亵儿童的凶手，这让他在监狱里处在最底层。其次，被监禁之后，他就不再能控制自己的生活了。他因为不再能将幻想付诸实践而感到沮丧。一种控制的方法是进行一些强迫性活动，比如一再地清理他的牢房，这是他和其他囚犯唯一可以控制的领域。

我认为这可能是了解他在犯罪时想法的一个突破口。"你认为那是你生命中感到失控的时候吗？就是对你的人际关系和工作中发生的事情失去了控制——此时，（犯罪）对你来说是一种方式，一种让你觉得自己也可以做成一件事并掌控局面的方式？"

他上钩了，把自己的行为归咎于他人的影响："这是其中的一部分。我发现生活中有很多人想控制我。你知道，我所有的女朋友都希望我改变，我妈妈希望我改变，我爸爸希望我改变，我所有的朋友都认为我应该改变。因为我酗酒、吸毒、虐待我身边的每一个人。"

他似乎再一次表现出了一定的洞察力，并为自己的行为承担了一些责任，承认了他虐待周围的人。但事实上，这一切都是其他人的错。他并不想搞清楚为什么他认识的每个人都希望他改变，这种要求是否有什么道理，而是认为这是别人试图控制他。他逃避这种压迫的方法就是滥用毒品和酒精，这也会降低他在犯罪之前的自我控制力。这一点也表明他是很自恋的，对他之外的任何人都缺乏同情心。不仅如此，他还是个愤怒的酒鬼。他对这个世界有很多被压抑的愤怒，所以他不会对受害者表现出什么同理心或同情心，也不会对自己的罪行负责，因为他觉得自己才是真正的受害者。

丹尼斯·雷德告诉我，他之所以开始他的 BTK 暴行是因为失业了。"都是因为我在塞斯纳被解雇了。我和妻子没有任何性问题，也没有经济问题。都是因为失业。这看起来不公平。我真的很喜欢这份工作。"

我发现这是一个非常有意思的说法。从一个层面上讲，被解雇是不可能让一个理智的人恐吓、折磨和谋杀四个家庭成员，然后接下来又到处吹嘘的。这只是他减轻负罪感的一个借口而已。不过，在另一个层面上，这直接说明了雷德的心理特质，我指的不仅仅是他长期以来对绳索和折磨女性的迷恋，而且这种迷恋最终从思想发展到了实际的行为。这显示的是雷德的极度自恋。他认为他遭受了不公平，因此就不再关心他对受害者和幸存者所做的事情有多么不公平了，而且那种不公比他所遭受的不公要大无数个量级。

丹尼斯·雷德有妻子、两个孩子，还在政府部门工作。他还曾经是童子军的负责人和所在教会的主席。但是，他所构思、计划、在纸上勾勒然后出去执行的捆绑和折磨的幻想，是他一生中自认为最为重要的事情。

尽管他们的杀人幻想是同样罪恶的，但我们看到了康德罗和雷德之间的差别，同时康德罗想要在强奸和杀人的时候尽量少费力气，尽量让受害人不反抗。对雷德来说，他是通过看着知道即将被他杀害的受害人而获得那种虐待狂一般的满足感的。当把女性受害人给绑起来并塞住她的嘴之后，他就没有兴趣像大多数虐待狂那样给她造成什么肉体上的痛苦了。他是从受害人知道自己要死了这个事情上去获得自己对生与死的力量感和满足感的。对雷德来说，受害者是他所构思的那出可怕戏剧的主角。而对康德罗来说，受害者只是一个道具，当他用完了之后，他就把它给丢弃了。

我从雷德的背景中知道，和康德罗一样，他也是从虐待动物开始的。我向雷德提出了这一点。"告诉我关于动物的事，丹尼斯。"我说。

他的表情变得严肃起来。他说："我知道你为什么要提这个事情。"他当然知道，因为他读过我们的书，知道这是我所提出的杀人犯三因素的一部分，另外两个因素是尿床和玩火。"但我从没杀过动物。我不可能做那样的事情。"让我觉得有趣的是，他可以到处吹嘘自己对人类所做的一切，却不愿意承认自己虐待小动物的事实。

他这句话实际上表明了所有连环杀手和暴力罪犯的一个共同想法：其他人不重要，他们不是真的，他们没有任何权利。这是反社会人格的最极端状态。对于约瑟夫·康德罗和丹尼斯·雷德这样的杀手来说，这种病态决定了他们与世界互动的方式。

是时候让康德罗转到丽玛·特拉克斯勒的案子上了。

"我是在学校里认识丽玛的继父鲁斯蒂的。"康德罗这样说道，"后来有一天晚上我在酒吧遇到了丹妮尔，鲁斯蒂把我介绍给了她，我们就成了朋友。鲁斯蒂和我以前是朋友。我当时在当地的一家冶炼厂工作，后来遇到了鲁斯蒂，他之前在内华达州做一份工作。那之后我们就又开始交往了。"

面对这个简短的叙述，你首先应该想到的是这听起来是多么普通、多么就事论事、多么平淡。然后你想起康德罗杀死了他"很早的一个朋友"的继女，于是你又意识到一个残酷的现实：凶手的外表和声音可能跟我们是一样的，但他们的思维方式却和我们不一样。他们的逻辑过程完全不同。

如果说康德罗之前描述的是一种平淡无奇的生活，那么他的下一句话则说明了他和他的社交圈日常是怎么样的：

"嗯，当时，我们大量吸毒、酗酒、聚会。可卡因是我们交易的主要毒品。鲁斯蒂失业了，要不就是丹妮尔把他给赶出来了。他靠失业救济金生活，房子是租来的，付不起房租，所以他问我是否愿意让他过来一起住。我说，当然可以，你可以过来和我一起住。当时我正和前妻朱莉在一起，所以我根本就不住在那里。后来有一天，我们聊了起来，他就把他们与丽玛之间的暗号告诉了我。"

"暗号是什么？"

"独角兽。有一天我看到她走在街上，我去了商店。从商店回来时，她还在街上走着。于是我就把车停在路边——这只是一时冲动——我把车停在路边，让她上了车。"这不是一时冲动，冲动是短暂而突然的，但这股力量一直伴随着他。这是一种机会主义的犯罪。

"那你说暗号了？"

"是的，是的。我说了暗号，她就上车了。她和我一起上了皮卡，然后我开车去了日耳曼溪那里。"请注意，当谈到他的犯罪意图时，他是多么就事论事。

与杀手的交谈总是可以归结为：

"乔，那天发生了什么事？最后是什么压力，或者是什么给了你这样的压力，让你要对一个孩子犯罪。而这个孩子，就是丽玛？"

"好吧，我之所以把注意力集中在丽玛身上，因为首先她信任我，在我生命中的那个时候，年轻女孩特别吸引我，所以我决定要对她下手。鲁斯蒂给了我暗号。正如我说的，我去了一趟商店，从商店回来的路上，我看到她还在街上走着，于是我就说了暗号，她就跳上了我的皮卡。我把她带到我家，让她待在皮卡车里，然后我走进屋里，给单位打了电话，说我那天不去上班了。然后我就开车把她带到了日耳曼溪那里，强奸并杀死了她。"

"你是在车上还是下车之后攻击她的？"

"我把她带到了我知道的一个旧游泳池，她就站在那里看着那条河。那是一条湍急的河流，但那里有一个游泳池，她站在那里看着，我就用我的右拳打了她的头部侧面，把她打昏了。然后我就强奸了她。当我强奸她时，她开始从昏迷中苏醒过来，于是我就开始掐她。"

"用手么？"

"是的。"

"她是面对着你，还是背对着你？"

"她面对着我。"

你可以通过罪犯如何用手掐死受害者的场景，来判断他是真的一心想杀人，还是有任何保留、道德上的犹豫或者同情心。康德罗一点都没有。康德罗和丽玛面对面。这是一个她信任的男人，但当他盯着她的眼睛时，他并没有因为自己要掐死她而感到内疚。我把自己放在受害者的位置上，我想，我最不希望看到的是，一个我信任的人正在夺走我的生命，而这个人甚至连一点遗憾都没有。

"面对着她——你不觉得很难吗？"我问，"回想起来，是不是很难？"

显然一点也不。"那时候，我很投入。自从她上了我的皮卡那一刻，我就下定决心要杀她了。"

"你们之间没有说话或类似的事情？"我问道，"她真的不知道是什么击中了她？我是说，你让她失去知觉，然后在她死后强奸了她？"

他纠正了一下我所说的强奸丽玛的细节。他说得直截了当、按部就班，就仿佛是在换一个爆了的轮胎一样。是的，他狠狠地打了她一拳，使她失去知觉，然后在她昏迷的时候对她进行了性侵犯。他用手掐住她的脖子，但当她恢复知觉、大口喘气时，他一直在那里对她进行性侵犯。然后他把她拖到附近的小溪边，把她的头按入水中。但当他把她拉起来，看到她还活着，还在那里喘气。于是他就抓起一块和他的手差不多大的石头砸她的头，直到她死去为止。

当听他说着这一切的时候，我刻意让自己不动声色，但是我的血液那时沸腾了。我当时在想，如果有人应该被判死刑，那就是这个人。

这段叙述让我彻底震惊了，不仅是因为约瑟夫·康德罗对这个年轻女孩所做的那种极端堕落和邪恶的行为，还因为他对这一行为和这个女孩所表现出来的那种可怕的态度。虽然他并不想从看着受害者知道自己要死时的那种痛苦表情上获得什么满足感，但他对那些认识和信任他的人的痛苦表现得如此冷酷、如此冷漠。因此，尽管方式不同，但他和雷德是一样残忍、一样自恋的。

这段供词对于电视节目来说太可怕了，但我已经让他进入了状态，就像我让麦高文重温了一遍他的罪行一样。他以前从未如此详细地描述过他所做的事。警卫和制片人员都在听，但这似乎无关紧要，康德罗已经露出了他真正的面目，说出了他是如何去得到他想要的东西的，而他的行为会给其他人带来什么样的后果，他压根就不会考虑。

大多数捕食性杀手，特别是虐待狂杀手（他们的主要情感满足来自给受害人造成身体和/或情感上的痛苦，并让受害人的家人无助地受苦），需要让受害者去人格化，以便像对待物品那样对待受害人。当他们认识受害人时，要这么做就比较难了，但很明显的是，康德罗的情况不是这样。他很了解丽玛，他是她继父和妈妈的老朋友。他看着她长大，知道她信任他。他喜欢她，对她没有什么个人恩怨。一般来说，他是不可能以去人格化的方式看待她的。然而，他却能够决定强奸并杀死她，还看上去有条不紊地、冷静地把自己的计划付诸实施了。这就是为什么康德罗对我来说是独一无二的，也正是我想了解他的原因所在。

　　有些具有捕食者人格的凶手也会杀死他们认识的、亲近的人，但一般来说，与约瑟夫·康德罗的情况不同，这种罪犯的行为表现是明显的。一个人杀死了他身边的人，这么做通常是有一种强烈的被背叛、要报复的感觉，或者有一种强烈的愤怒之情。这种愤怒往往是由于嫉妒、一时义愤造成的。"O. J. 辛普森案"就是这样的。他的前妻妮可·布朗·辛普森和朋友罗纳德·戈德曼被杀。在该案中，我们看到了"过度杀戮"的行为证据——实际的伤害和暴力比造成死亡所需的伤害和暴力要多得多。典型的过度杀戮行为模式是，受害人颈部或胸部多处遭到密集刺伤，脸部也严重受损。这是一场因为愤怒而起的惩罚性的凶杀案。罗纳德·戈德曼只是在错误的时间出现在了错误的地点而已。辛普森之前并没有把他算计在内，而之所以要杀死他，只是为了消除一个没有料想到的威胁。妮可才是他选定的承受他暴力惩罚的对象。

　　丽玛·特拉克斯勒凶杀案不是这样的。康德罗对她没有丝毫的怒气。他没有理由惩罚她或她的父母。他甚至从来没有对她表示过厌恶。这只是他决定要做的一件事情，实际上是一时冲动，因为要对丽玛下手很容易，而且会给他带来快乐和满足感。他决定强奸她，如果她不反抗，强奸她是最容易的。他并没有因为她在挣扎或受苦而放弃强奸。一旦他做了他想做的事，他就不得不杀了她，这样他就可以逍遥法外了。如果她是被掐死的，很好。如果没有，下一个选择就是用石头砸死她。他一直是超然的、极度冷静的，就像在屠宰场杀牛一样。

"你是怎么处理尸体的？"这是另一个对我来说意义重大的问题。

"嗯，我时间紧迫。我没有像其他杀人犯那样出去挖个洞或者其他怎么样，我只是把她带到一根巨大的、靠着悬崖的旧木头那里，把她扔到木头后面，拔出周围的一堆蕨类植物扔到她身上，尽我所能把这块地方伪装起来，然后就离开了。我把她所有的衣服都带上，开车到朗维尤-雷尼尔桥那里，然后一把扔到了河里。"

这么草率的掩饰行为告诉我，康德罗可能是受了毒品或酒精的影响。我们从警方对他的一些朋友和同伙的访谈中得知，他曾说过，不因谋杀而被捕的关键是确保警方找不到尸体。这种草率、粗心的处理尸体的方式让他很容易就会被抓住。但他很走运，没有被发现。

他也觉得自己实在太走运了。"我真的很惊讶，因为当一具尸体腐烂时，它会发出臭味，你知道的。那是个很受欢迎的游泳池。我很惊讶没人找到她。"

这是我们大多数人都会觉得难以理解的地方。哲学家汉娜·阿伦特在她颇具争议的著作《耶路撒冷的艾希曼》中，写到了纳粹"纯粹的邪恶"。康德罗就是一个完美的例子，这个人离我只有咫尺之遥。我问康德罗："那么，当你把她给杀了，然后回到家里时，她妈妈有没有寻求你的帮助？"

"有的。当时我回到我女朋友家，她正在做饭，我在她家里做了几件家务，大约——我不知道——晚上六点，外面天黑了——我记得有人敲门，是丹妮尔，她问丽玛是否来过，我们说没有。她哭了起来，接着用我的电话给警察局打电话报警。当时我女朋友叫我跟她一起去看看，以确保她不会有什么事。我们直接去了另一个人的家，她问了他们，然后我们回到车里，去了鲁斯蒂的家，那里到处都是警察，他们正在四处搜寻。他们认为鲁斯蒂应该对丽玛的失踪负责。"

他的密友成了首要嫌疑犯，这对康德罗来说没什么大不了的，因为这会把警方对他的注意力给转移开。实际上，警方可能一开始就忽略了乔，因为他正在给受害人的母亲提供帮助。

"他们有没有来找你，询问过你？"

"我不记得他们那时候来找我谈过什么话。他们，丽萨·斯内尔，我想这是她的名字——她是一名记者——去和鲁斯蒂谈了几次，警察对鲁斯蒂进行了几次讯问，而鲁斯蒂甚至都没有通过测谎……"

像这样的例子是我从来不那么重视测谎的原因之一。它对已经有犯罪前科且可能进行过其他一些犯罪的嫌疑人基本无效。他们坚信自己扭曲的观念，认为他们的罪行是正当的，或者认为他们有权那样做。或者，正如几年来几位连环杀手告诉我的一样，如果你能对警方撒谎，那么对一个盒子撒谎有多难？

"……他们一直没有找到过她的尸体和其他东西，于是渐渐就不再追查下去了。"

"你想过你会被抓吗？你觉得自己大概率不会被抓？"

"我觉得自己大概率不会被抓。"

"为什么？"

"因为他们重点调查的是鲁斯蒂，我就乐得由他们去了。"

"你有没有回去把尸体藏起来？"

"没有。"

"从来没有？"

"是的，你再也不会回去了。"

我们分析无名嫌犯的方法之一，是看看是否有证据表明他们曾返回过一个或多个犯罪现场或弃尸地点。我们甚至不一定要去监视犯罪现场以便在罪犯回来的时候把他逮个正着，但他是否回去过——不论是回去过，还是没有——都会给我们大量的行为信息。

凶手回到那些地方去有两个主要原因。其中一个原因是"标签行为"①，另一个则是具体的作案手法；也就是说，一个涉及犯罪的心理因素，另一个则涉及犯罪行为的具体特征。从标签行为这个角度来说，罪犯之所以回到那些地方，是为了重温犯罪行为带来的刺激感和情绪冲动。我们看到很多罪犯会回到受害人那里，在受害人身上或边上自慰。我们甚至见过真正的亡灵癖，他们回来和他们最近刚杀死的受害者发生性关系。泰德·邦迪就是其中之一。很明显，康德罗并不符合这一特征。一旦他和受害者之间的关系结束了，他就和这个受害人说再见了，然后愉快地继续过活。

另一个原因则是防御性的：确保尸体被好好隐藏起来，不会被当局或随便什么路人发现。康德罗明确表示，他也没有去做这样的事情。他认为回到犯罪现场或垃圾场更容易被人发现。为什么会这样？是什么让他和那些想着去把尸体藏好从而避免被抓的罪犯有所不同？

这是因为他已经和受害者有联系了。与其他以陌生人为目标的凶手不同，康德罗知道自己会成为潜在的嫌疑人，因此他在该地区的活动可能会被观察到或遭到严格的检查。丽玛遇害后，他感到"时间紧迫"，对此他十分不安，但警方似乎把重点放在鲁斯蒂身上，所以从他的角度，最好还是别再多事了。

丽玛的尸体从未被发现，即使是在康德罗同意与警方合作把尸体找出来之后也依旧没有找到，这是不寻常的。这尽管给受害人的家属带来了持续的痛苦，但无疑对他是有利的。

我对他说："她母亲至今仍抱着希望，觉得她的女儿可能还活着，尽管你说你对她的死负有责任。因为她一直没有找到女儿，所以他们

---

① 指与具体作案手法无关，但罪犯总是会做的一种行为。——译者

希望她还活着。但是其实……已经没有那种希望了。"

"是的，没有希望了。她已经……我把她的尸体藏起来的时候，她就已经死了。"

"如果你能对她母亲说点什么，你会说什么呢？"

"这有点难，"他丝毫没有什么犹豫地说道，"我不知道我会对她说什么。你会对一个孩子被你杀了的人说些什么？真的没什么好说的。我的意思是，那个行为本身就说明了一切。"

第十四章 "其他受害者"

约瑟夫·康德罗被判犯有两起谋杀罪，分别发生在 1985 年和 1996 年。以我对性罪犯的全部了解，我觉得他不可能在作了一次案之后，等十一年之久才再作第二次案。

我想起了他说的那个比喻：一条一直躲在水面下的短吻鳄，"饿了"之后就浮出水面了。我问他："你真的能撑那么久吗？通常罪犯是用幻想来支撑那么久的。我是说，你在脑海里一遍又一遍地重温那件事么？"

同样，他这次的回答还是那种就事论事的腔调。"那只是其中的一部分而已。但让我把话挑明了吧：期间还有其他受害者。我是说，有些性骚扰从未被报告给警方。"

"我真的很高兴你这么说，"我回答说，"因为当我看你这个案子的时候，我当时就觉得这个人不可能在两次犯罪之间等那么些年。最初犯下一个罪行，然后等十年之久才犯下另一宗罪行。我和不少犯人交谈过——其中一些人可能会留一些纪念品，一些属于受害者的东西或者（保存）报纸上的相关文章。但你的那种冲动，当你有这样一种沉迷时，需要一个发泄的出口。所以，还有其他的案件，很多只是没有被报告而已？"

"是的，有很多未报告的案件。"

"受害者都是你的朋友们吗？"

"不，她们就像——就像我说的，我那时很喜欢聚会，那里总是有年轻女孩，十五岁，十四岁，有的十三岁。派对上会有我物色的对象，那些派对女郎。"

"为什么你没有杀死那些受害者？"

"可能是因为我没有玩尽兴吧。"

"你想对她们做什么？"

"持续地骚扰她们。"

"让她们活一段时间是不是幻想的一部分？你对一个受害人设想的最理想情况是什么？把你的全部幻想从头到尾付诸实施，关于地点、时间以及其他各方面，都一五一十地付诸实施？"

"我的幻想只是谋杀——我是说强奸并杀死受害者。那是我的全部幻想。我的杀人行为就像是整个事件的最高潮一样。过去，我一直骚扰这些人，我指的是那些孩子；也许我没有杀她们是因为我喜欢她们。"

但他接着说，"对我来说，我不认为这是幻想。我看着它，在我还没有坐牢的时候，我觉得这是我生命中的一部分——你知道我的意思——这是我生活方式的一部分。"

虽然他喜欢以自己熟悉的女孩为目标，因为更容易下手，但在其他方面，他符合暴力罪犯的性格特征。我的意思是他对那种感觉的渴望会一直持续下去。因此，要是最后的事实证明让他陷入牢狱之灾的那四次攻击事件和两次谋杀案，是他所犯下暴力犯罪的全部，那么他将会成为一个极端的例外，如果我想把他纳入凶手类别里进行分析的话。另一方面，如果在他遭到指控的几个案件间隔的那段时间中，还有未知、未被破案的袭击行为，那么他就符合我们对这类凶手的认知。不管怎样，找出答案是极其重要的。

"我读过警方的报告，他们认为你应对七十起性骚扰案件负责，甚至也可能需要对其他谋杀案负责，"我说，"你都知道这些么？"

"这正是我刚读到的。"

"所以这些数字是夸张的，说你对另外七十个案件也要负责？"

"我不能回答这个问题。"

"你不想回答，还是不能回答？"

"是的，我不想回答这个问题。"因为这可能意味着还要面临死刑。这解决了我的问题。康德罗不是那种人。他们中有很多人一旦被抓，就想通过声称比实际犯下过更多的凶杀案来提升自己的声誉。对于康德罗来说，杀人太稀松平常了，他根本不在乎这种地位。所以，如果他不直接回应，那是因为他确实犯下了更多的罪行。

我问他是否曾经和某个女人交往，目的是为了接触她年幼的女儿。不幸的是，这在某种类型的性罪犯中并不少见。他对此矢口否认，但我仍然高度怀疑。不过，在整个访谈过程中，我感觉到他真的不认为自己要对这一切负责。他一直在犯罪，因为警方没能抓住他。他逃过了死刑，因为受害者的家属想和他做交易。在他心目中，一切都是别人主动的。即使特拉克斯勒家给丽玛设定的暗号被透露给他了，也是他们自愿透露给他的，并不是他专门要求的。但一旦拥有了这个暗号，他就觉得自己可以利用这个暗号了。

"他们让我做一个交易。他们要我被判死刑，检察官也希望判我死刑。所以他们去找了受害者的家人。当案子最终结束时，我和他们达成了协议。这是其中一个家庭成员做的决定；检察官去找他们，他们谈了关于协议的问题。我觉得这不公平。他们不应该让我达成协议。"

明白我的意思了吗？

"他们应该判我死刑，"康德罗接着说，"我相信我应该为这些罪行而死。我不知道——我只是觉得……我的受害者没有得到什么正义。他们死了，我还活着。他们在坟墓里翻滚。其中一个受害人至今还没有被找到，而且，我只是相信那些家庭成员——尽管他们试图通过在丽玛·特拉克斯勒的弃尸地点把她找出来，他们这么做是对的——但他们实际上考虑的是怎么对丹妮尔是最好的——在我心里，我认为那是不对的。这种做法没有正义可言。他们让他们的孩子失望了。"

在我心里，我觉得那是不对的。你能相信这个人吗？这些年来，我一直在训练自己不要把自己的真实感受给暴露出来，要控制住，但有时当你听到这样无耻的言论时，很难保持镇定。毕竟，是他自己选择做了一个免于死刑的交易。给微软全国广播公司的高管们一种他们想要的反应，本来很容易，但那会适得其反。

他继续轻描淡写地说道："你知道，如果是我的孩子被杀的话，我会希望那家伙被判死刑。我绝不会要求检察官跟他做交易。那种做交易的想法根本不可能出现在我的脑海中。杀了他，让他从这个星球上消失。"

我差一点忍不住想问康德罗，既然这样，为什么他不干脆直接承认可以判他死刑的谋杀罪，从而让自己所说的那种正义得到实现。但我决定还是让他继续说下去了。

在感叹他得到的认罪协议对于受害者来说是多么不公平之后，我问他："那么（接受）认罪协议不是因为你想逃避死刑？不是因为这个原因？"

"没人跟我提过认罪协议。我是自己想出这个主意的。"他觉得他们居然接受了，这简直太可怕了！

"你怕死吗？"

"不，我今天不怕死。"当然不会怕死，死刑被取消了，肯定不怕，我内心对自己这样说道。

"你很担心……你不想让自己的孩子作证？"我问这个问题是想搞清楚这个认罪协议与他的孩子无关——也许只是他很在乎自己作为父亲的形象而已。他可从来都不是什么好父亲。

"是的，这让我很困扰，因为他们是州政府的证人，我越想就越不希望让我的孩子出庭作证。当时他们还年轻——十四五岁，差不多就是那个年纪，十六岁——我不想让他们作为州政府的证人为那天早上发生的事情作证，然后在他们的余生中想着，天哪，我的证词可能把父亲送进了死囚室，诸如此类的事情。我只是不想把我的孩子们给牵扯进来。"

但他甚至不知道孩子们的确切年龄。另外，当检察官收集证据并考虑如何处置他时，他只是厌倦了待在县监狱里面而已。"我只是厌倦了待在县监狱里。我被关在县监狱，不知道有多少个月，二十八个月的样子吧。我是被单独监禁的，因为他们不能把我和一般囚犯给关在一起。所有人，所有的囚犯，他们都想把我给杀了。所以，我想尽快结束这场折磨。"

尽管根据认罪协议，他把抛弃丽玛尸体的地点告诉警方了，但他自己也找不到丽玛。"是啊，那大概是十三四年前的事情了。那条河，水涨水落的，也有十四五次了。我自己，我被带到那里——我甚至不确定那是正确的地方，直到找到地标为止。我给他们画了一幅风景很不错的草图，警察和侦探去日耳曼溪附近的居民那里，把这张草图拿出来给他们看，好找到那个游泳池的位置。最后我到了那里，开始认出了地标，等等，我确信那就是那个地方。"

他似乎对自己找不到尸体而不是强奸和杀人本身感到抱歉。

在多年的观察和与连环杀手互动的过程中，我发现他们中很大一部分人异常地迷恋自己的母亲——通常都是消极的迷恋，比如肯珀就是这样的；有时是积极的，或者二者兼而有之，比如麦高文。我想看看康德罗对母亲的感情是否比他对其他人的感情更强烈，以及母亲的影响是否真的对他产生了某种影响。我问他关于母亲去世的事，这件事是在他杀害卡拉·拉德的同一时间发生的。

"是的，我妈妈，这对我和我养父来说都是一个巨大的损失，"他承认，"我妈妈死后，他失去了一切，我不得不把他安置在养老院里。"

"他身体不行了？"

"是啊，后来他弟弟来了，我们决定把房子和东西都处理掉，因为我不想再住在那里了。我和他们住在一起是因为我爸爸有糖尿病，妈妈生病了，她向我求助，所以我才住在那里的……"

我想看看我能不能让他激动起来，尽管他毫无疑问对自己的罪行或自己对友谊和信任的背叛，都不太会动情。"你真的很爱你母亲？"

"哦，我爱她，是的。"

"所以她过世对你是一个沉重的打击？"

"是的，这是我生命中一段非常痛苦的经历。是我发现她马上就不行了，我打电话给一个朋友，她过来了……因为我不知道该怎么办。我说：'你知道该怎么做。你打电话给警察局让他们过来？'她说：'不，我会处理整个情况的。'所以她替我们处理。她打电话给验尸官，警察局知道她的病已经无可救药了。第二天早上我去看她，她就死了。"

"据我所知，她是个了不起的女人。"

"是啊，她是个漂亮的女人。她有很多朋友。"

"这让你情绪低落了吗？"

"是的，是的。这让我情绪低落。"我想也许我终于让他上道了，但是他的话和语调是完全不协调的，因此我觉得他只是在叙述自己当时的感受而已，没有表现出什么真实的情感。接着他马上又变了个人。"但你知道，我还活着。我需要继续我的生活。我没有地方住。珍妮特和布奇给了我一个住处。我（从母亲的遗产中）得到了一笔资金，当时我有很多钱，他们提出让我和他们住在一起，所以……"

这个男人暴露了这一点：他与任何人都没有任何有意义的情感联

系。这有助于解释为什么杀人对他来说如此容易。

"你的钱花得很快吧?"我说。

"是啊,我买了几辆车和一些喷漆设备。我当时……那时候我在做粉刷住宅和其他东西的工作。"

"然后呢?"

"然后是很多毒品和酒精。"

"毒品和酒精。我们现在回头看看你所说的鳄鱼的比喻吧。听起来好像是'进食时间'。你觉得呢?是不是有一堆突发事件?我的意思是,很多事情——你陷入了抑郁,你很生气,然后正好你和你的朋友们在一起,看到了他们的女儿。而你当时酗酒、吸毒,你觉得这会是你犯下这一罪行的唯一原因吗?"

"我不会把我所做的一切都归咎于毒品和酒精。你知道,那只是我的消遣而已。但我认为,在内心深处,当你认真看待这个问题的时候,卡拉·拉德之所以被我杀死,更多的是一种报复,而不是我在把我的幻想付诸实施。幻想确实也是其中的一部分,但你知道,我只是想报复。"

"告诉我复仇的事。"

"我惹了很多麻烦。有一天珍妮特出人意料地把我赶出了家门。我开始责怪那个女孩(卡拉)。我想,好吧,我为你们做了很多,我给你们买了一辆车和其他所有的东西,做了那么多事情,你们就这样把我踢出了你们的房子。但我明白,从她(珍妮特)的角度说,我已经无可救药了。我当时自己意识不到,因为我是个酒鬼、瘾君子。我是玩得很开心,但她已经受够了。她受够了我的那些行为,所以她决定把我踢出去。于是这就变成了报复的原因。有一天,我看见孩子们在街上走着,他们早上要坐城市巴士上学,于是我提出让他们搭我的车去上学。"

"你准备好对孩子下手了,还是那只是一次演练?"

"嗯，后来变成了一次演练。我带他们去了学校，把他们放在学校那里。尼基上学去了，去和他的朋友一起玩了。女孩们问我——你知道她们那天想逃学。所以我把她们带到河边，去了那所废弃的房子。是啊，那是一次演练。大约一个小时后我把她们带回学校，她们错过了第一节和第二节课。但谁也没说什么，学校也没给家长打电话，她们只是缺课了。"

同样，他没有被抓或被追究责任，那都是别人的错。

"多少天后，你……"

"哦，我不记得了，可能一个月、一个半月。"

一个半月后，他没钱了，被朋友赶出了家。"大概是一个半月，"我说，"她和你很亲近，对吧？我是说，她叫你乔叔叔。"

"是的，我认识卡拉一段时间了。我们甚至一起打牌之类的。我会让她赢的。"

"你觉得她作为一个孩子怎么样？"

"她精力充沛。她喜欢带动物回家。但她也很不服输。当她相信一些事情的时候，当她确信某件事的时候，她是非常坚决的。她对自己相信的东西坚定不移。你会对任何那样的人感到钦佩。"卡拉代表了康德罗所没有的一切。

"那么，这次犯罪是报复，是为了伤害她的母亲？"

"是的，就是这样。"又是一个把自己行为合理化的借口。这不是为了报复。不管他和珍妮特有没有过节，他都会犯下这种罪行的。他已经向我们证明这一点了。

我们都会时不时地有一种复仇的冲动，但我们大多数人都能抑制或控制好这些冲动。真正的复仇谋杀往往是一次性的，而不会是那种连环犯罪。复仇谋杀有它特有的特点，一般可以分为两类：对凶手认为伤害了或冒犯了他的人进行报复，或者是对整个社区的报复，例如那些认为自己受到了欺凌或轻慢后在校园开枪的杀人犯就是这样。

一般来说，尽管性侵犯者对任何他所认为的轻视或侮辱都非常敏感——但他们不关心他人的感受——他们通常不会以报复为动机；他们并不需要报复。正如我们在康德罗的案例中清楚地看到的那样，他们已经陷入自己那致命的幻想之中无法自拔了。

那些宣称是为了复仇的连环杀手，通常都会表现出某种形式的情感宣泄。我在俄勒冈州监狱访谈过的理查德·劳伦斯·马奎特（当时他正在那里服无期徒刑），曾在波特兰一家酒吧中试图向一个女孩示爱，但他失败了。从那以后，他觉得所有女人都在拒绝他，于是开始复仇。他选择了另一个女人，强奸和勒死了她，并在淋浴间肢解了她的尸体。在被定罪并当了十一年模范囚犯后，他于 1973 年获得假释。我评估乔·麦高文的案子时，这个案子又浮现在了脑海里。

假释两年后，马奎特在一家夜总会物色了另一个女人。他把她邀请到他的活动房屋里，那里离酒吧大约一百码远。在那里，他在强行与她发生性关系之前，在自己的龟头上切了一个口子，这个是受害人并不知道的。

"为什么？"我问。

他说他想让自己感觉并体会到是受害人给自己造成痛苦的，我认为这是他把自己的罪行合理化的一个方式。在和她发生性关系后，他勒死了她，并用钳子拔下了她的指甲。当时，在内心深处，我不得不使劲告诉自己要放松一些，要保持正常的深呼吸，不要在自己脸上或通过肢体语言表现出任何愤怒的情绪。但请相信我，那真是太难了。

虽然我不相信康德罗也经历过类似的思考过程，但我还是和康德罗往那个方面聊了聊，看看他到底会是一种什么反应。"你是这种感觉么——觉得他们拿走了你的东西，就好像从母亲身边拿走了她贴身的财产一样？"

"是的。那天早上我醒来时就知道我要做什么。我完全知道我想做什么，所以我开车去了学校……"他把与两个女孩见面的情况又讲述了一遍。

但就在他告诉我他醒来就知道自己要做什么之后，又回到了最初的说法上。他说："是的，这一切都是偶然发生的。在车里她问我能不能带她去养猪场之类的地方，她喜欢出去和小猪宝宝玩。我告诉她如果她想去，就到什么地方去等我。接着我就去买了咖啡，然后绕了一大圈。我当时就决定，如果她们上了我的车，我就把她们两个都杀了，因为卡拉和尤兰达两人是形影不离的，一个去哪儿另一个准跟着。如果那天早上她们都上我的车，那将是她们生命的末日。但只有卡拉过来了，她上了我的车。"

到这个时候，我终于理解了他和他的动机。是的，他对卡拉的妈妈和继父把他赶出家门很生气。是的，他是一个长期酗酒和吸毒的人。是的，他和卡拉有过直接的冲突。但总体来说，他喜欢猥亵、虐待和强奸年轻女孩，而卡拉正好唾手可得，就像之前的丽玛一样。他的整个个人历史表明，在他不幸的一生中，没有什么比这种变态嗜好更为重要或更令他满意的东西了。而对他来说最有意义的事情就是：用他所能用的最简单、最直接的方式去实现这种嗜好。

事实上，那天早上他醒来时是决定要对珍妮特和布奇进行报复，还是在看到人行道上走着的两个女孩然后就起了犯罪的冲动？这其实不重要。因为约瑟夫·康德罗是不会那么仔细地去考虑问题的。不管怎样，他只是在按自己的欲望行事，没有任何东西能够阻止他。

"尤兰达知道卡拉和你一起去的，对吧？"

"是的。"从实际的角度来说，这意味着这次犯罪行为面临着更高的风险。因为康德罗仍然与卡拉的家人保持着联系，而且卡拉又是孤身一人。

我问他和卡拉开车离开后，在车里都说了些什么。

"其实没有多少交流。我开车送她去了那所房子，我们在那里聊了一会儿。"

"但她很开心，对吧？她不知道自己有危险。"

"是的，不知道，她不知道自己有危险。就像我说的，我是在利用……受害者的信任，这是很重要的。当你犯下这种罪行的时候，这个人必须信任你，你要引诱她们过来……她不知道这将是她在这个星球上活着的最后一天。她饿了，所以我出去给她买了早餐，就在我把她杀了的那个地方买的。我加了油，把她带到了那所废弃的房子里，就在那里，是的，我就是在那里杀了她。"

虽然我已经习惯了，但这类人对自己所犯恶行的无动于衷仍然让我感到震惊。接下来更糟的来了：

"你第一步是怎么做的？你对她说了什么？比如，脱她的衣服？"

"不，她只是下了车，在屋里乱跑，就像在玩什么一样。我跟着她进了屋，最后我们上了楼。我捡起一个两英寸宽、四英寸长的东西，当时她的视线不在我身上时，我就用那个东西使劲打她的头顶，就好像是用棒球棒击打一样。她跪下了，跪在地上迷迷糊糊的。我接着打她。我用那东西打了她的头两下，她就晕过去了。后来我强奸了她，强奸过程中她醒了过来，我勒死了她。"

"你为什么要让受害者失去知觉，而不是让她保持清醒？"

"这只是因为，可以让事情变得简单多了。"

"你不想听到，你不想让她们哭，因为你不想听她们的哭诉和哀求？"

"这只是部分原因。"

"所以，说真的，当受害者失去知觉的时候，那就像手淫一样，你在和一个没有生命的身体发生关系，难道不就是那样的吗？"

"我不知道。如果你去到那里……"

我知道我该怎么问了。"她被性侵犯了——肛门、阴道，还有什么地方？"我已经从验尸报告中知道了这一切的答案。

"好吧，我性侵犯了她，但这个事情是有争议的，法医病理学家说我只是对她进行了肛交，但那是不对的。你知道你不能反驳证据，但我对她的阴道进行了性侵犯。"

你不能反驳证据，因为证据是真的。他确实对她进行了肛交，但和另一个案子一样，他不想承认，因为这不符合他自己的形象，也不符合他希望别人对他产生的期望。

第十五章　权力、控制和兴奋

"乔，给我描述一下你在性侵、强奸和杀人过程中的感受？"

每一次监狱访谈在进入最后阶段的时候，我想让受访对象总结或确认一下他们在案发前、犯罪期间和案发后脑海中到底是怎么想的，因为我研究的最终目标一直都是把罪犯脑海中发生的事情，与犯罪现场留下的证据和弃尸地点、犯罪行为人与受害人的犯罪风险水平以及周围人在犯罪行为发生后可能从罪犯身上观察到的行为表现，给联系起来。我特别想确认一下"幻想"在其中扮演的角色。如果我对康德罗的判断是正确的，那么，幻想在这里就没有起太多作用。事实上，幻想在康德罗身上所起作用的程度，要远远低于像雷德这样因幻想而活的人。

"对我来说，我想是权力、控制、兴奋。"

这和我的判断完全一致。"好吧，在你自己的生活中，你从未有过这种感觉，或者说那个时候你正好需要那些东西？"

"是的。就像我之前说的，这是报复，是一种报复。但就我的受害者而言，我想这事关我控制她们的力量。当你犯下那样的谋杀案时，你的肾上腺素会变得非常非常高——至少我是这样的，我的肾上腺素会变得非常高。"他不是事先计划好的。他就是必须那么去做。他不需要留下什么纪念物或在脑海中重温自己的罪行。一旦完成了，一切就结束了，需要做的只是把尸体给藏匿起来而已。约瑟夫·康德罗和我遇到的大多数性罪犯不同，他似乎主要是活在当下。

"当你犯罪的时候，你会有肾上腺素的冲动。但你的身体和心理感觉如何？我是说，感觉很好？"

"让我给你举个例子。当把卡拉·拉德藏起来的时候，我想把她的尸体放在那辆平稳地停在那里的大众汽车下面，但当时我的肾上腺素太多了，我真的把那辆车的车身给抬起来靠在了树上。他们（警察）来的时候，不得不用绞盘和各种各样的东西把尸体给弄出来——我是说，把尸体从车下面给移出来。而我当时是自己把车给抬起来的。我说这话可不是在撒谎。那时候我体内的肾上腺素就是这么多，就像达到了性高潮一样。"

"那么，如果我在你犯罪后和你对质，你会是什么样子？你会有什么样的反应？"

"就像我现在这样。"

"你不会激动起来，浑身出汗？"我调查过的大多数性杀手都会那样。

"不，真的不会那样。杀了受害者的时候，我不是那样的。我很平静。"

"所以，如果我是一名调查人员，在和你谈话时，你不会因为紧张而满头大汗地把视线从我身上移开吗？你认为你能在讯问中保持镇定吗？"

"反正我在卡拉·拉德的案子上做到了。他们把我带进来，把我关起来，然后把我放走了。"

这番对白告诉了我很多关于康德罗的事。与乔·麦高文不同，麦高文在杀死琼·德·亚历山德罗时处于高度兴奋和激动的状态，甚至当他向我描述当时的情形时也是那样。而康德罗则很冷静、克制。我敢打赌他说话的时候脉搏和血压都没有什么明显的上升。我的研究和他自己的供述表明，他是一个能够在日常的某一天中犯下性侵犯和杀人罪行的人，所以他依旧是一个极其危险的人——和麦高文一样，只是他们两个人的情绪正好相反而已。

"我们在电话里和你交谈时，你说你觉得计划和思考如何犯罪让自己感到很满足。你能说一下吗？"

"好吧。计划也起到了很大的作用，因为这是让我兴奋的一个方面。我想这就是幻想吧。事实上，我并不是坐下来计划这些事情的——我会随着时间的推移而思考，然后整个计划就形成了。"

注意，他是用现在时态回应的。这种思考仍然是他日常生活的一部分。

"说到卡拉，在你杀了她之后，你做了什么？你去哪儿了？"

"嗯，我把她裹在毯子里，放在我车的前排座位上，开车带着她到了索洛山地区。我想带她去别的地方，但我不知道要花多长时间——因为我是在和时间赛跑，所以我决定把她带到索洛山上，把她放在那里。是的，我把她的尸体藏在大众汽车的下面。"

"你为什么用毯子把她给裹起来？"

"因为我不想在我的车里有任何血迹或其他东西，任何证据都不能出现在我的车里。"

"那里留下了任何证据吗？你洗车了吗？"

"没有，我的车很干净。我只是把痕迹擦掉了。"

"你把她放到了那辆大众车下面，现在回想起来，那样做对吗？"

"当时对我来说是对的。我只是想把尸体给处理掉，那是个很好的藏身之处。如果我带她去我事先计划好的地方，那么他们可能永远都找不到她。"

"所以你带她去了一个熟悉的地方，一个你觉得舒服的地方？"罪犯通常会被吸引着进入到他们自己的舒适区。

"对，那个地方对我来说很熟悉。"

"那么，在任何时候，因为人们看到了你，而你攻击杀害了一个你认识的人，就必须找到某种不在场的证明。你是怎么做的?"

"我提交了工作申请，找工作去了。"

"你是怎么把这段时间给掩盖起来的?"

"我试着对面试我的人说点什么。我会说，'很抱歉我迟到了。'或者用不同的方式和不同的人说，来建立一个可信的时间表。但最终没用。"

"那之后你去哪儿了? 你想回家吗?"

"是的。首先我拿了我的鞋子和衬衫之类的东西，把它们扔掉了。"

"为什么?"

"因为我不想让任何脚印和我的鞋子联系起来，所以我把其中一只放在小镇一头的垃圾桶里，又来到小镇的另一边把另一只鞋子放在垃圾桶里，并把衬衫扔到汽车制造厂门前小巷的泥坑里。然后我回家换衣服、洗澡、洗衣服，接着我参加了一个家长……不，不是家长会这种事，而是我必须接儿子去上学。所以我去了朱莉家接他。"

让我着迷的是，尽管他把开家长会和接儿子混为一谈，但他的思想区分得如此清楚，在强奸和谋杀一个年轻女孩并试图销毁所有证据之后，还可以把注意力完全放在自己孩子身上，而在这个过程中完全没有任何懊悔或反省。作为一个性侵犯者，他知道自己必须攻击和强奸年轻女孩。但作为一名父亲，他知道必须参加家长会、让儿子按时上学。

在我们接下来的交流中，他基本上承认了这种特点。

"你和家人交谈过吗?"

"我想我当时给他们打了几次电话。但珍妮特打电话给我，指责我拐走了她的孩子等等，对此我当然矢口否认。"

"另外，这是一次报复杀人，对吧，所以……"

"那时我不在乎她怎么想。我已经完成了我要做的事情，就这样。

我只是继续过活。我根本不再去想那个事情了。"这一次，他甚至对我提到的复仇一事没有任何回应。他其实知道复仇在他心中从来都不是最重要的事情。

虽然对我们大多数人来说可能很难理解，但这些罪犯中的许多人在思想区分上和康德罗一样清晰——这种人在强奸并杀害了一个十几岁的女孩之后，依旧能按时参加儿子的家长会。

约翰·韦恩·盖西是芝加哥地区一位性格外向、生意做得很成功的建筑承包商，有妻子和两个继女。他积极参与公民事务和民主党政治活动，还曾与第一夫人罗莎琳·卡特合影。更著名的是，通过当地麋鹿俱乐部的会员身份，他参加了许多游行、筹款活动，还在当地医院为生病的儿童扮演小丑。但不参与这些活动时，他居然抽空强奸并杀害了至少三十三名男孩，并将他们埋在诺伍德公园农场别墅的屋檐底下和后院里，或是扔到德斯普兰斯河中。

"绿河杀手"加里·里奇维在我于联邦调查局工作期间，一直是我费很大力气在追踪的无名罪犯。他是一名已婚男子，而且有一份收入不错的工作。生于英国的连环杀手大卫·罗素·威廉姆斯是加拿大武装部队的一名已婚上校。像这样的凶手能够在两个不同的精神层面之间自由转换。

这就是把反社会犯罪者与我们区别开来的地方。

"你觉得你不会被这种事缠住吗？"我问康德罗，"你会觉得舒服吗？"

"我觉得很舒服。但他们找到了她。"

"这种事情一点也不会吓到你？你后来喝酒了吗？如果我看着你，会发现你的行为发生改变、反应有所不同吗？"

"不，我继续过我的生活。我和现在一样平静。"

"真的吗？"

"真的。"

"在这个案子中你没有被立即起诉。为什么？"

"因为他们没有找到一个可以作为证据用来控告我的尸体，你知道的，谋杀案中，你必须，你必须找到尸体。"

"你有没有想过DNA？你有没有想过？"

"想过，我想过，但我不担心。"

"为什么？"

"在生命中的那一刻，我已经不在乎了。我，是的，我失控了。我会，我会一直这样做，直到他们抓住我。"

"你认为化学阉割或实际阉割会有什么不同吗？"

"不会的。"我认同他的这个说法，但我接着问，"为什么？"

"这些家伙，那种东西是在他们脑子里的。我认为这是一种基因问题，世代相传不知道多少代了。对我来说，当还是个孩子的时候，我就想过要做这样的事情，直到被抓为止。我就是这么想的，和年轻女孩做爱。我不会停下来的。"

是的，康德罗是被收养的，他的养父母可能确实如他所说很后悔收养了他。但我无法从他的背景或与他母亲或父亲的关系中发现，他们所做的或没有做的任何事，对他成为一名性捕食者和性杀手起了什么显著的作用。在罪犯到底是先天的还是后天的这一点上，康德罗证明了一些人确实天生就是这样的，除非有重大的、及时的干预，否则他们在成长过程中会一步步朝这种危险的倾向滑去。坦率地说，对于大多数情况下干预是否有效，还远没有什么定论。

"所以你很自信，"我接着说，"当他们最终找到你，后来逮捕了你，你感到震惊吗？"

"不，一点也不震惊。我在一个朋友家，他们来敲门，说我因威胁证人而被捕，因为他们和我前妻谈过，他们告诉我不准［和她谈这个案子］。那是他们把我关起来的借口。我猜另外两个女孩站出来说我对她们进行性侵犯或性骚扰之类的，于是他们把这些指控也给加上了。"

"那另外两个孩子——你性骚扰过另外两个吗?"

"是的。"

"是吗?她们多大年纪?"

"我不知道。我想她们还年轻。她们很年轻。"

"如果你没有被发现,你会继续这样下去吗?"

"是的。"

"你会一直杀人吗?"

"是的。"

"你对此觉得自在吗?"

"我对杀人感到很自在。我是说,杀人对我而言就是第二个天性。我会一直这么杀下去。可能不是孩子,可能是任何人,在我生命的那个时候,任何让我生气的人,或者我认为不喜欢我的什么人。"

但正如我们已经表明的,他的杀人行为,与报复、惩罚受害者或其他动机没有什么关系。他想做的就是杀人。

我问了他很多,他几乎回答了我提出的所有问题。不过,我还有一个挥之不去的念头——风险问题。对我来说,这是康德罗这一案例和康德罗的思维过程中最有趣的部分之一。

"你的情况很不寻常,"我说,"你真的了解受害者,了解他们的家人。我是说,这对你来说风险很大,但我仍然不知道也不明白,为什么你会把目标对准你认识的人,而不是完全陌生的人。"

"就像我说的,这事关信任。这是一个信任问题,对我来说更方便。我试着和陌生人这样做,你知道他们总是反击。你知道吗,他们想逃跑什么的,我只是不想面对那种情况。我希望一切都能完美地进行。我完成了我要做的事。"

当你像我和我的同事一样进行访谈时,你事先就知道罪犯会告诉你哪些事情。模式上几乎总是有相似之处。约瑟夫·康德罗是一个有点不正常的家庭里的坏孩子。他欺负比他弱小的孩子来发泄愤怒和沮丧。他还有酒精和毒品成瘾问题，但这并不是他暴力行为的原因，不过上瘾使他变得更冲动——策划罪行的时候，他更冲动了，但没有变得更粗心。

让他这个案子具有重要性的一个关键因素是他的作案手法——把调查人员愚弄、带偏了的作案手法。康德罗认为，以朋友的孩子为目标比出去随便物色个猎物更安全。他不必担心他能否控制住对方，而一旦面对陌生人的话这是一个主要的问题和挑战。他已经赢得了她们的信任，被他针对的受害者也是心甘情愿地和他一起出去。康德罗对什么才是高风险犯罪，有着完全不同的看法。

利用受害人的信任这种作案手法被各种各样的犯罪分子使用过，从最暴力的罪犯到不涉及暴力的经济犯罪团伙，都利用过这种手法。埃德·肯珀曾告诉我们说，当他停下来在圣克鲁斯附近接近一个搭便车的女生时，他会问她要去哪里，瞥一眼手表，摇摇头，好像在想自己是否有时间带她去似的，然后才勉为其难地同意载她一程。他这样做会在情感上解除潜在受害者的武装，她会因此放松警惕。

同样，当潜在客户来找导演了价值数十亿美元庞氏骗局的诈骗犯伯尼·麦道夫的时候，麦道夫会告诉他们，他的对冲基金已被全额认购了，他不需要任何新的投资者。当他们考虑到能够带来回报丰厚的稳定利润从而坚持要投资时，他会"不情愿地"为他们破例，但随后又告诉他们不要来插手他的投资活动，只管坐收利润即可，因为他太忙了，没时间和"小"投资者打什么交道。

在这两种情况下，建立信任都是作案的首要任务，通过令人信服地假装真的不想做他特别想做的事，罪犯就能够瞄准并伤害那些无辜的受害者。

朋友和警方都忽略了约瑟夫·康德罗这个嫌疑人，因为他假装同情并关心失踪的孩子，甚至一起参与了搜寻工作。我们以前在陌生人绑架案中也见过这种行为，不明嫌犯会参加搜查行动，并会到处调查。我们甚至在半生不熟的人际关系场景中也看到这种现象，就像约瑟夫·麦高文所做的那样。通常，罪犯会试图提供虚假的信息来引导调查行动远离他。

总而言之，康德罗的背景是很典型的，但他对受害者的偏好——自己朋友的孩子——是我在这起案件之前从未见过的。

我们学到的教训是：每个人都可能是潜在的嫌疑犯，不要让他的外表或行为把你给愚弄了。

请注意康德罗在"标签行为"和作案手法之间的对比：他在决定如何把自己的病态心理付诸实践时是很冷静的，非常擅于分析。

和其他许多杀手和罪犯一样，约瑟夫·康德罗只是在入狱后才开始关注——或者说宣称自己开始关注——自己的文化传统和宗教信仰问题，因为监狱生活已经没有什么兴奋感或者刺激了。许多情况下暴力罪犯都在监狱里找到了宗教信仰，或者至少会宣称这样。"我是基督徒，"丹尼斯·雷德告诉我，"一直都是。在杀了奥特罗一家（一个家庭的四个成员，他已知最早的一批受害人）之后，我开始祈求上帝的帮助，这样就可以与内心的这种情况抗争。我最大的恐惧，甚至说比被抓住让我觉得更可怕的是，上帝是会允许我进入天堂，还是会让我永远被诅咒。"我不怀疑他对来世的真诚信仰。事实上，我觉得这很有意思，因为我知道他一直坚信，他杀死的女人会在下一个世界充当他的性奴隶。事实上，他在做了他所做的那些事情之后，甚至还在考虑自己会被允许进入天堂，这充分说明了他有一种多么病态的自恋。

"在宗教生活，在更高层次的生活中，你是不是应该把那些事都给说出来？"我问康德罗，"在你进入更高的生命形态之前，难道不是应该承认你所有的罪吗？"

"在过世之前就把自己的错误给洗干净，这总是好的。是啊，有人曾告诉过我，我仍然相信那一点。你要知道，你必须像你所说的那样，摆脱你的罪恶和恶行，否则你将无休止地往精神世界里走，你永远无法跨越进去。你只会变成一个迷路的鬼魂。"

我真的很难相信，一个对强奸和谋杀儿童如此漫不经心的人，会担心自己成为一个迷路的鬼魂。

"你不想成为一个迷路的鬼魂?"

"不，我想我出生的时候就是个迷失的鬼魂。"再说一次，没有什么真的是他的错。

"但你能——你能把这一切都翻转过来吗? 那是你现在的精神信仰吗?"

"我不知道我能改变什么。这取决于造物主。"

"有什么遗憾吗?"

"没有。我唯一的遗憾是，我本应该做一个更好的父亲。但我不后悔，不。"

"没有什么遗憾，往回追溯到 1985 年，当你杀死第一个受害人的时候也这样吗? 有什么遗憾吗?"

"没有。"

"1996 年呢? 有什么遗憾吗?"

"没有。"

"你可能会有什么不同的做法吗?"

"是的，我会带她（卡拉·拉德）到另一个地方去。"

"这样她就不会被发现了?"

"是的，这就是我的想法。这就是我的打算。"

"你觉得你疯了吗?"

"是的，我想我有些问题。"

"你知道吗，过去人们把你称作'怪物'。你是怎么看的? 你也认为你是个怪物？"

"在进监狱之前，我是个怪物。而我现在已经被关起来了。"

"你在这里接受了什么治疗吗？"

"没有。"

"如果你愿意，你想去咨询一下吗？"

"是的。我时不时会去看心理健康顾问，但他只是……他们让我吃了些药来帮助我晚上睡觉。但我真的从来没有像现在和你坐在一起这样来和任何人讨论我的案子。"

"你有没有想过，还是说根本没有兴趣？"

"不，我从来没有想过。直到——直到现在为止。"

"你为什么决定同意接受访谈？"

"媒体有很多人联系我，要求我接受访谈，我一直都拒绝。在生命中的这段时间里，我觉得应该有个了结，不仅仅是对家人，同样对我自己。把这件事放下，是我人生中的一大步。"

由于我们访谈中谈到了明显的暴力，这部纪录片最后只能呈现这里首次公开叙述的一小部分内容。具有讽刺意味的是，当微软全国广播公司的高管们看过了访谈录像带之后，他们觉得约瑟夫·康德罗的"表演"比我要好很多。他们希望我更具有对抗性——当着他的面，对他所做的可怕的事情表示愤怒。我想他们想让我扮演超级警察的角色。

无论我的个人感受如何，在监狱里访谈任何暴力罪犯的过程中，对我来说重要的不是表达自己的道德愤慨，这是徒劳的，而是通过与我的访谈对象建立起联系，来尽可能多地去学习。事实上，当我在《纽约邮报》上读到琳达·斯塔西对这一项目的评论时，她对我的一个反应的评论让我很是惊讶。"当平时镇定自若的道格拉斯终于对康德罗谋杀他朋友八岁的小女儿感到厌恶时，他说的只是，'但你杀了一个小女孩！'"这可能是我在那次访谈中最没有注意把自己的愤怒给控制住的一次。

虽然在镜头前扮演克林特·伊斯特伍德式的角色很有诱惑力，而且把康德罗打得一败涂地肯定会让你在情感上得到满足（尽管在现实生活中，人们会因此而把你关进监狱），但我想说的是，除了我一直所使用的方法之外，任何其他的方法都会适得其反。我在联邦调查局的时候，我们就是这样做的，而且效果很好。我的任务是让这些人说话，找出他们内心的想法。对抗和道义上的愤怒并不能达到这一目的。归根结底，和杀手交谈就是在玩一个漫长的游戏，每一个动作都是刻意的——气愤、发怒，这些情绪总是会想冒出来，但它们一旦冒出来，反而对你不利。

尽管大家的节目评论让我满意，但很显然这不是微软全国广播公司想要的，而后来该公司也没有继续制作和播放这个系列的节目。事实上，也许只有在这样一本书中才能恰当地把凶手的内心深处给剖析出来。当然奈飞的《心灵捕手》这出剧集确实把这些精神对抗的情绪和感受给传达出来了。

2012年5月3日，约瑟夫·罗伯特·康德罗在瓦拉瓦拉监狱去世，时年五十二岁。他简短的讣告中说他死于自然原因。死亡证明书列明的具体原因是丙型肝炎引起的终末期肝病。他被埋葬在密歇根州巴拉加县的印第安人松林墓地。

当地报纸援引卡拉的母亲珍妮特的话说，他的死让她"如释重负"。

康德罗在我们的研究和经历中是独一无二的，他是唯一一个以他认识的人的孩子为作案目标的强奸杀人惯犯。这本身就加深了我们的知识和理解。它使我们认识到，任何人都可能是嫌疑犯，而传统的表明一个人清白的指标——与警方合作、参加搜寻工作、提供不在场证明以及所有其他指标——都必须在相关背景和旁证的基础上加以评估。

康德罗有成瘾的行为特征。他依赖毒品和酒精。在他的案件中，上瘾的行为延伸到了性骚扰、强奸和谋杀上。我从和康德罗的访谈中了解到，当我们分析一系列的案件时，罪犯的潜在心理需求可能是权力和控制力，但它们与罪犯缺乏对冲动的控制力是直接相关的。这与成瘾性人格有关。然而，这并不意味着他不能控制自己的行为。在康德罗的案例中，通过性行为来获得控制力的那种冲动，与他在犯罪前的精心策划和事后试图拿出不在场证明的那种掩盖行为，是密不可分的。酒精和毒品可能会导致罪犯变得粗心大意并愿意冒险，但他不想被抓住。他的"死亡愿望"只希望发生在受害人身上，而不是他自己身上。

这对一个调查员来说意味着什么？第一，我们必须审视自己的本能和偏见，认为受害者身边的、没有明显动机的人不会做这种事情，因此可以将这些人排除在嫌疑人之外。康德罗曾多次被带去接受讯问。正如哈姆雷特对他最好的朋友所说的："天地万物，霍雷肖，比你的哲学所梦想的要多得多。"

第二，如果通过调查手段发现某个在某种程度上亲近或与被害人有联系的人，似乎具有成瘾性人格和/或有无法控制住自己冲动的现象，那么这个人应该列在嫌疑人名单的首要位置。

第三，康德罗向我们再一次表明，一个总是处于爆发状态的暴力性的人格——一个能够把电话从墙上给扯下来、在一怒之下打碎家用物品，或让家庭成员不得不去寻求限制令的人——从特性来说，是很容易滑向更大、更剧烈的暴力行为的。因为正如我们所说的，"行为反映个性"。

这种意识可能会拯救一条生命。

第三部分
死亡天使

第十六章　扮演上帝

很多人惊讶地发现，最"成功"、受害人最多的连环杀手不是在夜间跟踪的"开膛手"杰克，甚至也不是通过自己的魅力诱惑、引诱，然后绑架、攻击并杀害年轻女孩的泰德·邦迪。事实上，具有讽刺意味的是，这种杀手往往躲在最神圣的职业背后，他们甚至懒得向毫无戒心的受害者或家人把自己的身份或面孔给藏起来。而且在许多情况下，执法部门甚至需要数年时间才能意识到发生了犯罪行为，而那时所有的罪行都已经变成一盘冷饭了。

唐纳德·哈维，一个来自俄亥俄州的男人，一个总是微笑、性格阳光、引人喜爱的温和之人，可能是美国历史上杀人最多的连环杀手。从 1970 年到 1987 年，他可能杀了多达八十七人，而且在整个过程中他像约瑟夫·康德罗一样就在最显眼的地方。但他和康德罗有所不同，就像康德罗和约瑟夫·麦高文之间存在差异一样。他偏爱的受害者是医院里那些无法抵抗或反抗的老年男女。被抓获归案时，他很"自豪"地承认别人给他封的"死亡天使"这个绰号。

他是我为微软全国广播公司的实验性节目而访谈的第二个杀手。哈维最终被逮捕和审判时，我被要求观察审讯情况，并就如何让他招供提供现场咨询。不过事实证明，哈维对讯问他的联邦调查局探员无所不言。审讯人员对他的动机很感兴趣，这样他们就可以把整个指控的逻辑给说圆了。我不仅对他的动机感兴趣，还对他在每次犯罪前后的实际行为感兴趣。哈维是怎样的人，他又为什么会变成这样的人？他是怎么学会这么有效地杀人的？是什么因素让他这么长时间没有被发现？他生来就有杀人的冲动，还是因为成长过程不正常，从而促使他进行某种形式的宣泄或报复？我们本可以做些什么来阻止他，现在又能做些什么来防止像他这样的犯罪再次发生？这就是我希望从访谈中得到的答案。

如果唐纳德·哈维只是一个一次性的杀手，那么他会很有趣、很怪异，但从调查的角度来看，就并不一定有特别的意义了。不幸的是，他是一种谋杀类型的始作俑者，这种谋杀因他而在《犯罪分类手册》中有了专门的分类：医疗谋杀。

每个连环杀手都是暴虐和可怕的，但方式又都是独特的。在某种程度上，唐纳德·哈维的所作所为尤其卑鄙，因为他和康德罗一样，都是靠信任来实施犯罪的。但与康德罗不同的是，他歪曲了我们最珍视的价值观之一：治愈病人，并让病人安心。

他可能不是惊悚电影所描绘的那种罪犯。我们可能不会认为，唐纳德·哈维这样的人和泰德·邦迪、查尔斯·曼森或约翰·韦恩·盖西是一样危险的。但这就大错特错了。幸运的是，我们大多数人永远不会遇到他这种人。但是，仅仅因为哈维这种人不会潜伏在阴影中等待袭击那些毫无防备的受害者，这并不意味着他们就不那么危险了。他们的受害者往往和更传统的连环杀手所针对的受害人一样：年迈和手无寸铁的人。我们认为年轻漂亮的女人是这些男人的目标，但其实身体虚弱比其他任何条件都更可能让一个人成为受害者。这就是为什么儿童、老年人、妓女、吸毒者、无家可归者和其他被边缘化的人会成为连环杀手的主要目标。

就个体而言，正如我们所说，哈维这种凶手作为连环杀手的"生产力"是非常高的。几乎所有人在某个时候都会发现自己处在医疗环境中，无论是为自己看病，还是为了家庭成员看病。

对我们大多数人来说，医院是一个非常可怕的地方。即使是在经历"常规"检查的情况下，我们也永远无法确定结果会是怎样的。如果我们到了无法信任手术面罩或护士徽章背后的男男女女的地步，那么医院就会成为噩梦之源或恐怖电影的大本营。

我在住院的时候，从来没有想过，痛苦或沮丧中对护士说的一句脏话可能会导致对方把我给杀了。或者，1983 年 12 月，在追捕"绿河杀手"的时候，我因为病毒性脑炎昏迷而在西雅图瑞典医院住院的时候，如果有某个护士或勤杂人员决定扮演上帝的角色，来"让我从痛苦中解脱"，那情况会怎样呢？任何人都可能是下一个受害者。

既然警察和侦探甚至都没有意识到或注意到这种类型的罪犯，对我来说，我要做的访谈的最重要行为学考虑是：我们该如何识别并发现这类凶手？

唐纳德·哈维 1952 年 4 月 15 日出生在俄亥俄州巴特勒县，在三个孩子中排行老大。他出生后不久，父母搬到了肯塔基州的布尔维尔，那是阿巴拉契亚山脉东麓的一个偏远农村社区。雷和戈尔迪是烟农。他们有着虔诚的宗教信仰，是当地浸礼会教堂的常客。大家都说，唐纳德是个又乖又帅的男孩，深色卷发、棕色大眼睛，从不给任何人添麻烦。他所在小学的校长回忆说，他快乐、善于交际、衣着整洁，深受其他孩子的欢迎。以前的一些同学则回忆说他是一个孤僻的人、会讨好老师。

据说他在布尔维尔高中是一名好学生，成绩不是 A 就是 B；但他厌学，高中没有毕业就辍学了。他在一家出售网球和高尔夫器材的商店工作时，参加了一些函授课程，并在十六岁时获得了普通教育发展同等学力证书。总之，这是一个相当平淡无奇的故事。

然而，这个看似普通的童年掩盖了一些无论是单个看还是合在一起来看，都对哈维的未来可能产生了重大影响的因素。唐纳德六个月大的时候，父亲抱着他时睡着了，导致他掉在了地上，但他似乎没有受重伤。他五岁时，从卡车的踏脚板上摔了下来，撞到了头。他没有失去意识，但后脑勺因此有了一道五英寸长的伤口。根据各种说法，在唐纳德的整个童年时期，他的父母之间关系紧张，有时甚至相互折磨，虽然戈尔迪坚持说她的儿子是在一个充满爱的家庭中长大的。

这些创伤是否塑造了唐纳德·哈维的情感特征？法医学界正在就脑损伤和畸形对暴力犯罪的影响展开辩论。通过影像学研究或尸检，已经在许多杀手大脑中发现有各种各样的脑部病变。在肯定这种病变会有影响的阵营中，也就是那些相信许多异常行为是由不同的生理原因影响的人，指出这些损伤才是这些罪犯犯下罪行的原因所在。而"自由意志"派则认为，这些损伤可能更多是症状而不是原因，也就是说它们是由这些男孩小时候的那种冲动、冒险行为所造成的伤害导致的。

在唐纳德·哈维的案例中，没有证据表明这些事故有任何影响，但他童年时期发生的其他事件却令人担忧。因为连环暴力犯往往来自功能失调的家庭，或者曾经遭受过虐待，所以在准备访谈的过程中，我非常兴奋地发现，有一些事件几乎肯定会对哈维的心理发展历程产生某种影响。根据弗吉尼亚州拉德福德大学心理学系的一份详细报告，从大约四岁开始，哈维就受到母亲同父异母的弟弟韦恩的性虐待：韦恩强迫他口交，并让他帮助手淫。大约一年后，年轻的唐纳德又得到了一位年长邻居的性暗示。两个人都和他保持着关系，直到他二十岁左右为止。

孩子们很容易受到威胁和操纵，使他们不敢把有关遭到虐待的事情告诉任何人。但当孩子们到了一定年龄、心理足够强大时，他们就会开始反抗或告诉别人。哈维已经到了可以拒绝这些性行为的时期了，但他没有这样做。他已经发现他可以操纵他的叔叔和邻居，通过勒索他们两人来得到自己想要的东西了。后来发现邻居会给他钱时，他很开心。最后，在十六岁进行普通教育发展同等学力学习的时候，他有了第一次自愿的性接触。第二年，他开始和另一个男人断断续续地维持了十五年的性关系。

哈维厌倦了家乡，于是搬到俄亥俄州的辛辛那提，在当地一家工厂找了一份工作。但是工厂开工不足，他被解雇了。几天后，母亲打电话给他，让他去看望祖父。他的祖父在肯塔基州伦敦的一家天主教机构玛丽蒙特医院住院，那里离布尔维尔不远。由于失业了，哈维欣然同意去看看。

哈维在医院待了很长时间，很快就讨好了当护士和管理人员的修女们。这种在职业环境中吸引和结交他人的天生能力，是他一次又一次使用的特质。他只是看起来像那种渴望取悦别人的年轻人，总是把每个人的最大利益放在心上。一个修女问他是否愿意在医院工作，而他正好需要一份工作，又不是特别想回到工厂去，所以就欣然接受了。他没有任何医院或医疗保健方面的经验，但还是成了一名勤杂人员，负责清理病人和他们的床、换便盆、带着病人在医院里来回做检查、帮病人插导管、配药等等。哈维很喜欢这份工作，医院的工作人员也很喜欢他，很欣赏他乐于助人的态度。

1970 年 5 月 30 日的一次夜班中，这位十八岁的勤杂人员进来查看八十八岁的中风患者洛根·埃文斯。照顾埃文斯的修女告诉哈维，这个病人把静脉输液管给拔出来了，所以需要把输液管清理干净后重新给插上。

当哈维拉开床单时，看到埃文斯的手上沾着大便。他弯下腰，埃文斯用脏床单来擦他的脸。哈维很生气，用一个蓝色塑料布包裹着的枕头蒙住了埃文斯的口鼻。"这就像最后一根稻草，"他后来回忆说，"我完全失控了。我进去帮他，他却想把大便往我脸上擦。"

哈维一边用枕头捂住埃文斯的口鼻，一边用听诊器听着埃文斯日渐衰弱的心跳，直到心跳完全停下来为止。然后他把塑料布扔了，把尸体清理干净，换了床单，给埃文斯穿上了新的住院服，自己洗了个澡。他出去告诉值班护士说埃文斯先生已经死了。

死者被送到殡仪馆去了，而正如哈维所说，"从来都没有人提出过什么疑问。"

不管谋杀的细节如何，从执法的角度来看，这是可能发生的最糟糕的事情，因为它可以为连环杀手的职业生涯铺平道路。一旦初犯的罪犯意识到自己逃脱了惩罚，他的个人权力感就会增强，他就会开始创造自己的神话，觉得自己比警察和周围的人都更聪明。

丹尼斯·雷德和大卫·伯克维茨就是这样的例子。尽管两人都不是特别聪明的人，但两人都把自己在一系列谋杀案中逃脱的事实视为自己聪明、执法人员愚蠢的证据。与普通人一样，连环杀手会把运气误认为是个人能力。我们必须承认，运气在不明嫌犯被发现或罪犯被逮捕的速度上，起着某种关键作用。

当伯克维茨在几起谋杀中得逞后，他开始相信自己是个杀人高手。他被媒体大肆报道，同时有一个一百人组成的专案组在四处搜捕他。看到这一切，他认为自己一定是一个很擅长杀人的人。他给后来成了纽约警察局警长、带头负责他这个案子的侦探约瑟夫·博雷利上尉写了一封前言不搭后语的信。在信中，他给自己起了"山姆之子"这个名字，以君主的口吻对"皇后区的人民"讲话，并署上了"你的谋杀案/怪物先生"这样的签名。

伯克维茨不明白的是，就像运气可以保护他一样，运气也可能耗尽。当停车罚单把他的名字和最后一个犯罪现场联系起来的时候，他的运气就耗尽了。

在某些方面，伯克维茨和哈维的动机类型相似。虽然伯克维茨是异性恋，哈维是同性恋，但在他们的成长时期，性发育方面都是迟缓的。哈维小时候就被他认识和信任的人骚扰过。伯克维茨的第一次性接触则是在军队服役期间与一名妓女发生的性关系，他从她那里感染了性病。根据他们的生活经验和个人技能，两个人杀人的手段不同——伯克维茨用的是手枪，而哈维则用医疗设备和药物——但他们之所以杀人都是出于怨恨和自卑。

对伯克维茨的访谈中我发现的最为特别的一点是，他总是在想着杀人，以至于在某个没有受害者的夜晚，他会回到之前杀过人的地方手淫，重新体验他从犯罪中获得的权力感和性力量感。

与之形成鲜明对比的是，唐纳德·哈维有着几乎无穷无尽的受害者可供选择，根本就不需要出去找。与伯克维茨这样的人相比，哈维其实相当聪明。通过仔细观察周围环境，并利用整个体系的工作原理（在本例中，就是医院的日常工作），他发现他几乎可以为所欲为。他向我吹嘘说他可以迅速把任何医院的薄弱环节给找出来。例如，他认为如果管理层安排更频繁的轮班或者定期将他分配到医院的不同科室，那么他杀人就会困难一些了。事实上，他被分配到同一个病房，面对着同样的工作人员和病人，这给了他信心，让他很自在，可以在不被发现的情况下从事他邪恶的事业。

没过多久，他的这一判断就得到了证实。第二天，他把尺寸不对的导管用在了詹姆斯·泰瑞的身上。哈维说自己是不小心搞错的，但当泰瑞大喊着让他把管子取下来时，哈维用手掌根部压住泰瑞的脖子，直到他吐血而死为止。

仅仅三个星期后，哈维出现在了一个名叫伊丽莎白·怀亚特的老太太的房间里。这个老太太告诉他说，她正在祈祷自己死掉，她希望自己能从痛苦中解脱出来，并希望她能按照自己的意愿死去。哈维听了之后马上把她的氧气管给关了。几个小时后，护士发现她死了。

接下来的那个月，他把尤金·麦克奎因翻过来让他趴在床上，这样这位呼吸本来就困难的病人就无法呼吸了。他被自己的痰液给呛死了，之后哈维还根据护士的要求给他洗身子。当哈维说麦克奎因已经死了的时候，几个工作人员没有来调查他怎么死的，反而让哈维继续给病人洗澡，一点都不知道他实际真的死了。

在第一次杀人，也就是杀死洛根·埃文斯后不到两个月，哈维来给本·吉尔伯特做导尿。但是这个病人竟然用金属小便器把他给打昏了。有些神志不清或情绪焦虑不安的吉尔伯特显然认为哈维是一个入室抢劫的窃贼。当哈维醒过来之后，他决定复仇。那天晚上，他回到吉尔伯特的房间，并没有给他安装男用的周长为 18fr 的导管，而是使用了周长为 20fr 的女性用导管。然后，他把一个金属衣架给拆开，将铁丝从导管里穿进去，刺穿了吉尔伯特的膀胱和肠道。吉尔伯特因内出血休克，随后陷入了昏迷。哈维把铁丝和导管取下，然后扔掉了。接着他重新安装了一根周长为 18fr 的导管，并报告说他进来发现病人没有反应了。四天后吉尔伯特死于暴发性感染。这是我们可以肯定确认的哈维的第一场有预谋杀人行为。

尽管看起来不可思议，但似乎没有人对这些死亡事件中的任何一个提出什么疑问，或者把哈维正好也出现在病房里与这些死亡事件给联系起来。每次他侥幸逃脱，他的优越感和认为自己足智多谋的自以为是态度就更加强烈了。

在十九岁生日之前，哈维在玛丽蒙特医院已经杀死了至少十五个病人。

每次他都会利用病人和系统的弱点来作案。他用一个有问题的氧气罐把哈维·威廉姆斯和莫德·尼科尔斯给杀死了。他后来说，威廉姆斯的死是个意外，但他确实杀死了尼科尔斯女士，因为她被带进来时，褥疮感染得很厉害，到处都长满了蛆，工作人员都不愿意好好地照料她。威廉·保林呼吸非常困难，于是他不给他开氧气管。之后威廉·保林死于严重的心脏病发作。维奥拉·里德·怀恩患有白血病，哈维觉得她身上的味道很难闻，于是决定用一个包裹在塑料布中的枕头来结束她的痛苦，就像杀死洛根·埃文斯那样。但是有人进来了，他不得不停下来。后来他把她接到了一个有问题的氧气罐上，并在那里等着她死去。

除了随便看一眼情况外，没有人来调查这些死亡事件，所以哈维能够持续不断地杀人。我很清楚哈维认为自己是一个没有成就的人。他是个勤杂人员，在这样一个环境中，医生和护士都得到了地位和尊重。他要证明他比他们更擅长于这个"游戏"。事实上，他要把它变成一个笑柄。

有几次他试图将患有肾功能衰竭的西拉斯·巴特纳给闷死，但每次都被打断了。于是哈维又给他用上了那个有问题的氧气罐。同样地，他认为山姆·卡罗尔已经因为肺炎和肠梗阻受够了折磨，而约翰·康姆斯忍受心力衰竭的时间也已经足够长了。他用一个出了问题的氧气罐把他们给杀死了。他成功地把玛吉·罗林斯闷死了，她是因为胳膊上的烧伤而入院接受治疗的。他把一个塑料袋放在她的脸和用来闷死她的枕头中间，这样就算有人来检查她的尸体，也不会在她的气道中发现任何纤维。

他还用上了止痛药。他给玛格丽特·哈里森过量的杜冷丁、吗啡和可待因，这些药本来都是为另一个病人准备的。他用从护士站药柜里偷来的过量吗啡杀死了因充血性心力衰竭入院的米尔顿·布莱恩特·萨瑟。当他想把皮下注射针冲进马桶时，针头卡在那里，堵塞了管道，但没人把这件事和萨瑟的死联系起来。

就好像在医院第一年制造的死亡还不够多似的，哈维开始进一步了解到了人死后尸体的特征。在那一年里，哈维与弗农·米登开始了一段恋情，后者是一位已婚并育有子女的殡仪馆老板。米登教会了他很多关于尸体的知识，告诉他可以通过尸体上的哪些特点来判断死者到底是因何而死的。哈维对如何隐藏或掩盖窒息而死的特征特别感兴趣。

这是他在不久的将来就会用得上的信息。

1971 年 3 月底，他辞去了玛丽蒙特医院的工作，可能是因为担心自己在那里犯下的罪太多，最终会暴露；也有可能他只是情绪低落，因为那年春天他放火烧了自己居住大楼里一间空公寓的浴室，打算把自己闷死在那里。但他在自杀方面远不如杀死别人那么熟练：他因破坏财产被捕，并被罚款五十美元。

此后不久，他因入室行窃被捕。他当时有些醉醺醺的，对逮捕他的警官唠叨着说他在玛丽蒙特杀了十五个人。警官们对他进行了讯问，并试图核实他的说法，但没有找到什么证据，医院里也没有人相信他与那些死亡有什么关系。他承认自己犯下了小偷小摸的罪行，并付了一笔数额很小的罚款。

根据拉德福德大学的报告，在这段时间里，哈维与一位名叫露丝·安妮·霍奇斯的女人发生了第一次异性恋。他在肯塔基州的法兰克福找工作时，和她的家人住在一起。他回忆起在一个醉酒的晚上和她赤身裸体待在一起，但否认记得发生了任何其他事情。九个月后，霍奇斯生了一个儿子，起了和父亲一样的名字——哈维。之后的许多年中，他一会儿承认一会儿又否认那个孩子是自己的亲骨肉。

1971 年 6 月，哈维在美国空军服役，其间与一个名叫吉姆的男人有过一段短暂的暧昧关系，后来他承认有把吉姆给杀了的冲动。很明显，在军队这样一个高度管制的环境中，他害怕被抓住，于是不敢造次。

但他服役时间不长，因为他又企图自杀，这次是服用过量的奈奎尔。这使得空军部门了解到他之前曾经被捕的情况，以及他对肯塔基州警方所说的关于在医院杀了人的那种明显疯狂的胡言乱语。空军不希望看到他再次自杀什么的，于是在 1972 年 3 月把他遣散回家了。

在持续不断的抑郁并与家人争吵之后，他再次尝试自杀，这次他服用了过量的镇静剂普拉西迪和镇定剂眠尔通。他被送到医院洗胃，然后转到肯塔基州列克星敦的退伍军人管理医疗中心精神病房，在那里他经常因为无法控制自己而被捆起来。他接受了反复的电击治疗，这对慢性抑郁症通常是非常有效的，但对唐纳德·哈维却几乎没有什么效果。从医疗中心出来后，父母说他们不再欢迎他进家门。

1972 年接下来的几个月里，哈维在列克星敦的红山康复医院兼职做护士助理，同时继续在附近的弗吉尼亚州立医院接受门诊治疗。他在好撒玛利亚人医院找到了第二份工作。在这段时间里，他和两个男人有过感情，和他们断断续续地生活在一起。

但这一次最重要的一点是，哈维在这两家医院都没有再试图杀人。这可能是因为他在努力控制自己扮演主宰者的那种冲动；也可能是因为他比在玛丽蒙特时受到了更严密的监控，因此他担心自己会被抓。医院的环境是他的舒适区，如果他在那里不能对他所偏爱的受害人下手的话，那么在其他地方就更不敢下手了。

但事情马上又起了变化。

第十七章　夜班工作

　　1975 年 9 月，哈维搬回辛辛那提，在那里的弗吉尼亚州医疗中心找到了一份夜班工作。他担负很大的职责，只要任何地方需要，他就得顶上——当护士助手、心导管技术员、管家和太平间助理。有了这些不同的职责，他几乎可以不受限制地在无监督的情况下进入医院的所有区域。他特别喜欢在停尸房里工作，并努力学习干好这份工。

　　正是在这个角色中，哈维对神秘主义的兴趣大增。多年来，他一直对魔法和神秘的东西沉迷，但直到那时，他的兴趣才找到了一个合适的归宿。他想加入一个专门研究神秘主义和黑暗艺术的团体。但他面临一个问题：这种团体只接受异性伴侣成对地加入，而他是一名单身的同性恋者。于是哈维和另一个男人与已经入会的男人的妻子或女性伴侣配对，参加了入会仪式。

　　多年以来，我们一直在讨论撒旦崇拜、神秘主义、巫术和暗黑魔法——或我们所用的任何指代这种东西的名词——之间的关系。在上世纪八十年代和九十年代的一段时间里，这几乎成了每一个电视谈话节目的主题。警方也聘请了顾问，教他们如何识别那种与邪恶的宗教仪式有关的凶杀案。尽管媒体、公众和许多执法部门都确信这些仪式性的犯罪正在到处发生，但联邦调查局仔细调查了每一个案件，却没有找到一个那样的例子。我的朋友和备受尊敬的同事、前特工肯尼斯·兰宁在这段时间写了一篇开创性的论文，题为《关于"仪式性"

虐待儿童指控的调查人员指南》，其中他基本上否认了这种现象的存在。肯尼斯把这些说法和无数有关外星人绑架的报道相提并论。他写道："在我所知的所有案件中，没有一个案件能证明有组织严密的撒旦邪教。"

但那种论断，与唐纳德·哈维这样一个活跃的连环杀手对神秘主义感兴趣并加入了一个专门研究神秘主义的团体之间，该如何调和呢？

基本的答案是，哈维杀人不是出于神秘主义，也没有任何仪式性或准宗教性的因素。他之所以对神秘主义感兴趣，原因和他杀人是一样的——对自己不满，同时对权力充满渴望——但并不是撒旦教或什么黑暗魔法驱使他去杀人的。他对神秘主义感兴趣这件事，更多是一种现象，而不是原因。所以我们面对的是一种不健全的人格，他试图通过神秘学获得权力或另一种令人满意的生命维度，但这与他为什么杀人无关。哈维在空军和列克星敦度过了相对短暂的没有杀人的一段时期后，很快他又开始了。

在接下来的十年里，唐纳德·哈维在弗吉尼亚州立医院又杀死了至少十五名病人，进一步扩展了他的"知识"、方法和创造力。他仍然会采用切断氧气供应的方法，他还喜欢把病人闷死，在病人的甜点中使用砷、氰化物和老式的老鼠药。氰化物有合法的医学用途，包括快速降低血压、扩张血管、检测糖尿病患者血液中的酮类水平等。哈维发现，把氰化物放在静脉注射管中，和把它直接注射到病人臀部的效果一样好。他从医院的存货中一点一点地偷，最后在家里攒了大约三十磅氰化物！他还研究了医学期刊，以帮助自己更好地隐瞒罪行。然而，对他的最大帮助是，与其他连环杀手不同，他谋杀的对象都被认为是自然死亡的。

他和一个男人约会了一段时间，但他们经常吵架。在一次特别激烈的争吵之后，哈维把砒霜放进了那家伙的冰淇淋里。他不一定是要把这个人给杀了，只是想让他的伴侣感到不舒服而已。但这一行为有不寻常的意义，因为这是哈维第一次试图伤害医院以外的人。

任何时候发生这样的事情，都代表着哈维行为的危险性又升级了。他的行为发生了一个危险的转折，意味着给整个社会带来的风险增加了。几乎每个连环杀手都会从我们称为"他的主要舒适区"开始行凶。这可能是靠近凶手家的地方、他的工作地点、他熟悉的公园，或者任何其他他觉得舒适和自信的地方。当我们接到有关连环杀手或强奸犯的案件时，总是特别注意一系列犯罪行为中的第一个犯罪地点，因为这会告诉我们很多关于凶手的信息。

即使凶手像我们描述的"开膛手"杰克那样疯狂和不稳定，我们在研究伦敦东区的地图并按顺序把他的犯罪现场给精确地标出来时，也能分辨出明显的主要和次要舒适区。很明显，哈维最"舒服"的地方是医院病房。在那里，没有人打扰他，也没有人特别注意他的行为。根据经验，他知道他可以在那种环境下自由活动。

一旦准备好在那个"舒适区"外杀人，他在连环杀手的道路上就更进一步了。他已经对新的风险因素进行了评估，并得出结论认为，自己已经准备好接纳这种风险了。现在，杀人已经不再是他在特定环境下的行为了。他就是要杀人，具体什么环境已经不再那么重要了。随着哈维舒适区的扩大，他的潜在受害者将没有什么安全的空间了。

同年——1980 年——他与另一个男人卡尔·霍韦勒开始了同居关系。但当哈维发现卡尔有星期一去当地公园找其他男人的习惯时，他开始在星期天的食物中加入少量的砷，这样卡尔就无法在周一出去鬼混了。

卡尔对一个女邻居很友好，唐纳德觉得这个邻居威胁到了他，因此试图把他们给分开。他试图用丙烯酸毒死她。但那个东西没有起作用，他又试图用从医院偷来的艾滋病活病毒感染她。这两种方法都没有奏效，所以他在她的饮料中加入了从医院偷来的乙肝血清。她被感染得很严重，不得不住院治疗。她得到了恰当的诊断和治疗。但是，没有人把她的病和谋杀行为或者唐纳德·哈维联系起来。

另一位邻居海伦·梅茨格也被哈维视为会抢走卡尔的威胁。他把砷撒在给她的一些剩饭剩菜上以及她冰箱里的一罐蛋黄酱里。几个星期后，他给了她一个加了更多砷的馅饼。她瘫痪了，需要切开气管才能呼吸。但气管切开后，她开始出血，失去意识。她没能挺过来。医院将她的死亡归因于"格林-巴利综合征"，一种影响肺部功能的瘫痪状态。

哈维自愿在他亲爱邻居的葬礼上做抬棺人，后来他声称他并不是有意给梅茨格投放致命剂量的砷的，他只是想让她生病而已。这正是梅茨格的家人葬礼后在她公寓里的遭遇：他们中的一些人在吃了那个罐子里被下了毒的蛋黄酱之后生病了。幸运的是，他们都康复了。他们的病都被归因于意外食物中毒。

哈维和卡尔的关系使得哈维的杀人欲望达到了新高度。他和卡尔的父母吵了一架，所以开始给他们的食物中投放砷。卡尔的父亲亨利·霍韦勒因此中风，住进了普罗维登斯医院。几天后，哈维去看望他，并趁机在他的甜点布丁里加了更多的砷。那天晚上晚些时候，亨利死于肾衰竭和中风。在接下来的一年里，哈维断断续续地给卡尔的母亲玛格丽特下毒，但没能把她杀死。

可他确实意外杀死了卡尔的妹夫霍华德·维特。哈维一直在用甲醇来去除胶粘标签，而甲醇是存放在一只伏特加瓶中的。卡尔要么不知道，要么把瓶子弄混了，就给霍华德倒了几杯甲醇。甲醇有剧毒，霍华德几乎立刻就倒下了，最后因心脏病发作而死。

到 1984 年 1 月，卡尔受够了哈维古怪的行为和情绪波动，要求他搬出去。哈维对此非常生气，在接下来的两年里，他多次试图毒害卡尔，但都没有成功。不过他毒死了另一个患有心脏病的前男友——詹姆斯·佩鲁索。这位前男友说过如果他到了无法自理的地步，那么就请唐纳德"帮帮他"。唐纳德在他的代基里鸡尾酒里加了砷，在他的布丁里也放了一些。他被送到弗吉尼亚州立医院，然后就死在了那里。由于他有心脏病史，因此没有进行什么尸检。

哈维还把砷投入了邻居爱德华·威尔逊喝的胃肠用铋口服溶液中。威尔逊和卡尔因为水电费的问题发生过争执，尽管唐纳德和卡尔之间也已经出现问题了，但他还是想保护卡尔。威尔逊在中毒五天后死亡。

大约在同一时间，一向干活卖力的哈维被提升为医院的太平间主管，这大致与他加入新纳粹边缘组织国家社会党的时间相吻合。他声称，他并不同情纳粹的目标，而是在里面进行侦察，试图瓦解他们。当了解到这一点时，我对他声称的动机提出了质疑。加入一个散布仇恨的邪恶组织，在我看来与哈维对神秘主义的迷恋是一脉相承的。不管怎样，虽然没有其他人知道这一点，但我觉得这二者都是他获得权力和性能力的一种方式。

1985 年 7 月 18 日，报应终于找上了唐纳德·哈维的门。在离开医院时，保安认为他行为可疑，于是与他对质。他们要求搜查他随身携带的健身包。在包里面，他们发现了一把.38 口径的手枪，这是严格违反弗吉尼亚州立医院政策的。他们还发现了一些皮下注射针头、手术手套和剪刀；一些毒品用具，包括一把可卡因勺；还有几本医学文献、一些关于神秘学的书籍，以及一本关于二十世纪七十年代印度裔越南人、连环杀手查尔斯·索布拉杰的传记。医院人员搜查哈维的储物柜，发现了一个用石蜡包起来的小肝脏标本，随时可以切片并进行显微镜检查。哈维声称枪是别人放在包里的，可能是卡尔·霍韦勒放的。

由于在调查中存在一些错误和违规行为，因此医院很难起诉哈维。此外，他们显然不想陷入任何负面新闻，所以同意让他悄悄辞职，并为自己在联邦辖地携带武器支付五十美元的罚款。这起事件没有纳入任何犯罪记录中，也没有人试图去调查哈维是否有其他犯罪行为。

七个月后，也就是 1986 年 2 月，他找到了另一份医院里的工作——这一次是在辛辛那提的丹尼尔·德雷克纪念医院做兼职护士助理。从后来调查的情况来看，当时没有人对哈维之前的工作提出过任何疑问，也没有人质疑他之前为什么会离开。不管怎么说，这个人肯定是一个专心致志的人，一直在他的"职业"上专心耕耘。

他在德雷克纪念医院杀的第一个人是名叫纳撒尼尔·沃森的处在半昏迷状态的男子。哈维用一个湿塑料垃圾桶衬垫把他闷死了。他此前曾多次试图杀死沃森，但每次都被打断了——这是他以前经历过的，因此现在已经有所准备了。这一次，他的动机出现了一种奇特的双重因素：他认为沃森不应该再经受植物人状态的折磨了，因为在这种状态下，他只能通过胃管进食；同时他又听说这个病人是一名强奸犯——尽管没有什么东西证实这一点——因此他本来就该死。不到一小时后，一名护士发现沃森已经死亡了。

四天后，他用同样的方式杀死了另一个病人利昂·纳尔逊。

他毒死了另外两个人。在他之后的工作评价中，十个类别里有六个是"好"，另外四个是"可以接受"。

在接下来的十个月里，唐纳德·哈维又解决了至少二十一名病人。他最喜欢的方法是用砷和氰化物下毒，还使用过一种用于结肠造口袋的黏合剂；他用胃管给两名患者喂这种东西，其中一个是男的、一个是女的。

在这段时间里，哈维自己也面临个人问题。他和卡尔的关系终于彻底破裂了，他开始找心理医生治疗抑郁症。他更加沉迷于神秘主义的仪式了，并再次试图自杀，这次他自杀的方法是开车从山路边上坠下去。他幸免于难，但头部受伤了。之后他又回到医院工作，然后终于暴露了。

四十四岁的约翰·鲍威尔因为一次摩托车事故而昏迷了几个月，那次事故中他没有戴头盔。他已经出现了一些细微的复苏迹象，但总体情况还在恶化，大家都觉得他没有太大的希望康复了。因此，当他突然去世时，医生们并不感到特别惊讶。汉密尔顿县验尸官办公室的政策是，所有在机动车辆事故中死亡的人都要接受尸检，因此有人奉命去检查那场机动车事故是否他确切的死因。

尸检是由李·雷曼博士进行的，他既是法医心理学家又是生物化学专家。他一打开体腔，就注意到一股明显的气味，有人说就和苦杏仁散发的气味一样。雷曼博士当时就判断这种气味与氰化物有关，因此他把被人下毒杀害列在了死因鉴别诊断的首位。

"我不知道苦杏仁是什么味道，但我知道氰化物的味道。"雷曼博士告诉《辛辛那提调查报》的霍华德·威尔金森。

他完成了尸检，并取了肌肉组织样本，送到另外三个实验室确认自己的诊断是否正确。

三份实验室报告都显示氰化物呈阳性。

雷曼把这个情况报告给了辛辛那提警察局，后者开始对约翰·鲍威尔的死因展开刑事调查。侦探们顺理成章地把注意力集中在鲍威尔的家人、朋友和其他与他有过接触的人身上，首当其冲的是鲍威尔的妻子。这是一个标准的程序——也许因为她的丈夫处于植物人状态，账单堆积如山，她希望这种煎熬能够尽快结束。但他们找不到任何动机或证据，证明她或家里的任何人想要他死，或对他怀有任何恶意。

下一个合乎逻辑的步骤是检查那些有权进入鲍威尔或他房间的医院人员。不久，他们就找到了唐纳德·哈维。医院的其他员工自愿参加测谎，所以哈维也参加了，但那之前他去买了一本关于如何打败测谎仪的书进行研究。

安排对他测谎的当天，他请了病假，因此马上被警方带去问话。在侦探詹姆斯·劳森和罗纳德·卡姆登的审问中，哈维终于承认把氰化物放进了鲍威尔的胃管里，因为他为鲍威尔感到难过，不想看到鲍威尔受苦。

侦探们获得了对哈维公寓的搜查令，在那里他们发现了成罐的氰化物和砷、关于毒药和神秘主义的书籍，以及有关杀死鲍威尔过程的详细日记。1987 年 4 月 6 日，哈维因"约翰·鲍威尔一级谋杀罪"被起诉。他说自己精神不健全，因此主张自己无罪。他被关押起来，给他设定的保释金是二十万美元。威廉·"比尔"·惠伦，目前已经担任律师的汉密尔顿县前助理地方检察官，被指派来为他进行辩护。

在接下来的那个月的精神状态听证会上，人们听取了对哈维进行检查的一位精神病医生和一位心理学家的证词。两人的结论是，虽然被告人有抑郁症病史，这种抑郁症可能源于他童年的经历，但他能够分清是非，没有精神病，没有任何精神缺陷。同样重要的是，哈维告诉惠伦，尽管最初提出了自己有精神病这一抗辩，但他不想用精神错乱来为自己辩护。惠伦随后决定，以这是一场"仁慈谋杀"为由，主张对哈维轻判，因为鲍威尔不太可能从昏迷中苏醒过来，而哈维觉得自己是在帮鲍威尔家人一个大忙。

比尔·惠伦接到来自哥伦比亚广播公司辛辛那提分部 WCPO - TV 新闻主播帕特·米纳辛的电话，他的任务变得复杂起来。米纳辛与另一名记者在节目中猜测哈维是否有可能应对德雷克医院发生的其他死亡事件负责，他开始接到护士和其他医院工作人员打来的电话，他们认为哈维可能造成了一些可疑的死亡。

米纳辛会见了提供这些消息的人，并自己进行了调查，将哈维在这个医院工作和不在这里工作时医院里面的死亡人数联系起来看。但他不想公开，因为他担心会损害给他信息的员工的利益。考虑再三之后，他决定联系惠伦，告诉他 WCPO 正在考虑撰写一篇报道，讲述可能与哈维有关的医院死亡案例。

"我直接去了监狱找唐纳德谈，"惠伦后来告诉《辛辛那提调查报》，"我直截了当地问他：'唐纳德，你还杀了其他人吗？'"

哈维承认他杀了。惠伦问有多少人。

哈维说他不能告诉他。

惠伦生气了。"你要对我说实话！"他命令道。

"你不明白，"哈维说，他解释说他并不打算回避这个问题。"我只能给你一个大概估计的数。"他估计他大概杀了七十个人左右。

"当听到他说估计这个词时，我知道我有麻烦了，"惠伦在一次报纸访谈中回忆说。惠伦突然发现自己陷入了道德困境。他有一项庄严的责任，用他公认的法律能力为他的委托人辩护。与此同时，他对哈维那些肆无忌惮的罪行感到十分反感，他知道自己永远不应该随意地伤害任何人。最终，他认为他的首要任务是让唐纳德·哈维远离俄亥俄州的电椅。

惠伦联系了约瑟夫·德特斯，他在汉密尔顿县当检察官的老同事。惠伦和德特斯坐在一张桌子的两侧，听着唐纳德·哈维讲述他的所作所为。他告诉德特斯，还有其他案件，并向政府提出了一项协议：如果县检察官阿瑟·M. 尼同意不判哈维死刑，那么哈维将认罪。俄亥俄州的法律规定，要判死刑，被告应犯下至少两起谋杀案，而哈维多年前就已经超过了这个标准。

惠伦知道，由于没有目击证人，而且在大多数情况下也没有进行尸检，因此州政府很难通过调查来证实所有人都是哈维杀死的。这将使许多亲属、朋友和幸存者束手无策，不知道他们的亲人是死于自然原因还是被谋杀的。两位律师都知道，这一最新进展也可能为大量的不当死亡民事诉讼铺平道路。

德特斯确信，调查人员可以在没有哈维供述的情况下找到足够证据来证明另一起谋杀案，并可以在周边各州找到医学和科学专家来调查哈维涉嫌的其他案件。

为了继续施压以达成协议，惠伦给尼设定了一个期限，并继续与帕特·米纳辛协作，以维护自己的主张。

惠伦和尼最后达成了协议，哈维将承认二十八项谋杀罪，并提供完整的供述，且将被判处三次无期徒刑。根据当时的假释法，这意味着哈维要到九十多岁才有资格获得假释。

德特斯告诉我们，哈维的供述持续了整整十二个小时，非常详细。哈维有条不紊地讲述了他的每一次杀戮。那种供述太压抑了，以至于那些听着他供述的人都不敢相信他做了所说的那一切，觉得他也许只是在吹牛而已。但为了进行查证，执法机关挖出了十二具尸体，根据哈维的描述，这些尸体上应该可以找到毒药的痕迹。正如德特斯所说，"他告诉我们的每一个事实都得到了证实。"

最终，惠伦判定哈维杀死了六十八人。

与俄亥俄州的协议在手，惠伦前往肯塔基州的劳雷尔县，州检察官托马斯·汉迪得到了类似的提议，那就是让哈维把他在玛丽蒙特医院犯下的九起谋杀案——供述出来。和俄亥俄州法官一样，巡回法官刘易斯·霍珀也判处了哈维多次无期徒刑。

即使在俄亥俄州被判刑并在肯塔基州也被判刑后，哈维还在不断地"记起"其他谋杀案。由于他与汉密尔顿县达成了认罪协议，如果他不全力配合正在进行的调查，他可能就会因新暴露出来的那些案件而被判处死刑。

"我被描绘成一个冷血的杀人犯，但我不是那么看自己的，"哈维在接受《列克星敦先驱报》访谈时说，"我觉得我是一个非常热情、非常有爱心的人。"

第十八章　一个凶手的成长

我对访谈唐纳德·哈维很感兴趣的一个原因是，他被捕时，我实际上是被请来为这个案子提供咨询意见的。由于弗吉尼亚州立医院是联邦机构，在那里发生的凶杀案联邦调查局拥有管辖权，因此我们调查了哈维的工作地点和所有的人事记录。

在匡迪科，我接到辛辛那提办事处特别负责人的电话，要求我提供访谈/审讯策略方面的现场咨询，希望在对唐纳德·哈维进行审问时起到最好的效果。当天我就飞到了辛辛那提。到达辛辛那提办事处时，我见到了那位负责人以及两名负责此案的探员，他们向我提供了哈维的背景资料和案件的细节，基本也就是我前面写到的那些情况。在以前的许多案件中，当涉及应该由谁去进行审讯时，我会被要求根据罪犯的个性或行为举止来选择我认为最适合这项任务的特工。有时，我建议特别负责人（在那些日子里总是他）进行审问，因为嫌疑犯会受到他的权威的震慑。我有时也会被要求参加审问，但更喜欢就谁更适合来进行审问提供意见，因为如果我参与到了审判之中的话，到时候就要花大把的时间在法庭上作证，而那不是我的任务所在。

完成评估后，我再次与当地的联邦调查局探员们会面，向他们建议采用非对抗式的、温和的审问方法。不管个人感受如何，他们都应该表现出是理解哈维的，他们知道他的每一个受害者无论如何都是会死的，而他只是在让他们摆脱痛苦而已。我希望这种方法能让他放开了说，从而暴露出他每次杀人的真实意图。我让探员们表现对他的理解，从而保全他的面子，建议他们将这些罪行称为"慈悲"的死亡，而不要使用"谋杀"和"凶杀"等字眼。

负责这个案子的探员和哈维年龄差不多。我建议在联邦调查局的辛辛那提办公室审问哈维，这是一种权力的宣示，宣告的是联邦调查局拥有权力，而哈维则不再拥有权力了。

哈维接受审问的房间有一面双向镜子，这样我和其他人可以观看整个审问过程，并向主持审讯的探员们提出建议。

哈维当时没有犯罪记录，联邦调查局还在对他进行调查，所以我们没有太多线索。不过，我们了解到的是，哈维对于自己指认并被抓获归案似乎松了一口气，因此表现得相当淡定。看到这一点，我告诉探员们，他很有可能畅所欲言地谈论自己的所有罪行。我们当时还不知道的是他到底杀了多少个病人，所以我提出的保全他面子的方法可以在这一点上发挥作用。

哈维被带进审讯室，显得很友好，脸上露出一副"你们终于抓到我了"的狡黠表情。在就犯罪行为进行讯问之前，探员们先深入地了解了他的个人背景。

很快我就明白了，我们不必使用任何复杂的讯问技巧，因为哈维很想谈，就好像他在舞台上独白一样。

这将是特工对哈维进行的多次审问的第一次。我本想从行为学的角度，出于我自己的目的来访谈哈维，但这个案子太复杂了，根本没时间。我想也许终有一天我会得到这样的机会的。

唐纳德·哈维，编号 A - 199449 的囚犯，很快就适应了位于卢卡斯维尔的南俄亥俄州监狱中的生活。他是一名很合作的囚犯，有着很好的纪律记录，甚至同意参加一家医疗安全公司制作的关于如何防止像他这样的人在医院工作的培训视频。

卢卡斯维尔监狱不像我去过的许多监狱那样具有哥特式的压迫感。它位于肯塔基州边境附近，看起来更像是一个现代化的砖厂或制药厂。它有一个中央警卫塔，在许多情况下可能会被误认为是空中交通管制塔。但你可不要被这种相对温和的外观给愚弄了。这所监狱是该州最暴力的罪犯的关押地，是俄亥俄州的"死亡之家"。

我们开始访谈时，我告诉他，虽然我们从未见过面，但在联邦调查局准备审讯他时征求过我的意见。我曾在隔壁的一个房间里观看整个审问的过程，确定自己是否能帮助审讯人员从他那里得到招供。但事实证明，我承认，哈维当时是非常坦白的。

基于这一点和其他以前的行为模式，我认为他能对我做到90%到95%的诚实。我感兴趣的是另外5%到10%的情况。

房间大约十八英尺宽三十英尺长，光线很好。握手时，哈维笑着和我打招呼。我对他报以微笑，握他的手也没有太用力。

"所以你也坐牢了？"哈维用他柔和的南方口音问我，脸上带着逗乐的微笑。他仍然留着平头、小胡子，戴着一副塑料框眼镜，相貌很是养眼。和他被捕时留着卷发的样子相比，他显得更温和、更圆润了，同时也老了一些。

我知道他参加了培训视频，我说如果他能同样坦诚地讲述自己的背景、童年、学校和成长经历，以及什么东西可能促使了他误入歧途，那么他的贡献将会是非常大的。

访谈刚开始的时候，他一直都很随和、很讨人喜欢的样子，就好像他想讨好和我在一起的全体摄制组一样。他提出的第一个要求就是会见制片人特里莎·索雷尔·道尔，她为整个访谈和摄制工作做好了所有的安排。特里莎是艾美奖获得者，曾在多个重要电视节目工作过，包括《60分钟》《ABC新闻黄金时段》和《20/20》等。她是哥伦比亚法学院的毕业生，是一位很迷人的女士。

"哦，我在这里呢。嗨！"她说。

"嗨，"哈维回答道，"你是我见过的最好的跟拍者。我接受访谈是因为你跟拍我四个月了。"

我认为她做得确实很好。特里莎答话说她对他的夸奖表示感谢，还开玩笑地问他是否愿意把这句话也转达给她的老板。然后哈维对我说应该把她招入联邦调查局。尽管他是同性恋，但我觉得他这是在和一个漂亮的女人调情，在向我们展示他是一个多么正常的普通人。

监狱官员已经告诉我，哈维想确保衣服得到清洗和熨烫，这样他才能看起来尽可能干净利索。事实上，从出庭时的老照片来看，他在外表和打扮上都非常细致，很难分辨出哪个是律师、哪个是作为被告的他。在我们的访谈之后，他还给特里莎写了一封信。

让我对唐纳德·哈维感兴趣的是，大多数连环杀手总是在不停地到处找猎物，其中一些人几乎每个晚上都会出去寻找猎物。寻找猎物是幻想的一个关键组成部分，通常和犯罪行为本身一样会令罪犯获得满足感。我把这种连环杀手比作非洲塞伦盖蒂平原上的狮子，目不转睛地盯着在水坑边上的一大群羚羊。然后，狮子在成百上千只羚羊中锁定了一只。他已经训练有素，可以感知到对方的弱点，会使一个人比其他人更可能成为受害者，杀手也更喜欢针对这样的人。这是猎人必不可少的一种心理技能。

但哈维更像动物园里的狮子。他不必出去找猎物，每天都有人"送上门来"。那么什么是他的兴奋点？他是怎么获得满足感的？是什么东西取代了出去寻找猎物这个环节？或者在他看来，虽然是在医院里，但他还是需要去捕猎？

就罪犯到底是先天还是后天的这个问题，我们也不得不去理解哈维到底属于哪一类。正如我们所注意到的，他似乎有某种内在的犯罪倾向，而我们对神经科学的了解还不够深入，无法确定这一点。这是基因遗传的吗？可能吧。但是当我们研究一个暴力罪犯的背景时，通常会发现他有没有这种犯罪倾向的兄弟姐妹。或者我们发现某个人也有一些相同的倾向，但表现出来的方式却截然相反。

一个很有意思的例子是"不明爆炸犯"西奥多·卡钦斯基和他的弟弟大卫。两个年轻人都非常聪明，都曾在不好的环境中独自生活过一段时间，都有改善社会的理想。然而，西奥多成了一个致命的连环炸弹犯，而大卫则成了社会工作者和佛教徒。当大卫和妻子一意识到那个所谓的"无名爆炸犯的宣言"听起来像是西奥多的"作品"之后，他们马上就把他交给了警方。大卫唯一想要的合作协议是不要对他哥哥判死刑，这充分说明了两个来自同一背景的兄弟的不同之处：西奥多准备杀害无辜的人，大卫却不赞成处决罪犯。

我们在本书前文提到的犹他州的多重杀人犯加里·吉尔莫，是1976 年美国最高法院解除死刑禁令后被处决的第一人，也是诺曼·梅勒得普利策奖的史诗《刽子手之歌》所咏叹的对象。加里·吉尔莫有一个名叫米卡尔的弟弟，是一位杰出的记者、作家和音乐评论家。

我们的研究表明，天生的神经因素一旦和糟糕的童年和青少年时期结合起来，就很容易形成一种反社会人格。正如我们看到罪犯有大卫和米卡尔这样遵纪守法的兄弟这一现象所揭示的那样，当没有这种或那种影响时，一个人根本就不会演变成残暴的凶手。但这不是可以让我们进行对照实验的实验室。在神经心理学和犯罪学发展到今天这样的情况下，我们能做的还只是理论上的分析而已。

我们也必须认识到，每个人都会用不同的方式来应对不好的环境。对约瑟夫·麦高文来说，他那控制欲极强、专横的母亲否定了他结婚的想法，这就足以让他跨越罪与非罪的界限了。约瑟夫·康德罗在知道自己是被收养的时候，觉得很失落，但他之所以成了罪犯，更多的是因为缺乏良好的判断力和控制冲动的能力。

和唐纳德一样，他的母亲在十二岁时也受到了性侵犯，这导致她有部分瘫痪的现象。这种瘫痪更多是非器质性的，而不是器质性的。她是在十几岁的时候嫁给当时二十九岁的唐纳德父亲的。哈维觉得她母亲是把丈夫视为她的父亲的，这种说法听起来并不牵强。

对唐纳德来说，不管天生的倾向如何，成长期似乎对他的心理发展起到了至关重要的作用。当我们结束了闲聊之后，我提到的第一个话题就是他在别人手中遭受的虐待，据我所知，这种虐待是从四岁开始的。

哈维以温和、实事求是的态度回忆说，那是他第一次遭到性虐待——是只比他大九岁的叔叔做的。唐纳德告诉我，当他大约五岁半的时候，一个"邻居也开始来骚扰我"。他的叔叔告诉他，这是男孩们都做的事情；邻居则威胁他说如果敢告诉任何人，他的父母就会被枪杀，那样的话他就只能去孤儿院了。哈维还声称，他的叔叔后来陷入了一种"疯狂的性行为"，并殴打过自己的第一任和第二任妻子。哈维对叔叔的第一任妻子的记忆不太清楚，因为当时他还很年幼，但他曾与叔叔和第二任妻子沉迷于三人群交，而只有在这种情况下他叔叔"才能硬起来"。

要说清楚的是，我从不会宽恕或原谅暴力有害的行为。遭到大量虐待的童年，对于一个成年人来说，也不构成他诉诸暴力的合理理由。但是，如果考虑一下哈维早年的这两段不正常的关系，更不用说他那种看着一个男人殴打妻子的经历，我们就不难看出，在他这样的成长历程中，面对着那些他认定的——他这么认定一点没有错——有权力的人以及那些把创伤施加到他身上的权威物，一种负面的情绪已经在他心中蓄积起来了。

当然，我不知道这两个猥亵儿童的人是否塑造了小唐纳德的性取向，但我倾向于认为没有。相当令人信服的科学研究表明，男性同性恋倾向在一个人身上是根深蒂固的，可能是在出生前就注定的。但引人注意的地方是，唐纳德是如何"报复"这两个猥亵者的。他告诉我，到了十几岁的时候，他决定在这两种关系中成为地位平等的人，而不是把他们交给警方，或者对他们进行报复。他要获得自己的尊严。事实上，他告诉我，在十七岁和十八岁的时候，他和叔叔及其第二任妻子一起生活了一年，之后才去了玛丽蒙特医院工作。

哈维并没有表现出我们在连环杀手身上经常看到的那种童年行为，这并不让我感到特别惊讶，因为尽管他杀死的人的数量惊人，但他和大多数连环杀手并不相同。尽管他年轻时受过创伤，但他并不是一个爱尿床的人。他没有出去放火什么的。除了两次意外，他没有伤害或虐待过小动物：其中一次，母亲让他把一只小鸡送回邻近的农场去，而他却把这只小鸡的脖子给扭断了。

1966 年，理查德·斯派克在芝加哥的合租公寓里强奸并杀害了八名学生护士。当我访谈他时，他告诉我，他在牢房里养了一只麻雀作为宠物。监狱人员告诉他不能养这只鸟，他就当着他们的面，用手把那只鸟给掐死，然后把它往一只开着的电扇那里扔了过去。这一切都和力量和控制有关。我在哈维身上也看到了类似的情绪。

小鸡事件发生后，当时唐纳德大约十六岁，他又把邻居家的两头母牛牵到了树林里，割破了它们的喉咙。他说他这样做不是因为想伤害奶牛，而是因为想让邻居遭受经济上的损失。大家还记得，唐纳德是在一个农业社区长大的，用他伤害那两头奶牛的方法宰鸡杀牛，是那里生活的一个正常组成部分。但他宰杀那只小鸡以及这两头奶牛的原因，却是不正常的。

我让哈维对凶手是后天养成的还是天生的这个问题发表看法。他的回答与康德罗的正好相反，而且把矛头直接指向了我。

"所以，你基本上是在问：一个人天生就是个坏种子吗？嗯，不是这样的——想想环境的影响吧。他们可以有一个好的……我是说，谁说你不是一个连环杀手的？我是说，你总是幻想着和连环杀手聊天之类的。你可能就像汉尼拔·莱克特一样，只是我们不知道而已。"

的确，作家托马斯·哈里斯在写《红龙》和《沉默的羔羊》之前到过联邦调查局，并与我和我的同事进行了广泛的交谈。但即使为了讨论的目的，我们接受哈维的假设，我们之间的一个主要区别是，尽管我有"幻想"，但我没有出去杀害任何人。而在连环杀手中，那些想成为警察或是没能进入警察部队的人所占比例很高，这只能说明他们有一种对个人权力和支配力的渴望，而不是对服务公众和维护和平有什么更高的追求。

"你所说的，"我回答说，"就是我想给的答案：我不相信那些出去杀人的人天生就是坏种子。我认为非同寻常的事情会发生，但那取决于个人——取决于你是如何应对生活中的压力的。你可以往后退一退，你可以好好应对它，最后成功地化解它；或者，你可以把这种压力外部化并去攻击他人。"

让人觉得有意思的是，哈维这个时候插话说："我父母都信教。我父母会去教堂，基本上每个星期天都去。"

"你也是这样的，"我说道，当时我想起乔·康德罗在监狱里变成了一个"真正的教徒"，而丹尼斯·雷德在被捕时是堪萨斯州帕克城基督路德教会的前任会长。

哈维又一次表现出了相当敏锐的洞察力。他承认自己年轻时经常去教堂，但他说那是因为邻居家的女人们在参加完教堂活动后提供的食物很好，比他在家里吃的要好。他说他会为这些女人们做些小家务，她们会给他糖果、饼干和肉汁，这些都是他喜欢的。"我在很小的时候就学会了如何操纵。"他说，而那个天赋影响了他生活的方方面面，包括在学校也是如此，他通过这种天赋成了老师的宠儿。

他很坦然地承认了谋杀罪行，但当我问起第一起谋杀案——洛根·埃文斯被杀死的那次事件时，他显然已经准备好了心理上的借口。"根据精神科医生和我所谈的，我当时不打算再忍受了。我是说，我受够了，当他把大便往我脸上擦的时候，就彻底失控了。"

"你认为，因为精神科医生是这么对你说的，所以当时的情况就是那样的吗？"

"他那种行为让我跟坐上了过山车一样，我根本下不来。"

我和任何杀人犯交谈的时候，这都是一个常见的主题。杀人犯之所以开始杀人，几乎总是因为某个外在的原因。因此，几乎所有的连环杀手都认为他们犯下的罪行是正当的，或者至少说是可以解释的。他们认为自己才是真正的受害者，这是他们极端自恋的另一种表现。而如果某个监狱精神科医生突然给你找了个借口，那再好不过了。

哈维一直在施展着自己深谙的操纵手法。他对我说了两个同性恋勤务员是如何把他介绍给肯塔基州伦敦的殡仪馆长的。馆长已婚，有三个孩子，是个双性恋。据哈维说，馆长喜欢在棺材和装满冰块的浴缸里做爱。他也是那个把哈维引向神秘主义的人。

我问哈维是否和馆长在棺材和浴缸里做爱。"我在浴缸里和他做过，那对我来说真的很冷。我是说，对不起，我也洗过冷水澡之类的，但他简直……我猜你可以说他是某种类型的魔鬼崇拜者。他喜欢用血来冲澡。他会从死尸上偷肢体，总是从在车祸或类似事故中丧生的人身上偷肢体。"

这一切听起来都很恐怖，即使对哈维这样的人来说也是如此。那他为什么要跟着这个怪人一起鬼混呢？

"他教我如何使用塑料袋。他教我如何使用不同的东西，你知道的，如果进行尸检的话，法医可以找到纤维或其他什么东西。枕头上会留下什么样的痕迹——当你把塑料袋垫在枕头底下，或者把塑料袋塞进昏迷病人的嘴和鼻子里时，情况就不同了。"

这个高中辍学的学生一直在学习。

当哈维提起魔鬼崇拜时，我提到了"邓肯"，我在他的档案里读到过这个人。

我们很多人在孩提时代都有脑海中想象出来的朋友。但我遇到了相当数量的连环杀手，他们在成年后还那样，或者至少他们声称他们还有那样的朋友。这些"朋友"有几种形式。检察官最熟悉的那类凶手之所以有这种想象中的朋友，是因为他们有多重人格障碍。

在现实生活中，多重人格障碍（现在常被称为"分离性身份识别障碍"）是一种极为罕见的现象，通常会出现在遭到严重虐待的幼儿身上。他们会"逃离"自己真实的人格，跑到那些更为强大或更脱离实际的人格中去。此类案例是非常真实的，也是令人心碎的。

也许成年人中最著名的多重人格障碍患者是克里斯汀·"克里斯"·赛兹莫尔，二十世纪五十年代的书籍和电影《夏娃的三张脸》讲述过她的生活。二十世纪八十年代，赛兹莫尔来到匡迪科的犯罪心理学课上给我们讲课，帮助我们理解多重人格障碍到底是怎么一回事。她告诉我们，在某些方面，她有多达二十种不同的人格，她觉得这些人格从出生起就和她在一起。她讲得很精细，很有说服力。

但更多的时候，我们这些执法人员往往是在凶手被逮捕之后，才听到凶手说他有多重人格障碍。虽然犯罪嫌疑人/被告人可能从来没有向周围人暗示过自己有多重人格，但如果对其不利的证据确凿，并且没有其他解释其行为的方法，他或他的律师就会提出多重人格障碍来进行辩护。换言之，虽然他的"身体"可能犯下了谋杀罪，但犯罪意图和动机却是在这个身体里工作的另一个人的。从法律上讲，犯罪意图和犯罪行为都是构成犯罪的必要要件。

1985年，拉里·吉恩·贝尔在南卡罗来纳州哥伦比亚市绑架并杀害了十七岁的莎莉·费伊·史密斯。在把她杀害之前，他允许她向痛苦万分的父母和妹妹寄出一份令人心碎的"最后的遗愿和遗嘱"。当他被发现并在联邦调查局的一次完美行动中被抓获之后，我试着审问他，看能否让他招供。我对着他打多重人格这张牌，没过多久，他就承认，虽然"好"的拉里·吉恩·贝尔不可能做这样的事，但

"坏"的拉里·吉恩·贝尔可能做过。在那之后，我不太关心"好"的拉里·吉恩·贝尔到底有了什么样的遭遇，但当 1996 年 10 月 4 日"坏"的拉里·吉恩·贝尔被电死时，我的确有满足感。

虐待狂杀手肯尼思·比安奇在 1977 年至 1978 年"加州山腰勒死案"中杀害了至少十名年轻女性。在 1983 年的审判中，他试图以第二个恶性人格导致他精神错乱为由为自己辩护。他使得几位法庭指定的精神科医生认同了他的说法。我和匡迪科的同事曾咨询过宾夕法尼亚大学杰出的精神病学家马丁·奥恩博士，他在催眠和记忆扭曲方面做了开创性的研究工作。在比安奇的审判中，奥恩博士证实，真正的多重人格患者往往有三个或更多的不同的人格特征。第二天，比安奇突然提到了另一个名叫比利的人，这是他以前从未提到过的。

现在，让我们回到唐纳德·哈维身上。在某些时候，他声称自己是被一个叫邓肯的恶魔驱使的，在他动手杀人之前，会去咨询邓肯。他会点燃蜡烛来代表受害者，如果蜡烛开始闪烁，那就表示邓肯认为这个人应该被杀。

首先，正如我所指出的，我的联邦调查局同事肯尼斯·兰宁已经很充分地证明了所谓的撒旦仪式谋杀并不真正存在。所以如果邓肯的故事是真的，这将是非常不寻常的，在犯罪史上是真正值得注意的。但除此之外，从证据的角度来看，这种说法是经不起推敲的。哈维犯下的许多（即便不是大部分）杀人罪行都是机会犯罪，其中一些是彻头彻尾的冲动型犯罪行为，所以哈维列出一系列潜在的受害者来让邓肯做出判断的说法，是没有什么合理性的。我的直觉是，和肯尼思·比安奇所说的比利以及大卫·伯克维茨声称的驱使他在纽约市杀死年轻夫妇的那个住在邻居萨姆·卡尔暗黑实验室里的三千岁恶魔狗一样，哈维所说的邓肯也是他在被捕之后编造出来的。

我在阿提卡访谈伯克维茨时，他试图让我也相信那只恶魔狗的存在。"嘿，大卫，别胡扯了，"我说，"那只狗与此事无关。"事实上，这个故事是他在被捕后编造出来的。他笑着点头承认说，我判断得对。

在我的职业生涯中，经常看到凶手编造出一个"阿凡达"来。

辛普森在其原名为《如果是我做的》那本书中，讲述了他的前妻妮可·布朗和她的朋友罗纳德·戈德曼遇害的经过，读起来让你觉得那一切就是辛普森做的。从我四十多年的执法和行为分析经验的角度来看，这本书是辛普森在被无罪释放的数年之后写的，它只是辛普森先生对道德标准的蔑视、对妮可的权力感以及愤怒的又一次展示而已。换句话说：这是一种反社会的自恋行为。

但辛普森在自己的叙述中也引入了一个阿凡达。在描述1994年6月12日晚上发生的事情时，辛普森写道，他的朋友查理——在那本书出版之前，这个名字在调查中从未出现过——告诉他，"你不会相信妮可家里发生了什么事，"意思是她和男人胡搞。弗洛伊德派的精神科医生会说查理就是辛普森的本我，即辛普森人格中情绪化、冲动的部分。我和执法部门的同事们干脆称之为"犯罪意图"。让一个假想的个体加入进来，不仅把暴力犯罪行为和罪犯隔离开来，而且也使得罪犯可以用去人格化的方式对待受害人以及自己所犯下的罪行。

哈维没有查理，但他有邓肯。

"那么，邓肯，这个天外来客……"我对哈维这样说道。

"你最好看好邓肯。他可能会抓到你。"他回答说，并调皮地咧嘴笑了。

我们指出，邓肯是在唐纳德二十出头的时候出现的，所以他不可能为哈维此前的谋杀行为负责。"那么，你就不能怪邓肯了？"

"嗯，邓肯可能从一开始就是和我在一起的。"

"你这么认为吗？"

他又笑了，似乎在逗弄我。能够操纵前联邦调查局探员的想法显然很有吸引力。"你难道就没有一个想象中的朋友吗？"他问道，"否则，你怎么可能扮演牛仔和印第安人？你不是想当警察吗？后来，你真的成了联邦政府的探员，对吧？"他似乎在暗示说，我们每个人长大后都会成为我们小时候所想象的那种人。这种说法并不是那么离奇，尽管我小时候曾幻想过成为一名兽医，而从来没有想过要当联邦调查局的探员。哈维是在暗示他想象中的朋友邓肯在他成年前就出现了，并促使他选择了现在的"职业"？

我让他回想一下在肯塔基州伦敦市的那个晚上，当时他喝得酩酊大醉，供认了他最早的十五次杀人行为。我问他，是不是真的没有人相信他说的。

"没人相信我，"他确认说，"他们说我的想象力太活跃了。他们让我去看心理医生，问我是不是想自杀，是不是喝醉了，是不是在吸大麻。不是的，那是我第一次喝酒，第一次把事情说出来。我说的全是值得相信的。"

这对于像我这样的人来说具有讽刺意味的是，我总是对罪犯告诉精神科医生或其他治疗师的话表示怀疑，因为他们想说服治疗师相信他们已经治愈、对社会无害了、改过自新了、已经看到了光明等等，而我对相信这些鬼话的刑事司法程序中的治疗师是持批评态度的。哈维的情况却正好相反。我们有一个应该被判罪的人，而执法人员和治疗师本来应该相信他说的是实话，但他们却都异口同声地认为他只是"想象力太活跃了"。他们不相信他的话，这才让他得以继续杀人。

这里的教训是什么，如果有的话？

普通人很难理解凶手的思维方式确实是与众不同的。我们倾向于从自己的经历和人生价值观的角度来评价他们，然后试图弄清楚"出了问题"的是什么。换句话说，他们有什么异常的地方，一旦被识别并被"修正"后，他们就会再次"正常"地思考？好吧，在很多情况下，确实有一个异常的情况决定或影响了行为。但是，当一些人因其捕食性冲动而采取行动时，这种冲动通常已经完全融入他的整个人格，你不能简单地把它给取出来，就像换掉一个有缺陷的机械部件那样。这就是为什么"改造"这种东西，对于暴力罪犯来说总是问题重重。

有些东西一旦损坏，几乎都是不可能修复的。

第十九章 "我一点都没变"

尽管唐纳德·哈维的记录令人不安，但他的案件中可能还有一个令人极为担忧的因素，那就是他能够在一个原本应该很安全的地方杀人，而且在很长时间内都没有被发现。他怎么会在这么长时间内屡屡得手？难道没有任何保护措施和安全措施——甚至是某种形式的模式识别机制——存在于这个体系中吗？答案是，他了解这个系统，他比管理它的人更了解它。

他解释说，通过观察周围的人，留意他们的习惯——谁很专心、谁懒而不做跟进——他能够对自己的计划和行动感到放心。"像我这样的人在那里坐着，观察着一切。好吧，像我这样的人——他们根本不在乎。但有时候我这样的人你是不得不看一眼的。"

在任何一个病房里，他甚至都可以说出走廊的哪一边由注册护士照料，哪一边由实习护士照料，并且知道自己更可能被要求去协助实习护士。

换句话说，他把自己变成了一个行为画像师。

"进医院上班的时候，可以观察那里的人。去人们常去的酒吧之类的地方；看看他们穿什么样的制服，他们的行为举止，他们是如何放松的；他们进去，把随手物品放下；你可以一把抓起制服就走掉，并观察那天他们都穿了什么样的制服；看他们是否带来了好几套制服——那非常棒！这意味着你可以随便穿上一套。他们可能会给你五六种不同的颜色。时至今日，我还可以去任何我想去的医院，只要给我机会就行。"我想他指的是在很多医院里，每个职位都有不同的颜色和/或样式的制服，所以他只需知道哪一种制服代表的是哪种职位，就可以瞬间从一种角色转换成另外一种角色。

"我相信你可以。"我说。

"'你今天怎么样？'你知道的——比如，那东西在哪儿？或者说，'哦，我今天没见过某某某。'然后他们说：'哦，是的，你是……'他们不知道你在说谁——是约翰小姐、史密斯小姐，还是随便别的什么人。"

"因为你很熟悉？"

"你必须能说服一只垃圾狗从垃圾桶里出来。"

"你在一个舒适的地方，在医院工作。"几乎每一个凶手都是在自己的舒适区内作案的。舒适区可以是一个地理区域——靠近凶手家或者凶手熟悉的地方；也可以是一个人际交往的区域，比如约瑟夫·康德罗就和朋友的女儿们相处在一起；还可以是一个特殊的环境，比如哈维所在的医院，他知道在那里能找到无穷无尽的无助受害者。

哈维的存在以及医疗机构的弱点，清楚地表明一个残酷的事实：像他这样的杀手还有很多。在哈维进入医院行凶的前后，医疗系统中都出现过类似的杀手，他们的目标是那些依赖他们并信任他们的人。保持着最高杀人纪录的人不是护士或勤杂工，而是一名医生——来自英国曼彻斯特的哈罗德·"弗雷德"·希普曼博士。他在另一方面也值得注意：希普曼在动机方面超越了我们之前谈到的案例范围，而且他的大部分罪行都是在医院外进行的。

1946 年 1 月 14 日，哈罗德·弗雷德里克·希普曼出身于诺丁汉的一个工人阶级家庭，是一位专横母亲宠爱的排行在中间的孩子。母亲给他灌输了一种优越感。在十几岁的时候，母亲患上了肺癌，他在参与她的护理的同时对医学产生了兴趣。她去世时，他非常伤心，两年后他进入利兹大学接受医学教育。他十九岁时娶了普利姆罗斯为妻，她在十七岁五个月时怀上了他们的第一个孩子。

医学院毕业且实习结束后，他在西约克郡托德摩登镇的亚伯拉罕·奥莫罗德医疗中心找到了工作，成为一名家庭医生。在那里他表现良好，直到对止痛药哌替啶上瘾。后来他被发现伪造这种药的处方。他加入了一个戒毒计划，并就伪造处方交了罚款，之后来到海德，在唐尼布鲁克医疗中心工作。他在这里待了将近二十年，在这期间，他成了一位勤奋敬业的医生，受到病人们的普遍欢迎和信任。1993 年，他在海德市场街 21 号开了自己的诊所。

一位当地的殡仪馆老板注意到，希普曼医生的病人死亡数量似乎高得不寻常，而且他们都是穿戴整齐地死去的，要么是坐着、要么是斜躺着。他问了希普曼医生，后者向他保证说没有什么特别的。希普曼的同事苏珊·布斯博士也注意到了类似的情况，并向当地验尸官办公室报了警，后者随后通知了当地警方。警方随后进行了一番秘密调查，但什么也没有发现。

希普曼似乎把自己的主要精力放在给年老的妇女看病上，并且养成了上门拜访的习惯，病人们对此很是喜欢。

每一个医疗杀人犯，总会有一个案子会让他们暴露出来，要么是因为他们的行为草率或者过于匆忙，要么是因为法律要求进行尸检等特殊情况，要么是因为有人看到了情况不对而不愿意放下这种线索不管。

海德市前任市长、已故丈夫曾是大学教授的凯萨琳·格朗蒂，是一位八十一岁的开朗活泼的老太太。在希普曼过来探望她之后不久，她就死了。她的女儿安吉拉·伍德拉夫对母亲的突然死亡感到震惊，她问希普曼，在把尸体送到殡仪馆之前，是否应该进行尸检，但医生告诉她没有必要。他在死亡证明上列出的死亡原因是"年老"，然后签了名。

安吉拉是一名律师，她帮着母亲处理财务事宜。她震惊地发现，凯萨琳留下的遗嘱上的日期比她所知道的要晚不少，而且她把大部分财产都留给了希普曼博士。那时安吉拉开始怀疑他是个杀人犯。她联系了当地警方，并将自己的想法告诉了警长伯纳德·波斯特，后者也得出了类似的结论。警方得到了法庭命令，获批将格朗蒂夫人的尸体给挖了出来。尸检显示体内存在大量的海洛因，一种用于给晚期癌症患者止痛的强效药物，而这种药物正是在希普曼博士上门看病期间给老太太开的。

对希普曼家搜查之后，警方找到了许多病人的医疗记录、大量奇珍异宝，还有打出格朗蒂夫人那份出人意料的遗嘱的打字机。

警方查阅了希普曼所有老年病人的死亡记录，然后重点调查了那些在家中死亡且没有火化的病人，因为那样的话还可以去检查尸体。毫不奇怪，希普曼鼓励许多悲痛的病人家属选择火葬，从而销毁了他犯下罪行的证据。

对含计算机时间戳的病人记录进行仔细检查后发现，希普曼修改了许多受害者的病历，以便使病人的情况与表面上的死因更加吻合，这就是为什么前一次调查中没有找到希普曼杀人的确凿证据。然而，由于格朗蒂老太太的死，再加上把一些可能的受害者的尸体挖出来进行了尸检，希普曼最后被控十五项谋杀罪。

1999年10月5日，兰开夏郡的普雷斯顿刑事法庭开始审理这件案子。不足为奇的是，辩方试图声称，希普曼博士可能造成的任何死亡都是出于他对对方极端痛苦的同情。这听起来是不是很耳熟？

检方反驳说，希普曼爱的是那种决定人生死的力量感，而且那些受害者都没有患上什么绝症。

检方出示了医疗证据，显示在大多数情况下受害者都死于吗啡中毒。检方通过指纹和笔迹分析证明，凯萨琳·格朗蒂甚至从未碰过最后那份遗嘱。

2000 年 1 月 31 日，经过六天的审议，陪审团裁定哈罗德·希普曼博士犯有十五项谋杀罪和一项伪造罪。他被判在英国被称为"终身监禁"的刑期，这种刑期是不允许假释的。

在这次审判和判决之后，由高等法院法官珍妮特·史密斯夫人主持、为期两年的名为"希普曼调查"的犯罪行为调查得出结论说，在二十四年的时间里，希普曼可能至少杀害了二百三十六名病人。这使他很容易地成为英国历史上最"多产"的连环杀手。大约 80％的受害者是女性。希普曼傲慢地继续为自己的清白辩护，而史密斯法官则表示，她领导的委员会还调查了其他更多的死亡案件，但没有找到什么确凿的证据证明那些案件应由希普曼负责。

在西约克郡威克菲尔德的高等级皇家监狱的清晨例行查房时，希普曼被发现死在了牢房里，那天离他五十八岁生日还差一天。他是用床单系在窗台上上吊自杀的。

像希普曼和哈维这样的杀手能够利用现有的系统，但光靠运气是不足以让他们逃脱惩罚的。他——或者，在这种类型的犯罪中，有时是她——这样的人也必须懂得如何在这些系统中行事。

"要一直保持友善——这是最大的关键，"哈维告诉我说，"要友好，但不要友好得让人觉得可疑。之所以一直要保持友善，是因为大多数时候别人相应地对你也会很好。"他就和泰德·邦迪这样的性罪犯一样，尽管内心隐藏着杀人的企图，但外表却很招人喜欢。

正如我们在其他连环杀手身上所提到的，你可以把他们的身体给关起来，但是他们的大脑仍然可以自由地一次又一次地重温犯罪，回到他在犯罪过程中获得最大满足感的那个时刻去。我问哈维，晚上一个人的时候，他会想些什么。有没有哪一次杀人行为是让他最"惬意"的，能够在午夜时分"唤醒"他的灵魂？他对这个问题的回答令人惊讶。

"我正在建一座房子———一座木屋。我建了一个仓库，接着我建了两个、三个——我的意思是四个卧室，但我只有三个浴室。"

"你是在心里这么做？"

"是的，是的。有时候我会写点东西。是的，我们［他和邓肯？］会建造一座教堂之类的，但也许第二年建的东西就不一样了。"

对于大多数被关押起来的重罪犯来说，我认为这种回答纯粹就是胡扯。但对于像唐纳德·哈维这样一直在随意杀人的人来说，这种回答听起来是在理的。和丹尼斯·雷德不同，雷德在醒着的大部分时间都只能在那里幻想着捆绑、折磨并杀死某个家庭的全部成员，为此他甚至还把他的许多想法在记事板上画出来，而哈维可以随意行动。他如果逮着机会杀人的话，他肯定会感觉很好，但他似乎并不像丹尼斯·雷德那样总在那里设想自己该如何做。正如他刚刚告诉我的那样，他对周围的环境和同事有足够多的了解，他对自己所做的一切都感到自在，所以当有机会杀人时，他就可以立即抓住。

然而，我同样也不会同意这种说法：他到目前为止从未在脑海中想过或幻想过杀人。我试了试另一种方法。如果说他现在脑海中是在幻想着建造房子，那么杀死无助的人是他成长过程中的主要幻想，还是说在他开始医院工作的时候才慢慢出现的？

他坚持说，他犯下的那些罪行都是"实际"发生的，和幻想没有多大关系。"不，我是说，一点都不是那样的。就像卡尔和我遇到的所有其他人一样——我从没有想过放过谁。我是这样的：'如果你不想和我在一起，再见，最好让后门撞到你。'"

他说的"再见"到底是"很高兴认识你"还是"要你的命"的意思，他故意在这个问题上不置可否。但他的犯罪生涯清楚地表明，任何让他觉得不舒服的人，都很容易成为他杀害的对象。

他说，他在监狱里也采取了同样的态度——对每个人都很好，说"早上好"，并开始他一天的日常工作：把脏衣服给清走、打扫办公室什么的。但我指出，他是在受特别保护的牢房中，而不是和一般囚犯关押在一起。

虽然方式不同，但哈维和约瑟夫·康德罗一样是个从实际出发的人。康德罗就发现，获得一个他已经认识的受害者的信任更容易；同时也认为，如果警察找不到尸体，他就可以逍遥法外。从在停尸房工作到协助进行尸检，哈维不仅知道每种药物或病症的效果和表征，而且还知道尸检是按照一种特定的流程进行的，在这当中甚至不太可能关注到死者可能是被人杀害这种情况。

"看，其中一种（杀人）方法是，你在照看一个患有心脏病的病人，你给他排出足够多的脑脊液，这样就会导致他心脏病发作。一位女士因肺炎接受治疗，我让她出现了痰塞，最后她基本上就是窒息而死的。"

如果病人患有心脏病，那么他就似乎应该是死于心脏病发作的，这种情况下病理学家就没有理由去检查脑脊液。患肺炎的女人似乎就应该是死于肺炎，所以没有什么可疑的。除此之外，哈维还知道，除非有明确的指征，否则在医院中死去的大多数病人都不会经受尸检这一流程。

我问哈维，"回顾过去，你对鲍威尔，那位最终让你被关进这个地方的病人，会采取什么不同的做法吗？"

"好吧，"他回答道，好像答案很明显似的，"我决不会给他投喂氰化物，我会把胃管里的东西给清理得更干净一些。我是说，你不能回头看自己可不可以做得更好。我现在再也不去做那种回想了。"

毫无疑问，那些最可怕的死亡在他看来都不是他的错。那个死于腹膜炎的人之所以死，是因为哈维把一根捋直了的衣架塞进了他的导管里——"医院的安保措施太差了"，让我去照顾他的时候，居然被他用金属小便器打了我的头。

这种反应并不罕见。一个强奸犯曾经告诉我，当看到一个女人穿着短裙且显然没穿内裤地坐在餐厅吧台凳上时，他就觉得这个女人想被强奸，而他只是帮个忙而已。

我向哈维指出，他所做的事情就是大家所熟知的投射行为。他同意说，"我所做的是错误的，"但他接着解释，他只有 18 岁，没有人告诉他该如何处理这种情况。最终，他说他和医院都有责任。"不，他们对他的死不负责。他们对他的安全负责，因为他们把他给绑起来，并让我照顾他。不是我把他绑起来的，他此前已经被绑起来了。"

还记得他同意参演一部医院安保片么？那部片子是用作公共宣传用的，目的是防止其他像他这样的罪犯逍遥法外。那么，我这样问他，如果他在九十多岁之前被假释了，他打算怎么做。他回答说："嗯，既然你喜欢和连环杀手交谈，我想我会和你一起合作，因为我们两人在一起绝对会是好拍档。他们（画像师）想不到的地方，我可以来补充。"

尽管我一直在努力尝试，但哈维真是一个很难在情感上有所触动的人，他很难在情绪上崩溃，然后把他真正的弱点向我展示出来。他的整个防御机制似乎能让他在一切事物的表面轻轻滑过。

泰德·邦迪在被捕并被判犯有数起谋杀罪后，每当学术界人士要求他帮忙解释自己那深邃阴暗的犯罪心理，他都很兴奋。邦迪很可能是你所能找到的与某种特定连环杀手原型最接近的人物：英俊、聪明、迷人、口若悬河、足智多谋。在二十世纪七十年代，他在华盛顿州到佛罗里达州的许多地方残忍地杀害了至少三十名年轻女性。已退休的犯罪作家、前警官安·鲁尔在西雅图的一个应对强奸案件的危机中心和他有合作，但她从未怀疑过他；实际上，她认为他在那里从事的接热线电话工作帮助并拯救了许多生命。

我所在的调查支持组的同事比尔·哈格梅尔到邦迪最后的"住处"，也就是佛罗里达州斯塔克监狱的死囚区，和他进行了交谈。能够和联邦调查局的人谈谈，对于他来说是一种极大的自我激励。尽管邦迪有天赐的能力，但他的童年麻烦重重，就像大多数连环杀手一样，他很自然地把他的罪行归咎于外部因素——他把一切怪在暴力色情上。虽然色情片可能会给他灵感、激起他的欲望，但如果当时他没有杀人的冲动，就根本不会变成一个杀手。

从哈格梅尔对他的访谈中我们学到了两件事。首先，对邦迪来说，对年轻漂亮的女性凶残的性侵犯和杀害本身并不是最重要或最令他满意的部分。根据他的叙述，真正让他极度兴奋的是寻找猎物的过程以及抓住猎物的那种刺激感——就像丹尼斯·雷德一样，他需要的是那种能够决定另一个人生死的无上力量。他说，从华盛顿州的萨马米什湖绑架了詹妮斯·奥特和丹尼斯·纳斯伦德两名妇女之后，他在觉得安全的情况下一直让她们活着，并让其中一人看着他把另一人给杀了。这能给他一种最为残酷的快乐。他告诉哈格梅尔，杀死这么多年轻漂亮女子的原因是他就是想杀人。他告诉比尔，他喜欢这几乎可以说是神秘主义的经历，这能让他有一种彻底掌控受害者的感觉。在这一点上他和雷德一样，雷德同一时期也在到处游猎。

对邦迪的访谈给我留下深刻印象的另一件事，是他对自己摆脱困境的能力充满信心。这一点在他从每一个犯罪现场以及科罗拉多州阿斯彭市皮特金县法院监狱（他当时是从犹他州被引渡过来，然后因谋杀罪受审后被暂时关押在那里）中成功逃脱时得到了印证。八天后，他被抓了；但六个月后，在谋杀案审判开始前不久，他又逃走了。他在佛罗里达州塔拉哈西开车时也被一名巡逻警察拦住，但当警察走回巡逻车去系统里面查对车牌的间隙，邦迪又逃走了。

但这并不是他唯一的逃跑策略。当最终被抓起来时，他认为只要主动提出"帮助搞清楚"那些没有被警方破获的谋杀案，同时不承认自己的罪行，就可以通过讨价还价来获得较轻的刑罚。他觉得，通过与那些想访谈他的学者交谈，会让自己变得非常"有价值"，最后会让执法部门觉得应该给他特别对待，不应该判他死刑。最终出庭受审时，他傲慢地要求自己担当自己的律师，而备受尊敬的公设辩护律师迈克尔·密涅瓦则只是在一旁提供"协助"而已。

但当一切都要结束的时候，当在死囚牢房里盘算着自己的终极命运时，他绝望地想尽一切办法来避免被处决。他恳求比尔·哈格梅尔和罗伯特·吉佩尔博士（一位来自华盛顿州的刑事调查员，他的侦探生涯是从早期的"泰德谋杀案"开始的）让执法部门干预从而使自己活下来。最后，四十二岁的邦迪到处夸耀的足智多谋还是落空了。1989 年 1 月 24 日，他在电椅上被处决。我的同事比尔·哈格梅尔一直陪着他，直到他被处决的前一天为止：别人给了他仁慈的关照，而这是邦迪拒绝给许多人的东西。

尽管唐纳德·哈维和泰德是不同类型的连环杀手，但他表现出的那种扭曲的自豪感却一模一样。像我这样的人要求来访谈他，显然让他觉得自己很重要。

我问他如果母亲去世他会有什么感受。

"她比我大不了多少，所以很难说谁会先走。"

"我是说，那将是一件非常可怕的事情。"

"当然，失去父母或亲戚是很可怕的。"

父亲死的时候是什么感觉？

"我当时还年轻。"

假设家人死了呢？

"你的家人在外面。我的家人就我一个，全在监狱里了。"

他也没有对自己的杀人罪行表示过任何悔恨："在被逮捕之前，我从来都没有把那些行为当作谋杀。你知道的，我总是认为那是我给他们的仁慈。现在也有了临终关怀和辅助自杀这类事情。"

"那些人是主动选择的。"我这样说道。

他同意这一点，但反驳说，他的被害人中大多数已经无法做出选择了，也没有任何近亲可以为他们做出那种选择。有意思的是，他没有把他的那些行为往安乐死或辅助自杀上靠，而是说："我是法官、陪审团和刽子手。"但我们并不会把"刽子手"一词与"慈悲杀人"联系在一起。

"但你那些杀人行为并不都是慈悲杀人。"我说。

"是的，不全是那样的。"

"我们想再次了解你所用的不同方法：你曾经提到过枕套。其他的方法是什么？"我知道他用过的所有方法，但想看看他是否能把因为"慈悲"而杀害的受害者，和那些由于其他个人原因而杀害的受害者，给区分开来。

"我还用了吗啡，"他开始说，"我用吗啡是因为在肯塔基州，尤其是上世纪七十年代的小医院里，吗啡并没有受到那么严格的控制，他们只是把吗啡放在冰箱里而已。我用了氰化物。我用了砷。我用了黏合清洁剂。嗯，还用过塑料袋。"

"你那是在做不同的实验，还是只是随手拿起身边的任何东西而已？"

"我想要的是让人最快死去的方法。我曾经拔掉了一对通风机。我用了一种黏合清洁剂，因为那样会导致病人出现痰塞，然后他们就会死于肺炎。我用氰化物做静脉注射。氰化物用在黑人身上后不会有痕迹，但在白人身上就会有。如果你给病人……你不给进行注射，而是把它放进静脉注射管中……哦，不是这样的，我把它注入给他们喂食的管子里——这就是我被抓的原因。我当时有点着急。"

注意，这一切对他来说是多么的冷静和程序化。

我想继续挖掘一下他那种自己作为正义化身的感觉。"纳撒尼尔·沃森这个家伙呢？"

"他是个强奸犯。"

"是你认为他是强奸犯。"

"不，他就是。他已经被关在县监狱里了。"

我已经调查过那个案子了。"他是否为强奸犯是有疑问的，实际上……"

"好吧，"哈维插话说，"他因为涉嫌强奸了六个女人而被审问，然后他中风了。每次他看着白人女人，都会勃起；看到黑人妇女或黑人男子时则不会。即使医生过来看他，如果医生是个白人，他也会勃起，所以我杀了他。我是说，他身体很不好，他身体真的很不好。"

没有可信的证据证明沃森是强奸犯，但哈维坚持这么看，因为这为他提供了一个杀人的好借口。

"所以，你觉得把他的生命给带走是对的?"我问道。

那时，哈维的说辞又变了。他开始说沃森那昏迷的身体是如何不自然地收缩的；沃森有慢性褥疮，需要两个人才能翻动他的身子。哈维将他与凯伦·安·昆兰相提并论。那位宾夕法尼亚州的年轻女子在1975年用酒送服了几种药物之后就失去了知觉，陷入了不可逆转的昏迷状态，而她的那些信教的家人则一直试图让她不要用什么呼吸器，而是让她处在一种"自然状态"之中。即使后来上诉法官站在她的家人一边，她的呼吸器最后被取下了，但她只靠喂食管也活了近十年之久。这件事引起了整个国家对死亡权问题的关注。哈维声称，他不希望沃森遭受同样的命运。

所以，这里涉及双重原因——哈维杀沃森是因为后者是个强奸犯，或者是一个无可救药的中风病人，或者二者兼而有之。我把这一点提出来，目的是为了让哈维看清楚自己自相矛盾的地方：他对周围环境和同事们有着高度逻辑化、系统化的分析，但他对自己不断杀害无助之人的解释则是混乱的、自我美化的。

越来越清楚的是，哈维对其他人有一种极端矛盾的、不成熟的态度。看起来就好像他是在实践自己前青春期时就存在的一个幻想，也就是对任何人——任何在某个特定的时候冒犯了他的人——采取不利行动，即便他在日常生活中和这个人的关系正常，或者至少不好不坏。

当我向他提起他试图毒杀邻居并让邻居感染艾滋病毒和乙肝病毒的事情时，这一点就变得再清楚不过了。

"她喜欢男同性恋，"他回答说，"她所有的朋友都是男同性恋。她觉得和他们在一起很安全。她是一个好厨师，实际上她大部分时间都很好。"

那为什么要杀她？因为他认为她在给别人讲他对卡尔不忠、和其他女人鬼混的故事。显然，她对卡尔把更多的时间花在唐纳德身上而不是她身上感到不满。尽管事实上"她大多数时候都很好"，但当我提起她时，哈维唯一真正的反应是，砷是一种更好、更有效的杀死她的方法。

而另一方面，他并不想杀卡尔。哈维说，他给卡尔吃的砷的量，只是为了让"他的家伙好好待在裤裆里，不要到公园和其他地方去乱晃悠"。

不过，过了一段时间，这还不足以把卡尔给控制住。"最后，他在性方面变得很糟糕——他哪怕是拉肚子、呕吐，也还是会出去。"

我又提起了他在医院外杀人的几个例子。

比如邻居海伦·梅茨格。"她是一位非常好的女士。卡尔从她那里偷了大约十万美元，她要去报警，我不能让她报警，因为我已经被盘问过了，我可不想把自己在弗吉尼亚州医疗中心的工作给搞砸了。"

关于慈悲杀人，他说最糟糕的是当他被安排照料肿瘤病房的时候，因为很多病人都快要死了，而且没有家人，所以他基本上就把自己当作将他们从痛苦中解救出来的那个人。他觉得如果自己一直只是做普通护理，那么他可能不会去杀人，但这种说法与他向我所展示的那个他自己是完全不相符的。

哈维有朴实、随和的性格，同时又有邦迪式的足智多谋和犯罪想象力。

当纳撒尼尔·沃森的死引起人们的怀疑时，他精心制订了一个逃跑计划——这个计划太周密了，更像是一部神秘小说或惊悚电影，而不是可以在现实生活中付诸实施的东西。

哈维告诉我，他在当地的同性恋酒吧里溜达了三四个晚上，目的是要寻找一个长得像他一样的男人。当他找到合适的人选时，他会说他在医院工作，担心艾滋病，所以在他做爱之前，对方必须同意验血。一旦有了血样，他不会真去检测什么艾滋病毒，而是会进行血型交叉配型。

当时他住在一辆用天然气供暖的拖车里。他认识一位殡仪馆的负责人，那个人声称可以搞到炸药，因为有时炸药会被用于墓地挖掘工作，特别是当遇到大石头的时候。哈维的想法是杀死这个和他外表相像的人，把他的尸体放在拖车里，然后把现场搞得像是发生了一起煤气爆炸事故一样。

我问哈维他打算去哪里。我说我觉得他可能最想去的是墨西哥。但让人觉得奇怪的是，这是一件他不愿向我透露的事，就好像经过这么多年的牢狱生活之后，他依旧怀抱着那个逃跑计划准备实施一样。

不管怎样，这个计划从来没有成功过。他找到的那个他认为和自己很像的人，却和自己的血型不同。他对我说，他后来意识到，血型鉴定是不够的——通过 DNA 分析可以识破这一切。但到了那个时候，他大概已经逃之夭夭了。

有趣的是，他对这个逃跑计划的幻想，和他现在对建造一栋房子的幻想是一样的。我的印象是，他需要这种幻想来让自己保持情绪的平稳，就像邦迪需要让自己保持对操纵和逃避才能的信心从而保持情绪平稳一样。换言之，哈维总有可以逃避的地方，如果在现实生活中没有的话，那么至少在他的脑海里有那样的地方。这与其他连环杀手活跃的幻想生活是一致的。

幻想式思维渗透到了唐纳德·哈维心灵的许多方面。当我问他为什么会感到如此沮丧以至于几次试图自杀时，他轻描淡写地说："如果我真想自杀，会以正确的方式完成。"

我开始相信，这种将一切都保持在一个简单和肤浅层次上的需要，是他的性格中所固有的。我提到他此前为了不接受其他医院员工都在接受的测谎而旷工，对此他声称是自己把那个日子给忘记了，但同时他又说："我知道一个反社会者只要他愿意，是可以通过测试的。"

"你认为自己是个反社会者吗？"我问。

"嗯，大多数人都是这么看我的，"他回答说，"你觉得呢？"

那种温和的、分外安详的微笑又回来了。"我依旧是唐纳德·哈维。我一点也没变。我已经康复了。我很好。我准备好了回到大街上去。"

也许没有什么比这更清楚地表明，哈维没有能力或说不愿意认真面对自己的心理和动机了。或者他已经那么做了，但认为我们其他人都太愚笨，根本无法理解他。

访谈结束时，哈维基本上是这么说的："我不会回过头去审视自己，好吗？三十五年来，我一直是一个自由的人。我认为我所做的是对的，对于那些我照顾过的病人，我喜欢这么想，我让他们的过世变得轻松了。他们没有给我许可——没有。但是有些病人根本就没有人来代表他们给出这种许可。因此，我要在生前立一份遗嘱，以防我突然不行了。我们有很好的医院，但我只是说，要是我成了植物人，我就不想活了。"

"你会让别人像这样对待你吗？"

"如果他们想这么做，那就做吧，"然后，他又补充道，"好吧，别被人抓，该死的，千万别被人抓住。因为，你知道的，你住的那些小牢房和浴室，并不是那么好。"

他的话最后变成了预言。2017 年 3 月 28 日下午，哈维被发现在托莱多教养院的牢房里被人打得失去知觉。他身上的伤口都是在没有使用武器的情况下造成的那种钝伤，袭击他的人被确定为另一名同室的囚犯。监狱发言人说，凶手和受害人都被关押在一间保护性牢房中。两天后，哈维在托莱多的圣文森特医疗中心没能恢复知觉，去世了。他当时已经六十四岁了，离他第一次可能的假释日期还差三十年。

第二十章　堕落天使

回过头来看与唐纳德·哈维的谈话，我们会发现，人们很容易对他以超然的方式来谈论他的杀人行为以及人们对他进行的心理分析感到不屑一顾。当唐纳德·哈维说他"很好"，"是一个非常热情和有爱心的孩子"的时候，他不仅仅是在那里故作轻松。虽然我们当然不这么看他，但他给我们带来了深刻的道德和哲学问题，这有点像那些纳粹战犯，特别是那些集中营指挥官和工作人员，以及那些参与到管理那个堕落杀人系统的人在纽伦堡审判上面对检察官提出的问题时的态度。在他们自己的逻辑体系中——一个由精神病患者设计并被国家官僚机构"正规化"的系统——这些下属的所作所为不仅是可以接受的，而且是具有建设性的。他们要么真的相信自己所做的事情是对的，要么就把所有的道德问题都抛给上级。

同样，哈维也构建了自己的逻辑体系。在这个体系中，他所做的既是可以接受的，也是仁慈的——他要么是慈悲杀人，要么就是一个来复仇的天使。雇用他的机构要么对他的所作所为视而不见，要么就是不愿意去正视他照顾病人和值班的时候总是出现死亡这种现象。不幸的是，这种情况并不罕见。机构往往不想卷入问题，也不想因为深究而陷入法律困境。把问题转嫁给下一个人；或是等级体系的下一级，要容易得多。天主教会官员认为，将有过错的牧师重新指派到其他地方或教区，比面对和处理他们的罪行更为容易，同时也不会给天主教带来制度性风险，而因这种做法遭到性虐待的儿童何止千百名？

虽然很难对哈维的原始智力水平做出判断，但他是非常足智多谋的，而且犯罪手法也非常老练。在情感层面上，他却恰恰相反——这种组合使他成了一名特别危险、特别成功的杀手。

不幸的是，他绝非独一无二。

1987 年在辛辛那提举行的宣判听证会上，他说："还有好几个唐纳德·哈维在外面呢。"

不论是往前追溯，还是往后看，他说的话都是对的。

在第一版的《犯罪分类手册》中，我们把医院杀人作为因个人原因导致的凶杀案的一个子类别。到了第三版的时候，我们已经把这种案件从因个人原因导致的凶杀案中移出来了，主要是因为这种案件发生的频率相对比较高，于是我们给了一个单独的分类：医疗谋杀。

而唐纳德·哈维的杀人行为，则被归类为下面的一个子类别：伪慈悲杀人。

一个名叫查尔斯·埃德蒙·卡伦的人简直就是唐纳德·哈维的直接翻版。除了是一个有孩子、离了婚的异性恋之外，卡伦的杀人行为与哈维有着惊人的相似之处，并且生动地展示了我们对罪犯访谈的价值。正是由于我们对唐纳德·哈维的了解，我们才能够明白诸如查尔斯·卡伦这样的人。

卡伦是一个谦逊的人。和唐纳德·哈维一样，他有过痛苦的童年。1960 年，他出生在新泽西州的西奥兰治，是八个孩子中最小的一个。他的父亲，五十八岁的公共汽车司机，在查尔斯还是个婴儿的时候就去世了。和哈维一样，卡伦曾多次试图自杀，但他在未成年的时候就试图那么做了。他第一次尝试自杀是在九岁的时候，喝了一个家用化学瓶中的化学物质。他十七岁时，母亲在一场车祸中丧生。当时是他姐姐开的车。和哈维一样，卡伦参加了海军，但由于精神不稳定和自杀未遂等原因而被安排退伍。和哈维一样，卡伦潜入了一系列的医院，研究了医院的各种日常和程序，并利用了医院系统性的监管失误。

事实上，查尔斯·卡伦唯一和唐纳德·哈维不同的主要特征就是，哈维在外表上是一个很有魅力的人；卡伦则是个孤僻的人，大多数人一见到他就觉得他很奇怪。

在十六年的时间里，卡伦在新泽西州和宾夕法尼亚州的九家医院当护士，期间杀死了至少三十名病人。但实际被杀的病人可能是那个数字的十倍之多；没有人，包括卡伦在内，能够搞清楚。

和哈维一样，卡伦自称是一个仁慈的天使，是来让病人摆脱苦难的。而且，和哈维一样，卡伦的很多病人并没有患上什么绝症，是很可能会康复的。他对自己的行为进行了和哈维一样混乱的合理化，似乎无法去深入探究自己的动机。他还指责医院让他接近最终被他杀死的病人。他选择的武器是胰岛素、肾上腺素和心脏药物地高辛。

卡伦被人怀疑的次数比哈维多得多，每一次医院和执法部门都有机会结束他那致命的杀手生涯。有几次，其他护士注意到并报告了他值班时病人的死亡率异常高的情况；还有几次，卡伦因为工作表现不达标而被解雇。在宾夕法尼亚州伯利恒的圣卢克医院——根据我统计的资料，这是卡伦工作过的第七家医院——大量很少使用的药物消失，但马上又自动得到了补充。当相当数量的这种药物再次消失时，又被例行地给补充上来了，而这一切似乎都没有引起任何怀疑，也没有任何人来过问一下。卡伦后来说，他的指纹——无论是比喻意义上的还是实际的指纹——在偷那些东西的时候，都留在了作案现场。

但每一次执法部门都搞砸了，他们得出的结论是证据不足，或者相关情况太不清楚。部分原因是全国护士短缺，这使他得以继续原本无法从事的工作。此外，医院只是不想承认，在他们的病房里，可能有一些事情导致那些有生命危险的病人的死亡率超出了正常水平。即使是隐晦地提到那种情况，都可能会打开一个充满不确定性、事关医院收费和财务风险的潘多拉魔盒。

"至于宾夕法尼亚州的调查人员为什么认为没有足够的证据证明是我杀了人，从而没有吊销我的执照，我不清楚。"卡伦后来对侦探们说，"我是所有那些夜晚唯一在场的人，每次都是这样。"

卡伦最终暴露是在 2003 年，当时他在新泽西州萨默维尔的萨默塞特医疗中心，已经于重症监护室工作了大约一年。晚春时分，医院的计算机记录系统显示，卡伦调出了不属于他照看的病人的记录，其他人员在他没有被分配到的病房里反复看到他出没。许多药品都存放在一个被称为"Pyxis"的自动配药系统控制的上锁药柜里，需要计算机密码才能打开。记录显示，卡伦一直在拿医生没有给他照看的病人开过的药。通常，他会通过下单之后立即取消单子，然后几分钟后马上再次下同一单的方式来掩盖他的行为。

大约在同一时间，新泽西州毒品信息和教育系统的执行主任史蒂文·马库斯博士提醒医院管理部门，医院发生的四起死亡事件很可疑，可能表明有医院的雇员故意杀害病人的情况。医院官员试图打消或减轻马库斯博士的顾虑，但马库斯不为所动，告诉他们他打算向州级卫生和老年人服务部报告，而且他对这些谈话都进行了录音。这终于引起了医院官员的注意，但他们仍然允许卡伦留在重症监护病房，一直到展开调查为止。与此同时，可疑的死亡事件仍在不断发生。

当一名患者在十月因低血糖死亡，而死亡原因可能是胰岛素过量的时候，医院终于向执法部门报警了。警方开始调查之后发现一系列的错误和疏忽，包括卡伦在八月份过量领用了非致命性的胰岛素在内。那时，他曾在新泽西州和宾夕法尼亚州的多家医院工作然后又被解雇的记录才开始受到关注。随后，萨默塞特医疗中心采取了许多人认为最简单的办法——以卡伦在求职申请表上撒谎为由解雇了卡伦。与此同时，警方的调查仍在继续。

卡伦是 2003 年 12 月 12 日在一家餐馆吃饭时被捕的。他被控一项谋杀罪和一项谋杀未遂罪。两天后，他同意接受萨默塞特县警探蒂莫西·布劳恩和丹尼尔·鲍德温的讯问。和唐纳德·哈维一样，一旦他打开话匣之后，调查人员大吃一惊。在七小时的讯问中，卡伦承认杀害了大约四十名医院病人。

讯问了六个多小时后，布劳恩问道："查尔斯，所有这一切让我们想问的问题是：'为什么？'你能解释一下你为什么在这些年来制造了那么多的死亡吗？"

"我的目的是降低整个职业生涯中所见到的病人的痛苦。"他回答说。这和哈维如出一辙。他接着说，他曾经考虑过离开护士这一行，因为只要他继续从事这个行业，"我知道，如果我处在这种环境下，就会感到有必要去……结束痛苦"。不过，他不得不"坚持"下去，因为他还要承担经济上的责任，他不想成为一个"失职的父亲"，他知道自己找不到比护理工作薪水更好的工作。

他承认说，"我为我的所作所为感到内疚，尽管我那是在努力减轻病人们的痛苦。我会在很长一段时间内不做那些事情，但过后我发现自己会故态复萌，感觉自己受不了了，我不能看着别人受苦、死去、不被当作一个人来对待。许多时候，我觉得唯一能做的就是去结束他们的痛苦。我不认为我有这个权力，但我还是那么做了。"

当我们在二十世纪七十年代和八十年代开始研究连环杀手时，意识到他们中的大多数都有我们所说的犯罪"冷却"期，可能是几天、几周，甚至几年。但是，内部压力会再次增强，那之后他们又会重新开始犯罪。

在几乎每一个连环杀手身上，都有两种相互冲突的元素：一方面是自命不凡、与众不同和权力感，另一方面是根深蒂固的无能感和无力感，以及他们在生活中没有得到应有的释放的感觉。尽管哈维和卡伦都不是传统意义上的凶手，但我们可以从他们身上清楚地看到这些特征。他们那种被压抑的无力感和被剥夺权利的感觉在不断累积，直到他们不得不通过扮演这些不幸受难者的上帝的方式来显示他们是有力量的——在他们扭曲的头脑中，他们是善良的、仁慈的。杀人满足了他们对权力和全能的追求，同时也满足了他们的无意识或半意识的需要，并给了他们对拒绝给与他们应得之物的社会进行反击的机会。

2006 年 3 月 2 日，卡伦被判处十一个无期徒刑，这意味着他在三百九十七年内都没有资格获得假释。他现在被关押在新泽西州特伦顿监狱，约瑟夫·麦高文也关押在那里。

执法部门对像哈维这样的人所犯下的罪行非常感兴趣，但不幸的是，我们往往只在罪犯犯了一些胆大包天或无意的错误之后才得以介入。当最终能够审视这些罪犯时，我们必须懂得的一点是：他们生命早期所经历的那种混乱和失调，使得他们有了进行某种形式的报复的需要。唐纳德·哈维再也不允许任何人对他无礼了。

研究像哈维、卡伦或希普曼这样的医疗杀人犯会引起我们对刑事调查方面的问题进行思考。我们确实需要保持高度的警觉，但不仅是执法部门要这样，那些一般来说没有接受过如何识别和调查非法活动（如偷药品或医疗设备）或暴力犯罪（如谋杀）的人也要这样。在任何类型的医疗保健环境中，死亡人数或意外的医疗并发症在统计数据上的异常增长，都应该引起足够的重视，医院行政部门应进行相应的调查；然后，如果有犯罪的迹象，执法部门也要介入开展调查：这种异常增长是否与某个人的值班或在场是相关联的？

正如我们在《犯罪分类手册》中所说的，"在《美国护理杂志》的一篇文章中提到的九起假慈悲杀人案中，嫌疑人在现场出现过这个事实，与大量可疑死亡之间存在的那种关联，被大陪审团认定为足以确定嫌疑人有罪的合理根据，大陪审团会因此对嫌疑人提起公诉。"

另一个需要考虑的因素是，无论是同一个病人还是不同的病人，如果需要做心肺复苏的次数变得异常频繁，而且同一个护理人员总是会出现在现场，或者说病人拨打了紧急号码，那么，这就是一个特别值得注意的现象。

如果一个嫌疑人经常换工作，那这肯定是应该引起怀疑的因素。不幸的是，正如我们所看到的，管理人员往往都觉得让某个员工离开，比跟踪任何可能的针对他或她的线索要简单得多。

我们都承认医学不是一门精确的科学，因此会出现不可预见的结果。但对于这类犯罪，在侦查中最重要的是要看是否存在某种模式。为了保障我们社会中最脆弱群体的安全，我们如果在这一点上做不好，那么面临的风险就太高了。

因为我对唐纳德·哈维的访谈揭示了一件事，那就是他根本没有任何悔恨，他对自己能够逍遥法外由衷感到开心。

第四部分
"没有人强迫我做任何事情"

第二十一章　超级摩托车杀手

2004年年末，我在南卡罗来纳州的一所大学做讲座。后来，斯帕坦堡县治安官办公室的警探艾伦·伍德来找我。他告诉我说，他们在切斯尼镇有一个历时一年都没有破获的案件，在那个抢劫案中有四个人被枪杀了。

"你能帮我们什么忙吗?"伍德问道。

"如果你给出相关情况，我会看看是否有足够的心理病理学证据可以帮得上忙。"我回答说。我很担心可能帮不上忙，因为一般的抢劫犯罪都不会留下太多的行为证据。

回家后，伍德给我打来电话，还给我发了犯罪现场的信息和照片、尸检报告和其他报告。

2003年11月6日下午3点刚过，南卡罗来纳州西北部小型农业社区切斯尼郊区的超级摩托车销售和修理店店主的一个名叫诺尔·李的顾客兼朋友来到了店里。他看到店里面到处都是血，有三个人倒在血泊之中，已经死了。于是他立即拨打了911。

"你所说的紧急情况在哪里?"

"在，呃，超级摩托车商店。显然，这里所有人都被枪杀了！所有人都躺在血泊中。他妈妈中枪了，机师也中了枪……"

警方赶到后，受害者被确认是店主斯科特·庞德，三十岁；客服经理布莱恩·卢卡斯，二十九岁；机师克里斯·谢尔伯特，二十六岁，以及贝弗利·盖伊，五十二岁，她是庞德的母亲和商店的兼职簿记员。四个人都死于多处枪伤，现场散落着两种不同类型的十八个弹壳，都是镍弹壳和黄铜弹壳。

在调查人员看来，持枪歹徒先进入店门，然后走到位于后部的商品区，射杀了谢尔伯特；接着来到了展厅，在那里向盖伊开了枪；卢卡斯摔倒在前门那里，而庞德则倒在了停车场那里，很明显是当他们看到盖伊被杀想逃命的时候被杀死的。现场没有指纹或 DNA 证据。

根据规定，这一案件应被归类为大规模凶杀案。但这个案件中最重要的一点是：罪犯什么也没有拿走，尽管那里的一个公文包中有数千美元的现金正准备要存到银行去，同时还有许多昂贵的、很容易开走的摩托车。我当时想着，这可能是团伙犯罪，或者因工作不满而发生的工作场所杀人。而根据证据把这起事件梳理一下的话，似乎确实也是机师先被杀：他的后脑勺和头顶各中了一枪，死在了一辆他正在维修的摩托车后面。他可能根本就不知道凶手进入了商店区域。然后，枪手迅速朝前门走去，在那里他遇到了从洗手间出来的盖伊，并立即向她开了枪。

李告诉警长的副手们，他进商店时看见一对年轻男女走开了。凯利·希斯克在得知发生了杀人事件的消息后站了出来，他说大约半小时前他带着四岁的儿子在店里给儿子买了一辆手推车。他当时看到斯科特·庞德正招待一名在看黑色川崎武士刀 600 型摩托车的客户。有两个情况让希斯克印象深刻：尽管天气相当暖和，那名顾客居然穿着一件黑色的哥伦比亚羊毛夹克，而且他似乎对摩托车并不熟悉。商店那里有一辆黑色的川崎武士刀 600 正要发出去，这时侦探们来了。店里有一张卖货单，但上面没有收货人的名字。希斯克把他看到的那名顾客给描述了一下，警方据此画了一张草图并散发了出去。就眼下的情况可以判断，希斯克是枪杀案发生前最后一个离开摩托车商店的顾客。

警长办公室跟进调查了大量的线索。他们猜测可能是一个不满的员工或客户做的，甚至可能是被竞争对手雇佣来让这个成功企业破产的人。诺尔·李看见的那个年轻男子是枪手吗？那个女人是不是给他望风的？李本人也因为在谋杀案发生后不久就单独来到了现场而受到了警方的怀疑。

　　贝弗利·盖伊不太可能是主要目标，斯科特·庞德和布莱恩·卢卡斯的背景也没有引起任何疑问。有传闻说他和克里斯·谢尔伯特之间有非法毒品交易，但顺着这个情况也没有调查出一个所以然来。

　　然后，一个很有意思的、该死的证据出现了。警长办公室打电话给庞德悲痛不已的遗孀梅丽莎，告诉她说，她在这场凶杀案发生后不久生下来的那个男婴，其实不是斯科特·庞德的。她上次来警长办公室并顺便给孩子换尿布时，警方从尿布上提取了 DNA 样本，而这个样本与在犯罪现场采集的斯科特的 DNA 不符。

　　梅丽莎简直如晴天霹雳，拒绝承认这个结果。她和斯科特是真心相爱的。对她来说，唯一可能的解释是医院给她抱错了孩子，但这种说法似乎太牵强了。她气愤地要求进行第二次检验。警方照办了。这一次的结果不仅表明孩子不是斯科特的，而且还显示孩子的父亲是斯科特的密友兼商业伙伴布莱恩·卢卡斯！

　　这是三角恋吗？有传言说卢卡斯夫妇的婚姻出了问题，在枪杀案发生前不久，有人看到布莱恩独自一人在看房子。侦探们对梅丽莎很怀疑，因为当他们告诉她斯科特的死讯时，她不想听到任何具体细节。她后来解释说，她当时只是不想让那一切把她丈夫在她脑海中的那种充满活力的样子破坏了而已。

　　我不知道该如何解释这个事关斯科特父亲身份的 DNA 证据，但在分析了发给我的材料之后，我认为布莱恩和梅丽莎之间的关系——即使他们之间有关系——都与这场犯罪无关。斯科特和布莱恩都被杀了，斯科特和梅丽莎的背景没有任何迹象表明他们有任何问题；认识她的每个人都肯定斯科特的死令梅丽莎撕心裂肺。因此，你要认定梅丽莎存在嫌疑的话，你需要克服太多的逻辑障碍了。警长办公室已经调查了毒品是否与这次事件有关，但没有发现任何东西，而且在我看来整个现场也没有任何毒品交易的迹象。

枪杀案发生十八个月后，警长办公室接到通知说，在犯罪现场收集的装有布莱恩和斯科特血液的瓶子被贴错了标签。梅丽莎的孩子确实是斯科特的，这样一来，至少与这场"超级摩托车谋杀案"有关的一个令人摸不着头脑的情况，已经解决了。

有没有可能是竞争对手为了商业原因而策划了这起枪杀案？这不是不可能，但这种东西很容易就可以查清楚，从我的经验来看，这不是合法企业处理事务的方式。这种做法甚至也不再是有组织犯罪的行事方式了。

我在电话里把我的分析讲给伍德听。他做了笔记，后来他把笔记给我看了。尽管现场有两种弹壳，但这次凶杀案中开枪的是同一个人。我说凶手是一个心怀不满的雇员或顾客，但更可能是因为某种原因而暴怒的顾客，因为雇员更容易被追踪到。凶手不停射击的这种作案手法表明，他原本就不是为了抢劫财物而来。他要攻击的是整个公司的人，而不是某个特定的人。与大多数理性罪犯不同，这种案件中不明嫌犯可以是任何年龄的人，因此没有必要去猜测他的年龄，也不要因这种猜测而把某一年龄段的人排除在嫌疑人之外。

他可能曾经向某个或多个人表达过他的不满，而最后在某个时点上他的愤怒达到了极致。这次行动是经过周密计划的，并得到了非常高效的执行。他应该事先进行了射击练习，很可能是在当地靶场练习的。他一定先来蹲过点，以确保店里面没有其他顾客：当凯利·希斯克离开时，他知道店里面已经没有其他人了。

行凶之后，他会沉迷于跟踪有关调查行动及相关新闻报道，以便了解警长办公室是否找到了什么强有力的线索。他这类人可能会站出来，也参加到调查行动中来，企图通过提供帮助的方式来误导警方。例如，这个人会说他刚好路过，看到一辆车离开了现场。这不仅会转移警方的注意力，而且如果有人碰巧看到他，这还可以对他为什么出现在现场提供一种"解释"。

嫌疑人在案发后很长一段时间内都没有遭到逮捕，他很可能已经恢复正常生活了。但我很确定的是，他一定把一些情况透露给了一些人，这也许是为了吹嘘自己多么能干，或为了显示他会对那些对他不好的人进行怎样的报复。

虽然他不再表现得"奇怪"，但我建议采取两种积极主动的方法去跟进调查。一种方法是翻阅那个商店的整个客户档案，看看是否有什么投诉，或者有任何特别之处或可以指向任何具体线索的因素。第二种方法是让当地的新闻机构写一篇报道，描述不明嫌犯在犯罪后马上会有的一些表现，看看是否有人见到过这种情况，或者正好听那个嫌犯透露过一些情况。

在对我进行了访谈之后，记者珍妮特·斯宾塞在《斯巴达堡先驱报》及其在线新闻服务平台 GoUpstate 上刊发了一篇报道，标题是"凶手是一个愤怒的枪手"，具体内容是有关我对凶手的分析。

"道格拉斯认为，庞德和卢卡斯逃跑时遭到连续多次射击这个情况表明，凶手是在发泄压抑了很久的愤怒，"斯宾塞这样写道，"他说抢劫并不是凶手的作案动机所在。收银机里的钱没有丢。尸体上的珠宝和个人物品也没有丢失。道格拉斯说，这次凶杀行为甚至完全不符合与毒品有关的大规模杀人案的特征……"

"道格拉斯说，根据案件资料，没有什么证据表明，在以前与受害者或者商店交往的人之中，有什么顾客不满的情况。他说：'这个不知名的罪犯可能几个月来一直在想着要进行报复。'"

接着，这篇报道说了一下凶手犯罪前后的表现。"'他进行了训练。如果确是如此，他可能去过当地的射击场，或者只是到树林里练习过射击。在商店中把那么多子弹打出来的时候，他瞄得挺准的。'道格拉斯这样说道……他很可能是一个脾气暴躁的人，当和别人意见不一致时，他会头脑发热。道格拉斯说：'在那种情况下，他会不再说话，而是突然攻击对方。'凶手在行凶后并没有什么悔意，要不然他行凶时可能也不会把四个人都给杀了。"

　　尽管有了更多线索，调查人员也在不断努力，但整个案件侦破工作仍然陷入了僵局，凶手依旧逍遥法外。

第二十二章　卡拉和查理到底遭遇了什么？

三十岁的卡拉·维多利亚·布朗和三十二岁的查理·大卫·卡弗失踪了，那些认识他们的人都为他们的安全感到极度担心。他们是在 2016 年 8 月 31 日离开在南卡罗来纳州西北角的安德森合租的那间公寓的，那是人们最后一次看到他们。他们当时已经交往了几个月了，他们的朋友知道他们相互之间是认真的。那一天之后，再也没有两个人的任何音信了。

我当时对上述情况一点都不知道。当报纸上开始出现后续报道时，我才了解到了一些情况。剩下的情况则是我从庞大的案卷中了解到的。

卡弗和尼科尔·"尼基"·努斯·卡弗是夫妻，但他们当时正在办离婚。

卡弗的母亲乔安妮·希夫莱特说，她和儿子之间从来都不会出现哪天不进行沟通的情况。那天她打电话给儿子和卡拉租住的公寓大楼的经理。经理来到公寓中，没有发现他们的踪迹，只看见了布朗的松鼠犬罗密欧，那只狗没有吃的，也没有水喝。布朗的母亲鲍比·纽索姆坚持认为卡拉自己是永远不会像那样离开罗密欧的。卡弗的白色庞蒂克车也踪迹全无。

贴着他们照片的海报张贴起来了，警方也开始搜索。卡弗的 Facebook 页面上出现了一些神秘的帖子，说他们两人没事，是自己离开的；但希夫莱特告诉调查人员说，这些帖子听起来不像她儿子的口吻，可能有人入侵了他的账户。此外，没有人从布朗或卡弗那里得到任何讯息。

10月18日，斯帕坦堡县治安官办公室的布兰登·莱特曼警官接待了从安德森来访的两名侦探。他们正在处理一起人员失踪案，并得到了一个消息说，卡拉被埋在一块一百英亩的林地上。布朗的手机发出的最后一个信号是被斯巴达堡南部伍德拉夫的一个手机信号塔捕捉到的。在记录了布朗手机信号的那个信号塔方圆两英里范围内，唯一符合他们所获情报的一个房产，属于当地一位四十五岁的成功房地产经纪人。那个经纪人名叫托德·克里斯托弗·科赫普，住在斯巴达堡西南部的摩尔，一个名叫金斯利公园区的地方。他有飞行执照，有一辆宝马跑车。伍德拉夫地区则在再往南大约五六英里的地方。

警长办公室安排人驾驶一架直升机从科赫普的房产上空飞过，以寻找线索或证据，比如卡弗的车什么的。但那里树林太茂密了，什么都看不到。莱特曼获得了法庭的命令，可以调取科赫普的通话记录。两周后拿到通话记录时，他发现科赫普的手机和布朗的手机之间，在布朗失踪前后一直保持着密切的通话联系。这已经足以让警方对科赫普的两处财产进行搜查了。

11月3日，治安官办公室派出了两个调查小组——一个去科赫普在摩尔的家，另一个则去他的伍德拉夫房产那里。

在树林深处，伍德拉夫的那个调查小组发现了一个十五英尺宽三十英尺长的绿色康尼克斯金属集装箱，离最近的公路大约有四分之三英里的样子。这个集装箱用五把锁锁了起来。调查小组用大锤砸了十五分钟，试图把集装箱打开。

突然有人说："别砸了！"布兰登·莱特曼觉得自己听到有人在里面敲集装箱。于是他也在外面敲了敲。

他听到了微弱的"救命！"声从金属集装箱里面传了出来。

侦查人员用他们在农场一个谷仓里发现的电动工具，包括一把喷枪，把锁切断了，然后打开了集装箱的门。他们拿着枪，冲了进去。

在黑暗的集装箱里，他们发现了卡拉·布朗。她穿着整齐，戴着眼镜，但脖子被锁在墙上，还戴着手铐。"只有那个姑娘！只有那个姑娘！"带队的警官在集装箱内看了一圈之后说道，"你还好吗，亲爱的？我们拿的是断线钳，这是一名护理人员。我们会把你弄出去的，知道了吗？"

当他们把她解救出来的时候，其中一个警官问道："你知道你的朋友在哪里吗？"

"查理？"她这样问道，仍然有些迷惑不解的样子。

"是的。"

"他朝他开枪了。"

"他朝他开枪了？是谁干的？"

"托德·科赫普朝查理·卡弗的胸口开了三枪。"

莱特曼带领的调查小组将这一情况转告给了去摩尔的那个调查小组。在科赫普位于摩尔的家里，高级警探汤姆·克拉克在安德森的警探查林恩·伊泽尔和高级警探马克·加迪的陪同下，向三百磅重、衣冠不整的托德·科赫普讲述了他们所掌握的情况。科赫普要求请一位律师，并要求和他母亲说句话。然后，他被戴上了手铐，带到了斯巴达堡拘留中心，在那里他的两个请求都得到了批准。

与此同时，伍德拉夫的调查小组搜查了车库上方的那个带阁楼的公寓，发现了锁链和脚镣。"你不会经常看到这种东西的。"一位警探这样说道。

警探们在科赫普的这处产业上发现了卡弗的车。车被漆成了棕色，以便更好地隐藏起来。它被压在树枝下，上面盖着一堆灌木丛。他们还发现了一个事先挖好但空荡荡的坟墓。

在送她去医院检查的救护车上，布朗向侦探们透露说，科赫普告诉她，他在"几年前"还在一家摩托车店杀死了好几个人，而实际上那已经是十三年前的事情了。

在长达四个小时的自愿认罪开始时，警方得到了更多意想不到的情况。科赫普说："我会让你们结案的。"他说自己在"超级摩托车谋杀案"中使用的是贝雷塔手枪，并说出了自己用的是什么子弹，而这些情况是从未向公众公布过的。然后，他接着说了是如何把当地居民约翰尼·乔·科克西（二十九岁）和米根·利·麦克劳克西（二十六岁）给杀死的，这两个人是在 2015 年 12 月 22 日失踪的。科赫普说，他当时是请这对夫妇来清理他租来的一些房子，他带着他们去伍德拉夫的家里取一些东西。但当他们到了那里的时候，他觉得这对夫妇想抢劫他，因为约翰尼掏出了一把刀。审问结束的几天后，他把调查人员带到了他将那对夫妇埋起来的地方。他说他开枪打死了约翰尼，但让米根一直活了好几天，想着该如何处置她，最后他觉得杀了她是他唯一的选择。

在整个讯问过程中，警官们报告说，科赫普显得很冷静、很有耐心、就事论事，既没有对自己的所作所为表现出任何悔恨，也没有对自己被抓表示什么不甘，尽管他一定是有这种不甘的感觉。他所表现出的唯一情绪是，偶尔会对自己的能力感到很骄傲。

"我不到三十秒就把那个房子给清理干净了，"他在审讯室里向与他面对面坐着的两个警官这样说道，"如果是你们，你们也会很自豪的。我的高尔夫球打得不好，但我杀人的能力却很强。"

他还说，他和其他一些人在墨西哥华雷斯的几次"狩猎旅行"中，杀害了一些毒贩。

然而，卡拉报告的情况并不是治安官办公室第一次听到托德·科赫普的名字。在"超级摩托车谋杀案"调查行动中，警方向那家摩托车店客户名单上的每一个客户都发了一封内容一样的信，要求他们知道什么情况或者发现了可能追踪到罪犯的线索就立即向警方报告。毫不奇怪的是，他没有对这封信做出过什么回应。但调查人员并没有再进一步，去——询问出现在客户名单上的那数百名顾客。

如果他们之前那么做了，科赫普的名字几乎肯定会显得与众不同的，这并不是因为他买了一辆摩托车——尽管他此前想要退货这一点可能会给警方提供线索——而是因为托德·科赫普是一名登记在案的性罪犯。这至少应该会引起警方的足够注意，并对他进行面对面的讯问。

通过侧面线索顺藤摸瓜往往是破案的不二法门。导致纽约"山姆之子"命案被破的线索是，大卫·伯克维茨把他的福特牌银河车停在了离他最后一次杀人现场附近的消防栓那里，而且停得太近了，因此收到了一张停车罚单。

尽管科赫普所犯的七起谋杀案令人恐惧，但对媒体来说，最吸引人和最可怕的一个细节是，他显然把一名年轻女子囚禁了两个多月。这名女子在这两个多月中既是他的俘虏，也是他的性奴隶。卡拉·布朗被带到了医院的病房里接受检查，并开始了康复疗程。后来，她在一系列的访谈中说了 8 月 31 日早晨她和查理去科赫普家做清洁工作的情况。查理是过去帮她的忙的。她在社交媒体上发帖称自己正在找工作之后，就曾为科赫普和他的房地产公司做过一些清洁工作。他多次雇用她做这些工作，尽管在审讯期间他向警方抱怨说，她花了三天时间做完本来一天就可以完成的清洁任务。

当我第一次听说卡拉·布朗获救的消息时，我以为她是被一个性虐待狂绑架的。对于这样一个性虐待狂来说，囚禁、羞辱、折磨和强奸被害人是他的标志性犯罪行为。这让我立刻想起了在费城家中地下室里囚禁、强奸和虐待妇女的加里·海德尼克。我和同事裘德·雷曾在宾夕法尼亚州的监狱里访谈过他。但我后来意识到我有点想当然了。

科赫普告诉卡拉和查理，他会开车走在前面，带他们去他那片树林里的房子中，因为他要为他们打开通往农场的大门。他把那个地方称为"农场"，那里距离他在摩尔的房子大约有十五分钟的车程。在农场的入口处，他下车打开了金属大门，然后在查理的车开进之后，又把大门给锁上了。

查理和卡拉开车跟着他又往里面走了大约半英里的样子，经过了田野和树林，最后来到了一片空地，那里有一个两层的大车库，车库的屋顶是谷仓顶那样的。还有一个带院子的小棚屋，以及一个金属的储物集装箱。他们走进了车库，科赫普递给他们每人一把树篱剪和一瓶水。他说，他们需要清理小路上的一些灌木丛，他会告诉他们从哪里开始。他们来到了外面，但科赫普说他必须回到车库里去拿一些东西。卡拉和查理在外面站了几分钟，手牵着手等着他回来。

科赫普声称他听到他们在说要偷他的东西，所以当他回来时，就朝查理的胸部开了三枪。他后来告诉带着他到现场查看的调查人员说，他是拿.22口径的格洛克手枪把查理打死的，"然后我就把他扔在了这里"。

卡拉说，当时她站在那里目瞪口呆，觉得一切都难以置信。他强行把她拉进车库，说如果她不愿意去，她会和查理一样。他用手铐把她的双手铐在背后，还用脚镣铐住她的脚，并在她嘴里塞了一个球。他说他得回去处理一下查理。他当时是非常平静的。

大约二十分钟后他回来把她带到了车库外。查理的尸体躺在拖拉机的前斗里，包裹在一层蓝色的防水布里。他对卡拉说，他此前曾扣押过另一个女人，但她后来"激怒了他"，于是他一枪打在了她的后脑勺上，把她给打死了。他说，他还犯下了许多其他杀人罪，大概有近百起，其中一些人是他入狱后三不五时被政府放出来充当外国杀手时杀死的。

在她被囚禁的头两个星期里，他把她锁在康尼克斯集装箱的墙上，每天两次带她到那个更大的屋子里吃东西，让她"按他的要求做性方面的事情"。如果她拒绝他的性行为，他不会强迫她。"但他说得很清楚我为什么还活着。如果我没用了，那他也就不用再把我关起来，而是会一枪把我给杀了。他说如果我做个乖女孩的话，他会教我怎么杀人，我会成为他的搭档。"

随着时间慢慢地过去，她几乎都被关在集装箱里，经常是在黑夜里，然后被带到房子里吃饭和上厕所。她说她一直尽量合作，这样他会对她好一些。

警长查克·赖特宣布，卡拉·布朗将获得二万五千美元的赏金。这是警方一直以来给提供有关"超级摩托车谋杀案"线索的人承诺的赏金，只要线索能帮助凶手被捕并被定罪即可。

在审讯过程中，科赫普承认了他对布朗的所作所为，但他说的完全是另外一回事：他从未殴打过她，也从未伤害过她，而且性行为是自愿的，是在她的要求下进行的。他说，她有大量的物质需求，他尽心尽责地给她在亚马逊上下单订购，以满足她的要求。虽然她认为他有点迷恋上她了，但他声称把她关在康尼克斯集装箱里的原因是，他一时冲动杀死了查理·卡弗之后，不知道该怎么处理她。

他说她是个瘾君子，他在关押她期间"让她不再吸毒了"。他说他"和毒贩有很深的过节"，并对她用他给的钱买毒品感到很是愤恨。

巴里·巴内特，第七巡回区的律师，在提出认罪协议前与受害者家属进行了磋商，并表示他将遵从他们共同的决定。大多数人意识到，执行死刑可能需要几十年甚至更长时间。从未见过自己父亲的小斯科特·庞德同意了母亲梅丽莎的想法。

2017 年 5 月 26 日，为了避免可能导致被判死刑的审判，托德·科赫普承认了七宗谋杀罪、两项绑架罪、一项刑事性侵犯罪和四项在暴力犯罪期间非法持有武器罪。他被判连续七个无期徒刑，且不得假释，同时另加六十年的有期徒刑。

第二十三章　是什么东西把托德给惹毛的？

　　读到托德·科赫普被捕的消息时，我就和往常看到一个凶手被捕一样感到欣慰。我也很高兴自己对"超级摩托车不明嫌犯"的分析是准确的，但遗憾的是，警方没有仔细检查所有的客户名单并逐一调查。不过，我没想到会和这个案子发生更多的联系。

　　玛丽亚·奥斯是一位纪录片制片人，她在广播新闻领域工作了十年，并凭借新闻调查而屡屡获奖。她和制片人兼导演的丈夫安迪一起，在明尼苏达州明尼阿波利斯郊区的伊甸草原市成立了一个名叫"委员会电影公司"的机构。2016年的一个下午，她正在和助理制作人之一斯蒂芬·加勒特交谈，当时斯蒂芬收到了他在南卡罗来纳州斯帕坦堡的表弟加里发来的短信。

　　加里·加勒特是一名房地产经纪人，他发给斯蒂芬的短信内容令人震惊。他的前老板托德·科赫普刚刚被捕，并被控犯下七起谋杀案。老板希望加里把自己的故事给写下来。科赫普说"真实故事"的90%都还没有浮出水面。斯蒂芬知道玛丽亚有进行新闻调查报道的经历，认为她可以给他的表弟提供一些建议。

　　玛丽亚和我一样在新闻中读到了卡拉·布朗获救的消息。她和加里通了电话，告诉他在面对一个被控杀人的凶手的时候，应该考虑和注意什么。科赫普关于"真实故事"的说法激起了她作为记者的本能兴趣。"你觉得科赫普会愿意和我们分享他的故事吗？"她问加里。他说他不知道，这时她提出让他去问问科赫普是否愿意和她谈谈。

此后不久，玛丽亚和被关押在斯帕坦堡县监狱的科赫普通了电话。根据规定，他们只能打两个十五分钟长的电话，玛丽亚进行了录音。"我被他说话的方式打动了：'是的，女士；不是的，女士。'很像一个南方绅士的样子，"她回忆说，"他告诉我，他杀人的数量比他被指控的要多得多。他那么说的时候很自在，非常平静。我一直在问问题。他说，他对杀害查理·卡弗感到难过，并坚称自己从未强奸过卡拉，他们之间的所有性关系都是双方自愿的。"

"我说我想知道这 90％ 的不为人知的犯罪是怎么回事。科赫普同意谈谈，并表示他打算全部认罪。我想看看能不能让电视台也参与进来。犯罪报道是我新闻调查工作经历的一部分，我一直对是什么让人杀人这一主题感兴趣。为什么他表现得和别人不同？而科赫普这个人似乎是我们一直在努力寻找的最为完美的调查对象。"

玛丽亚和调查探索频道的一位制片人进行了交流，后者同意资助这个项目。玛丽亚来到了南卡罗来纳州，在县拘留中心通过视频会议与科赫普进行了交谈。这部六集系列剧的名称是"连环杀手：挣脱了锁链的恶魔"。这指的是他十几岁时因强奸罪被判刑之前的新闻报道，在那个报道中，一名邻居形容他是一个"拴在锁链上的魔鬼"。

玛丽亚一边不断进行深入的研究，一边与科赫普交谈。"经过几次交谈，"她说，"我觉得我还需要和一个与这样的人交谈过的人，也就是和被指控杀人以及自己承认杀人的凶手交谈过的人，好好谈谈。"

那时她就联系了我，经过商量之后，我们商定由我去访谈一下科赫普。凭借记者的顽强毅力，玛丽亚利用《信息自由法案》获取了这个案子的卷宗，而她那位特别能干的研究助理詹·布兰克把整个卷宗都整理得井井有条，将好多个厚厚的活页夹和文件夹寄给了我。

此时，科赫普已经认罪且被判刑，关押在南卡罗来纳州哥伦比亚市的布罗德河惩教所。那里很严格，有关会见囚犯的规定比他关押在当地监狱时要严得多。坦白地说，在他承认了自己的那些罪行之后，监狱官员并不打算给他任何特殊的帮助。事实上，由于在当地的恶名，他在相当长的一段时间内一直是与普通囚犯分开关押的。

但玛丽亚继续通过信件和电子邮件与科赫普进行沟通。她和加勒特一起，得到了科赫普没有给警方提供的信息。

他告诉玛丽亚，他第一次持枪犯罪发生在亚利桑那州，那时他才十几岁。他在信中写道：

> 是的，我在亚利桑那州枪杀了一个人，那个人不是什么毒贩，而是一个想加入某个帮派的蠢货，而我是那个帮派的稀里糊涂的发起人之一，我对此一点都不知情。他枪杀了我的一个朋友。后来有天晚上我在停车场拿枪对着他的车不停地扫射。我不知道他到底怎么样了，也不知道他是否被打中了。我当时十四岁。我年轻又害怕，只知道把车窗打坏了。当子弹打光了，我就从停车场跑了出去，把枪扔到了一个巷子的垃圾箱里。

他告诉她说，有一次他在自己曾经居住的亨特俱乐部公寓大楼停车场杀死了两个试图和他搭讪的暴徒。

根据他的描述，那两个男子一个身材高大，另一个身材矮小，他们过来挑衅他。那个小个子男人手中拿着一把刀，是先过来的。另一个则拿着一把锤子跟在后面。科赫普丢下钥匙，从口袋里抽出了两把刀，一手一把。那个拿着刀的男子往前猛刺，科赫普趁机划伤了他的手腕，导致那个男子只能丢下手中的刀。男子想踢科赫普，但科赫普用刀割伤了他的大腿内侧，然后又刺伤了他的胸部。那个拿着锤子的大个子男子见状慌了，转身就要逃跑，科赫普从后面一把抓住了他的头发，用刀刺伤了他的脖子。

科赫普走进自己的公寓，拿了毛巾、毯子和浴帘把那个小个子男人给包起来，塞进了自己的后备厢。他放下后座，把浴帘铺开，把大块头给裹起来，并用毛巾捂住了大块头的脸。然后，他回到屋里，在厨房里拿了最大的一个罐子，装满了水，来回跑了十几次试图把停车场地面上的血迹给洗干净。接着他开车找到了一条死路，并把尸体埋在了那里。

"我把尸体扔到了路障后面的沟里，"他告诉玛丽亚说，"我很惊讶居然没有人发现他们。"

那两具尸体从未被找到过。

我对访谈科赫普很有兴趣，因为他似乎与我们对连环杀人犯所进行的传统分类不相符。我研究了玛丽亚根据《信息自由法案》而获取的逮捕和审讯记录，以及他本人告诉玛丽亚的那些内容，例如前面提到的亨特俱乐部停车场谋杀案。然后我开始整理事实。托德·科赫普是一位成功的房地产经纪人，他带着手下其他经纪人一起工作。他是个飞行记录良好的飞行员。他的罪行都不是那种经济犯罪，也就是说不是为了捞黑钱什么的。他所有的钱都是合法挣来的。他的一些罪行，如果不是全部的话，似乎有性的成分，但我真的不知道这种成分到底有多大，是否为他犯罪的主要动机所在。显然，他痛恨毒贩，这是另一个问题，但他愿意与任何人合作，只要这个人能给他提供无法合法购买到的武器就行。就像大多数罪犯一样，他一开始否认一切指控；之后，他对审问人员彻底坦诚起来。除了偶尔吹嘘自己的射击技术之外，他在审问中表现得很冷静，就像卡拉·布朗提到的他在杀死查理·卡弗之后那样冷静。

"超级摩托车谋杀案"是一次条理严密的犯罪行动，而"约翰尼·科克西和卡弗谋杀案"则不是这样的，它兼具有条理和无条理的因素。他描述了他是如何杀死卡弗的，但在审讯过程中无法真正解释为什么要杀他。他曾多次与被囚禁在黑暗集装箱里的卡拉·布朗发生性关系，但他声称在卡拉提出抗议时并没有强迫她。坦率地说，他在这段时间内的行为不符合任何既定的强奸犯类型。他承认自己所做的是错误的，并没有把自己的行为归咎到任何其他人身上去。

到底是什么东西把托德·科赫普给惹毛的？

从外表上看，科赫普的生活比我所能想到的任何一个连环杀手都更为成功、更为富有。他从亚利桑那中部学院获得了计算机科学学位。他做了一年多的平面设计师。他通过了飞行考试，获得了联邦航空管理局颁发的私人飞行员执照。他通过了南卡罗来纳州的房地产经纪考试，并获得了经纪人执照，从而在摩尔的家中开设了一家房地产经纪公司。他甚至为自己从亚马逊上购买的产品写了一些在线评论。

然而，当我们看到他在网上写的那些评论时，他个性的另一面就出现了。对于电锯，他是这样写的："非常好。如果没有一个简单易用的电锯，在你追赶邻居的时候，想让邻居站住不动是很困难的。"

他对一把刀的评论："还没有拿它去捅人……还没有……但是我一直想着用它去捅人，而当我想这么做时，这把刀应该是很好的工具。"

他对一把折叠铁锹的评论："把它放在车上，这样就方便用它来掩埋尸体了，家里则可以放一把全尺寸的铁锹。"

他对带隐藏式钩环的挂锁评论："效果很好。还有，如果有人顶嘴，就把这个放进袜子里打他们。他们不会像你一样喜欢那种钢铁的坚硬。非常适合用在海运集装箱上。"

科赫普 1971 年 3 月 7 日出生于佛罗里达州劳德代尔堡，父母给他取的名字是托德·克里斯托弗·桑普塞尔。他的父母，雷吉娜和威廉，在他两岁的时候离婚了。雷吉娜获得了监护权，她不久就再婚了，嫁给了一个名叫卡尔·科赫普的男人。这个男人自己有两个孩子，在托德五岁时收养了他。尽管托德的智力高于平均水平，但他天生就是一个难相处、经常生气、好斗和反叛的孩子，与继父之间冲突不断。有证据表明他会虐待动物和欺负其他儿童。九岁那年，当他们一家住在佐治亚州的时候，他被送到该州一家精神卫生机构接受为期三个半月的愤怒控制训练。之后科赫普一家搬到了南卡罗来纳州，托德因为捣乱而被童子军开除了。他想回去和他根本不认识的生父住在一起，觉得那样的话就会有更好的生活。他威胁说，如果不让他去，他就自杀。在绝望中，雷吉娜最终同意了。当时她和卡尔的婚姻也陷入了困境（他们不久之后就经历了一次离婚、再婚又离婚的过程）。这样一来，他就到亚利桑那州的坦佩和桑普塞尔一起生活了。桑普塞尔在那里拥有一家名叫"著名的比利牛排馆"的餐馆。

没过多久，托德就对父亲失望起来。他说父亲总是和女朋友在一起，很少关注他。他告诉雷吉娜他想回来，但她找了一些借口，让他继续留在前夫身边生活。

托德与生父生活期间，行为举止变得更加糟糕了，最终他于1986年在亚利桑那州因绑架罪而被判刑。那时还只有十五岁的科赫普拿着父亲的.22口径手枪来到了十四岁的邻居家，当时那个女孩儿正在照顾一个弟弟和一个妹妹。托德强迫她和他一起回到他的家里，把她带到自己的卧室（位于房屋的主层），用胶带把她的嘴给贴住，把她的手绑在背后，然后强奸了她。她不是他的女朋友，尽管他一直希望她做他的女朋友。事实上，她对学校里的另一个男孩很感兴趣。他曾四次试图让她到他家里来，但她都拒绝了，最后他冒出了用枪逼她的想法。

事情发生后，托德和那个女孩对整个事情经过的说法有一些出入。托德说，在他带她回家之前，她很想先帮他把跑出去的狗给找回来。他承认他威胁了她，说如果她把他对她做的事告诉任何人，他就会把她的弟弟和妹妹都给杀了。她说他在地板上紧张地踱步，心里在想是否要杀了她，于是她就提出编造一个她在帮他找狗的故事，来向家里解释她为什么不在家，并向托德保证说，如果托德放了她，她就会那么对自己的父母说。

不过，在她到家之前，五岁的弟弟已经注意到她不在家里，于是惊慌失措起来。弟弟最近学会了如何拨打911。当父母回家时，警察已经到了。不久后，女孩回到了家里，她开始讲的是关于找狗的故事，但后来她崩溃了，详细讲述了被托德强奸的经过。

警察去了托德的家，发现他正拿着他父亲的一支步枪，指着天花板。当一名缓刑官问他为什么要袭击那个女孩时，他回答说他不知道，但这可能是一种反叛行为，原因是他的父亲不在城里。他还说他认为女孩是十六岁而不是十四岁。他后来说，他只是想和她谈谈，说服她做他的女朋友，然后"情况就失控了"。

《格林维尔新闻》的蒂姆·史密斯的一篇报道说，"女孩的父母告诉警官，强奸对'整个家庭产生了毁灭性的影响'。在与缓刑官交谈的大部分时间里，女孩哭得无法进行沟通。她的父母说，她的学习成绩和体育成绩在那之后不断下滑。"

这一事实与二十年后科赫普为了获得南卡罗来纳州的房地产许可证而进行的描述之间存在巨大反差。在2006年写给南卡罗来纳州劳工、执照和监管部的一封信中，他解释说，他和当时十五岁的女友在父亲不在家时，发生了争吵。他愚蠢地拿起父亲的手枪（他之所以把枪摆在外面，是因为害怕一个人待在家里时遭到抢劫），并告诉她在谈论他们之间的分歧时不要乱动。根据他的说法，她的父母在打电话联系不上她时很担心，于是报警了，警察就来到了家里。他这个谎言奏效了，顺利获得了房地产许可证。

但当年定的罪可不是这样的。托德被控绑架、性侵犯和对儿童犯下危险罪行。缓刑报告提到了一位邻居的话。那位邻居说他渴望得到关爱和关注，但建议把他当作一个成年人来起诉。他同意承认自己犯下了绑架罪，以换取警方撤销其他指控。他被判处十五年监禁，并被登记为性犯罪者。

在狱中，他获得了计算机科学学位。2001 年 8 月，他在服刑十四年后获释，搬到了他母亲居住的斯巴坦堡地区，在那里找到了一份平面设计师的工作，一直做到 2003 年 11 月，也就是"超级摩托车谋杀案"发生的同一个月。他于 2003 年进入格林维尔技术学院，然后转学到南卡罗来纳州北部大学，并于 2007 年获得工商管理和市场营销学士学位。那时他已经开始做房地产生意了。

科赫普似乎走上了一条新的道路，他同事们的说法也印证了这一点。根据加里·加勒特的说法，托德是一个好老板，专注于房地产业务，在市场营销方面干劲十足、极为专注。他为了客户的利益会采取咄咄逼人的态度。他对手下的经纪人很好，很少有人向当地房地产委员会提出投诉什么的。《格林维尔新闻》的一篇报道称，"抵押贷款的贷款人形容他是'一个有效的沟通者，与他交谈很愉快'，而且'他知道为了让客户达成交易需要做什么'。一位建筑商则说他"非常优秀"。

但后来他身上似乎有了一些变化。加里说他开始从"正常"人变得自恋、好战起来。他开始吹嘘他的枪，对他的投诉也越来越多。他的体重明显增加了。这是他在 2015 年底米根和约翰尼·科克西失踪之后不久的状况。

杀人总是出于某种动机的，即便这种动机不是显而易见，也是让人难以捉摸的；即使是像丹尼斯·雷德这样喜欢看着受害人在害怕和痛苦中死去并以此获得力量感的虐待狂，也不例外。但托德·科赫普不是雷德那样的杀手。他每次杀人，都有一个更"合乎逻辑"和"实际"的理由。

"卡弗谋杀案"是最让我困惑的。他告诉玛丽亚·奥斯，他无意中听到查理和卡拉在说要打劫他，并用这笔钱买她一直吸食的毒品。我们都知道，毒贩以及他认为自己被利用了，是会引爆他的两个点，所以他那么做似乎是合乎道理的，但他也是用这种理由来解释为什么杀死科克西夫妇的。他是个偏执狂，还是说这仅仅是他解决男人从而拥有和控制女人的借口而已？

被捕后在斯帕坦堡县拘留中心接受初步审讯时，他说他并没有事先设想过把康尼克斯集装箱作为监禁女受害人的地方。更确切地说，它"是为我的食物和武器而设计的，也是为了在我建车库之前保护我的车的"。他说，在射杀约翰尼之后，他必须先把这片区域清理干净，然后才能把米根·科克西给关进去。"第一次，我有点担心到底该对她怎么办——把她放在这里、放在那里、放掉她，我到底该怎么办？我要报警吗？哦，妈的，我非法持有枪支。哦，该死，哦，该死！我该怎么处置她？"

"卡弗谋杀案"和"科克西绑架案"看似杂乱无章，与十三年前的"超级摩托车谋杀案"形成了鲜明对比，后者是一种完全不同的犯罪类型。从案情和科赫普对调查人员讲述的情况来看，"超级摩托车谋杀案"在《犯罪分类手册》中应被归类为"大规模谋杀和因个人恩怨的杀人：报复和报复性杀人"这一类别。让我好奇的是，这两起谋杀案居然是同一个人干的。

考虑到科赫普策划"超级摩托车谋杀案"的方式以及他在墨西哥华雷斯杀死毒贩的方式，我们不得不将科赫普归类为"捕食型罪犯"。但令我着迷的是，他与我遇到的任何其他暴力罪犯都不同。受害者都不是他出去寻找来的；在大多数情况下，他们都是送上门来的。然而，他也没有挑那种机会型的受害者。相反，他杀人是为了就被杀者对他的恶意进行报复，无论这种恶意是真实的还是他想象出来的。

"超级摩托车谋杀案""华雷斯谋杀案"（如果是真的话）以及科克西和卡弗的谋杀案，跨越的类型太广了。他与我研究过的连环杀手很不相同，甚至和诸如约瑟夫·麦高文这样的只杀死了一个人的凶手也不相同。这个家伙没有任何明显的模式，我想更深入地了解他。

科赫普对警长办公室的侦探们说，2003年他花了九十美元从超级摩托车商店买了一辆摩托车——铃木 GSX－R750。他其实不大会骑摩托车，而且练习了一番之后也没有达到自己预期的效果。于是他回到商店。"我认为（购买铃木）是个错误的决定。我想看看是否可以把它换成一辆更小的摩托车或类似的东西。"但他说他们"有点粗鲁，呃，说我没有骑那种摩托车的能力"，他觉得他们是在嘲笑他。

他说，三天后摩托车被偷了。既然摩托车是超级摩托车商店给送来的，他就觉得是商店里面的人过来把它给偷走的。更让他愤怒的是，他说当他联系警察报案时，"执法人员也在那里取笑我"。

他又到超级摩托车商店去了，坐在不同的型号上，想象着自己在骑它们。当经理和老板"基本上是在那里闲扯"的时候，他竖起耳朵听着。他买了一把手枪，一把贝雷塔 92FS 手枪。因为他是登记在册的性罪犯，所以是通过第三人非法购得这把枪的。

2003 年 11 月 6 日，他到商店那里查看了一番，确认所有顾客都离开了，然后自己就进去了。他走到一辆黑色的川崎武士刀 600 摩托车那里，坐在上面，表现得好像他体验这辆车的样子，接着就说要买这辆车。机师把车推回到车间去做出售前的准备。科赫普等了一会儿，然后戴上两副乳胶手套，走进车间，从上往下开了两枪，又继续开始冷静的杀人行动，中间有一次停下来重新装弹，这可以解释为什么现场同时出现了黄铜弹壳和镍弹壳：这个证据显示，本来足够聪明机灵的科赫普，却在装子弹的时候把两种子弹给装混了。

他说他的行为达到了"预期的效果"。

他走了出去，开着他的讴歌牌传奇车离开了现场。到家之后，他把枪拆开，把零件都堆在猫窝里，再分别扔到了几个垃圾桶和一个大垃圾箱中。

他向侦探们承认说，他知道自己会在监狱里度过余生。他说，他唯一关心的是把自己的钱和资产留给母亲和多年的女友，以便为女儿的教育支付费用。

第二十四章 "不论是好是坏，我还是想知道"

虽然我已经对他的案子了如指掌，但托德·科赫普颇花了一段时间考虑，最后才答应接受我的访谈。在我给他写信并对他做了一番自我介绍之后，他在给玛丽亚的一封电子邮件中写道："我对约翰·道格拉斯没有什么把握。我觉得他是那种不仅会把发生的事情给原原本本说出来的人，可能还会添油加醋。"

有一次，他读了玛丽亚寄给他的《法律与混乱》，这是我们写的最新的一本书。可能是出于对她与他之间建立起来的相互尊重关系的回应，他对玛丽亚写道：

> 我认为约翰·道格拉斯的《法律与混乱》一书不怎么样，他在书中对写信给囚犯或与囚犯保持任何一种关系的女性，尤其是死囚区的女性的评论，都极其刻薄，认为她们都是可怜虫。考虑到这些人也是买他的书的人，我觉得他喜欢对人做出冷酷的评价。我不认为我们会相处得很好，但我尊重他的过去和经验。我同意和他见面……只有当他们同意向我解释他们的调查结果时，我才会同意向画像师敞开心扉。
>
> 不论是好是坏，我还是想知道。

除了对自己认识比较深刻的埃德·肯珀之外，我无法想象还有其他什么连环杀人犯会如此诚恳地想去了解他们自己为什么会犯下这些罪行。这对我来说是一个难得的机会。

他所说的我的"极其刻薄"的评论，指的是我所提出的如下观点：大多数爱上被监禁的杀手的女性都是"相当可怜的"，我为她们感到难过。我们说这话的时候并不是在说像玛丽亚这样的专业人士。具有讽刺意味的是，在这本书的那一部分，我们所说的是一个与那种"相当可怜的"女人也完全不相关的人。2006年3月，一位名叫萝莉·戴维斯的女士打来电话，要求我加入辩护小组，目的是为她的男友达米恩·埃克尔斯和两名共同被告争取再审，并让他们脱罪。1993年，他们在阿肯色州西孟菲斯杀害了三名八岁的男孩。由于HBO的两部纪录片《失乐园：罗宾汉山的儿童谋杀案》和《失乐园2：启示录》之故，这个案件已经臭名昭著了。达米恩、贾森·鲍德温和小杰西·米斯凯利得到了"西孟菲斯杀人三人组"这样的恶名。被认为是这三个人中头目的达米恩，自1994年十八岁时被判刑以来，一直都在等着被处决。

萝莉，纽约的一位成功的景观设计师，在看过这些纪录片之后对达米恩的案子产生了兴趣，开始给他写信，最后与他坠入爱河。然后她就搬到了阿肯色州，目的是可以离他更近一些，并为他辩护，说他是无罪的。碰巧，萝莉和达米恩是两个非常聪明、敏感、充满爱心的人，她说服我加入了"西孟菲斯杀人三人组"的辩护工作。我很快就发现，这是由新西兰电影导演彼得·杰克逊和他的制片兼生活搭档弗兰·沃尔什牵头和资助的。我接受了加入这场调查的邀请，但给了戴维斯一个我经常给的警告——这是要转达给杰克逊和沃尔什以及其他支持者的——我的分析不能保证会有助于他们的上诉程序，因为我对案件的评估基础是证据，而不是什么理论或主张。

在查阅了大量案卷后，我首先得出结论——与控方的整个结论相反——这不是一场"撒旦仪式"凶杀案。这起凶杀案发生在"撒旦恐慌"席卷全国之际，当地警方甚至聘请了一些自称是"专家"的人来帮助他们破案。我的另一个结论是，尽管米斯凯利被迫向西孟菲斯警察局的侦探们招供，但并没有任何证据表明埃克尔斯、鲍德温或米斯凯利与整个凶杀案有关。

我的分析得出结论，这些杀人罪行不是陌生人干的，而是一种因个人恩怨而致的犯罪。现场的法医和行为证据表明这个人有犯罪前科，而且很可能就住在三名受害人附近。最有可能的嫌疑人，是有暴力犯罪史，甚至在这起案件中根本就没有被调查人员询问过的人。我说服了其中一个男孩的母亲和另一个男孩的继父，他们之前都确信这三个人杀害了他们的孩子，而现在他们则认为三人确实与犯罪无关。

我们的调查结束时，我参加了小石城的阿肯色大学法学院里举行的记者发布会。这个发布会是由埃克尔斯的上诉律师丹尼斯·里奥丹组织的，会上有许多专家介绍了他们的调查结果，其中包括沃纳·斯皮茨博士，杰出的法医学和解剖病理学家，有关医学死亡调查的标准教科书就基本上是他一手写成的；理查德·苏维龙博士，他是迈阿密戴德法医办公室的首席法医、牙医和咬痕专家；以及托马斯·费多，他是犯罪学家、DNA专家以及血液和体液分析专家。

最终，辩方的这些努力并没有达到我们都认为应该得到的判三人无罪的结果，但现任地方检察官认可了"阿尔福德抗辩"，这是一种合法的技术性操作，即被告认罪，但同时又宣称自己是无辜的。相应的，他们被释放，不再需要在监狱中服刑十八年。在一个非常真实的意义上，我认为这是一个与魔鬼的交易，因为没有哪个检察官或检察长如果真的认为这三个被告恶意杀死了三名年幼的男孩，还会让他们出狱。相反，在我看来，这是检方的一个现实策略，为的是避免错误监禁的诉讼，因为这可能会让阿肯色州赔偿数千万美元之巨。我们本可以要求进行再审，但这会使达米恩再坐几年牢，而他当时正在死囚牢房接受治疗，健康状况每况愈下，我们担心他挺不过去。

事实证明，科赫普并不是我要与他进行面对面会谈的最大障碍。他不是一个受欢迎的囚犯，监狱管理部门认为他是一个麻烦制造者和破坏者。因此，典狱长及手下的工作人员不会给他任何不必要的接触外界的机会。我找到了惩戒部门的负责人，并通过南卡罗来纳州执法部门的一位同事提出了复议申请。还在联邦调查局工作的时候，我就曾对那位同事进行过行为画像培训。但我们一直在四处碰壁。

　　科赫普本人似乎很失望。他写信给玛丽亚说：

　　　　不能对我进行面对面的访谈会让这件事变得更困难，但并非不可能。我现在花了很多时间思考我的行为：为什么，是什么导致了这些行为，是不是由于我所处的高压环境导致我产生了一些想法，从而导致了这些行为。我现在不再是那种一天有一百个电话打进来的状态了，终于可以回首往事了。

　　这给了我一个主意。为何不让科赫普填写一下我们早期在连环杀手研究中使用过的那个评估调查表呢？那张表通常是由访谈人员而不是被监禁的囚犯来填写的，但是对于像科赫普这样聪明伶俐、很会表达的人来说，这可能是一个非常有效的代替监狱现场访谈的方法。这会让科赫普有时间思考自己的回答，而根据我们对犯罪的了解，如果他在撒谎、掩饰或隐瞒，我们都会识破。再加上他在与玛丽亚的通信中已经回答的问题，我想我们可以整理出托德·科赫普的一个完整行为画像，以及到底是什么东西让他发作的。

　　我把这个想法告诉了玛丽亚。她当场就觉得很有意思，同意把这个评估调查表寄给科赫普，并解释了一下这个评估调查表到底是什么。然后我们就等着看他是否愿意合作。

　　他填写了这张表，而且写得非常完整，完全超出了我们的预期。他是唯一一个自己填写罪犯评估调查表的被定罪的杀手，这让我们可以直接、未经过滤地了解他的思想和他看待自己的方式。他不仅填完了这张表，而且在许多地方，他认为有必要时，还附上了额外的纸张，进行了更为详细的解释和叙述。我相信他写下来的那些答复就是他想在监狱里当面对我说的话。

大多数罪犯都不适用这种方法，但我对科赫普持乐观态度，因为据我所知，他是一个会内省的人，智力高于平均水平，而从与玛丽亚的交流来看，他似乎真的想了解自己。对大卫·伯克维茨、查尔斯·曼森或丹尼斯·雷德都不可能使用这种形式，因为他们太专注于自己的形象，在没有像我这样的人隔着桌子盯着他们看的情况下，他们是无法突破长期以来的自我认知，做出如实回答的。如果我们当时就编制好了这个评估报告的话，那么另一个可能可以采取这种方法的罪犯会是埃德·肯珀，他也是一个有相当内省力和自我分析力的人。

在科赫普这个案件中，除了大量的案卷档案之外，我可以在三个资料来源之间进行对比分析——警方的审讯记录、科赫普和玛丽亚之间的大量信件，以及科赫普填写完成的评估报告。这三个资料来源是以不同的方式来处理同一问题的。审讯是对抗性的；玛丽亚给科赫普的信则语气友好，充满鼓励和好奇；而评估调查表则是中立和客观的。如果科赫普在每一个角度下的回应都不一样，那将成为他是否值得信赖的一个最直接证据。而如果他的回答在每一个角度下都是一致的，也将告诉我一些事情。

实际上，他似乎是在和我们做一个交易。如果我能给他完整的评估，告诉他为什么会是这样的、为什么会做那些事情，那么他就愿意填写评估报告。

科赫普并不是第一个想通过行为画像分析技术来了解自己的凶手，但他可能是最为认真的一个，而不是仅仅当作进一步提升对自己自恋式认知的东西。我在堪萨斯州奥斯威戈的埃尔多拉多监狱访谈丹尼斯·雷德的前一天晚上，在酒店的鸡尾酒廊里遇到了克里斯·卡萨罗娜。她在雷德入狱后与他建立了联系，并打算写一本书，因此也成了我与雷德取得联系的一种非官方渠道。她和威奇托警察局凶杀案侦探肯尼思·兰德威尔都曾告诉我，雷德是我和马克合著书的粉丝，特别是《变态杀手》那本书，它是以改编的 BTK 案件开场的。那一章的题目是"动机 X"，这个灵感来自 BTK 在给警方和媒体的信中所使用的所谓的"X 因子"，当时 BTK 勒人魔说这个所谓的"X 因子"是他之所以有那种致命偏好的神经心理学原因所在。我们是用第一人称写的，是从凶手的角度来写的。这本书是在雷德被逮捕的前几年发表的。雷德对卡萨罗娜说，他一遍又一遍地读了这一章，这给了他一种自我透视的感觉，并对在他的大脑中不停旋转的那个力量有了一定的理解。

在酒店的面谈中，卡萨罗娜递给我从法律便笺本上撕下来的五张纸，上面是雷德那紧凑的小字体写的东西。雷德让她把这五页纸交给我。原来，这些都是雷德自己亲笔写下的，是他基于我们在书中描述的特质对自己进行的一番评价。他是几天前把这几张纸邮寄给卡萨罗娜的。在第一页的上方，他写上了这样的句子："变态杀手（案例研究）。"

雷德列出了我们提到的作为不明嫌犯的连环杀手的一些特征，并列出了提到那些特征的相关页面和段落：

操纵、支配、控制。知道如何进入受害者的大脑。几乎所有这些人都来自虐待或其他一些不正常的背景，但这并不能成为他们所做行为的借口。虐待狂杀人犯预见到了他的罪行。事实上，他在他的犯罪生涯中已经完善了他的作案手法。"标签行为"比作案手法更好。作案手法是罪犯为了完成犯罪所必须做的事情。而标签行为则不同，那是罪犯必须在情感上达到的自我满足。罪犯会有偷窥癖，这和外出寻找受害人是关联在一起的，为的是给下一次袭击做好准备。罪犯可能会拍照或录像，带走纪念品——珠宝、内衣等。

诸如此类。他就好像是在编制一份检查表，以确认他是否符合连环杀手的所有重要特征。

在随后的几页里，雷德列出了其他杀手的名字，包括"山姆之子"、泰德·邦迪、埃德·肯珀、史蒂芬·彭内尔（一个来自特拉华州的虐待狂，在《变态杀手》一书出版时已经被处死了）、《沉默的羔羊》中的"水牛比尔"，以及加里·海德尼克，他是"水牛比尔"这一角色的形象来源之一。雷德还给"BTK 勒人魔"专门列了专栏。在每一页的左边，他列出了连环杀手的特征，并用"是"或"否"来标记他列出来的相关杀手是否具备这种特质。

至于他自己，在"专横的母亲"这一项上，他写了"1/2"。而在"傲慢""以自我为中心"和"内在声音"这些项目上，他填的"否"。针对"聪明"这一特质，他给了自己一个"是"。我从这份不寻常的文件中得到的并不是我希望托德·科赫普所告诉我的真相，而是一个邪恶的连环杀手是如何看待自己的一个准确写照。

我知道，雷德读过的不仅仅是我们的书。他甚至成了连环谋杀案的"学者"。他阅读了各种各样的有关真实犯罪案例的书籍，并重点介绍了基本符合他个人情况的那些章节。

这是否使他成为一个"更好"或更有效的杀手？不。这种问题会经常出现。像我们这样的书是不会让你变得更擅长于杀人的。但你可能会对杀手的心态和心理构成有所了解，而这正是雷德所追求的目标之一。

科赫普的回答有意思的一个地方是，他提供的信息、提供的细节和语气都与他在几次审讯中对侦探们说的以及与玛丽亚的谈话和书面交流中说的一致。与我研究过的许多其他暴力罪犯不同，他并没有根据听众的不同或想从听众身上得到什么，而试图表现出不同的个性。

评估档案的前几个部分是背景信息，如出生日期、身高、体重、体格、种族和民族血统、外貌、婚姻状况和历史、教育、从军记录、就业记录和病史，包括精神病史和任何自杀未遂的情况。慢性行为和性行为史涵盖了从家庭结构和环境到访谈对象遭受的任何身体、情感和/或性虐待或创伤，到他自己的童年行为，如噩梦、离家出走、长期说谎、毁坏财产、酗酒或吸毒等，以及慢性遗尿症（尿床）、放火、虐待动物或其他儿童，后三者也就是所谓的"杀人三特质"。

这一部分中一个有趣的因素是，他说当他被捕时每年的收入是三十五万美元——这对于一个连环杀手来说是极为罕见的——但他一直设法将所得税申报表上调整后的总收入尽可能调低，因此只缴纳了几千美元的税款。这告诉我们，在一个领域违反法律的人往往也会在其他领域违反法律。

当来到"犯罪信息"这一部分时，科赫普发现需要额外的纸张来回答那些问题，否则评估报告中给出的空间根本就不够。

正如我最初所猜测的那样，他说他把关于"超级摩托车谋杀案"的一些事情透露给了一些人。从调查的角度来看，这条信息极其重要。如果我们相信一个不明嫌犯与某人谈论了他的犯罪行为，我们可以将这种情况公开，这有时还会促使那个人前来作证：即便不是出于任何其他原因，也会因为觉得自己处于危险之中而前来作证。在本案中，达斯坦·劳森是卡拉的前男友，也是把她介绍给科赫普的人。科赫普说，劳森为他"在各种情况下打一些零工"，其中最重要的是提供武器，因为根据他的犯罪记录，科赫普是无法合法地获得武器的。科赫普写道，劳森"知道摩托车店"的情况，"事后知道"科克西谋杀案，"帮卡拉买了药片，并在第二天就知道她被我抓起来了。我付钱让他去把她的狗从公寓里给放出来，但他对我撒谎，没有按照我要求的去做"。但劳森否认被告知了这些情况。

科赫普还说，他把"超级摩托车谋杀案"的情况告诉了他多年的女友。她说她不知道他是否真的告诉了她，但如果他真的告诉了，那肯定是以她不理解的某种代码说的。

请注意，这种没有按照要求把卡拉的狗放出去的"背叛"行为，科赫普是与他那些谋杀案放在一起来说的。科赫普无法忘记任何程度上的背叛行为。更重要的是，任何知道"超级摩托车谋杀案"并按照我们希望的那样出来提供证据线索的人，至少可以阻止随后三起谋杀案的发生。

在科赫普的回答中，我也毫不惊讶地看到，劳森并不是他唯一一个找过的人，他觉得他需要好好谈谈"超级摩托车谋杀案"这个事情。不幸的是，他的努力并没有起到什么作用："很多年后，2012年至2015年，我试着向一个信教的家人倾诉一番，希望他能帮我渡过难关。但我东扯一句西扯一句的，兜着圈子，他根本就不知道我在说些什么。"

至于卡拉·布朗失踪一事，科赫普写道："达斯坦立即起了疑心。我周围的人都知道有什么不对劲，但不知道到底是什么东西不对劲。"

其他一些主动的调查策略对科赫普这样的人是行不通的。虽然他承认"我每天在网上看新闻/报纸好几次"，这和我对不明嫌犯的了解没有什么不同。"除了从华雷斯那次旅行中带回来的一把来复枪以外，我没有留下任何纪念品。我没有与任何家人、警察或媒体沟通过。我没有参与调查行动。"

在评估调查表中，有一长列与被访谈人的罪行有关的描述性词语，同时下面还有一些数字，是用来表示每个词语所描述的情况在每种罪行中的重要性的。在这一部分的第一页，科赫普提到了十五岁时的那次强奸案、三十二岁时的"超级摩托车谋杀案"，以及四十五岁时的"查理·卡弗谋杀案"和把卡拉·布朗关起来的内容。例如，第一组词是愤怒、敌意。在每一个词语下，他都写上了1，意思是愤怒和敌意在每一个案例中都占主导地位。另一方面，对于绝望和孤独，他写了5，对应的意思是"一点都没有/根本没有"。

这三次罪行中涉及的最有趣的词语是"平静、放松"。"卡弗谋杀案"和"布朗绑架案"发生时，他说他主要的情绪是"平静、放松"的。而在"超级摩托车谋杀案"中他填的数字是2（也就是这种情绪成分比较多的意思）。但在给他第一次严重的犯罪，也就是绑架和强奸邻居女孩的案件填写数字时，他填的是5，也就是"一点都不"放松；这表明随着年龄的增长，他对暴力犯罪的适应程度大大提高了。

与大多数凶手不同的是，他犯罪时的兴奋程度是最低的4级，而至于担心、害怕、恐惧这一方面，他则介于"最低"和"根本没有"之间。他对杀害摩托车店的受害者或卡弗并没有太多的悔恨，但在最初让他锒铛入狱的那起强奸案中，悔恨是他当时最主要的情绪。他还因为强奸了邻居而非常沮丧、不高兴、悲伤、忧郁；但对查理和卡拉所做的一切，他这种情绪就很少；而对于摩托车店的那起谋杀案，则一点都没有这种情绪。

玛丽亚说，他对她说的最刺耳的话，她永远不会忘记，那就是，"你必须明白，对我来说，这就像洗车或倒垃圾一样"。

评估调查表上的一个问题是，"每次犯罪时进行了什么样的谈话？"问这个问题是为了了解作案策略——罪犯是否设下了什么诡计、骗局或诱人的对话来靠近受害者，还是对受害人进行了一次无声的、出人意料的、闪电式的攻击；同时也是为了了解罪犯的标签行为——罪犯是否喜欢遵循某种既定的"脚本"？科赫普回答说："当我杀人时，我是沉默的，专注于正在做的事情。我说的任何话都是简短、清晰的，目的是解释我需要做什么，而且我很平静。"

他解释说："我在摩托车商店里说的话都是为了帮助我确定目标的，这样就不必一次对付所有四个目标了。我满怀信心地进去，能应付四至六个人。但如果他们有武器的话，就不行了，因此我选择了一条可控的路线。"

虽然他声称对他人的性控制不感兴趣，但保持对任何情况的全面控制显然对他至关重要：

> 只有在我枪杀了约翰尼之后，她才开始惊慌失措，[因为他们打算进行的那场蓄意抢劫]无法按他们计划去实施了，她恳求我不要强奸或伤害她。我平静地告诉她我不会的，但我必须把她给关起来，搜查她是否有毒品/武器。我没有脱下她的内裤。我和她之间的谈话是礼貌的、询问式的，我问她关于她自己和约翰尼的情况。没有威胁，没有侮辱。

当谈到"引发压力或危机的证据"，包括经济困难、家庭问题、受伤和疾病、就业问题及朋友或亲戚的死亡时，科赫普几乎都评估为"中偏轻度"。对于大多数连环杀手或者暴力罪犯来说，这些压力源都是重要的诱发因素。在科赫普看来，压力源占主导地位的情况只发生在邻居强奸案和超级摩托车谋杀案中，当时存在着"与父母的冲突"；而在其他强奸案中，则存在着"与女性伴侣的冲突"。

总的来说，科赫普填写的数字是对自己所做事情的一种直截了当的承认，他没有试图去掩饰自己的行为或者怪罪到他人身上。

例如，当提起他与其他一些人一起飞往墨西哥华雷斯去追捕毒贩这件事情的时候，他说：

> 那就像一部非常糟糕的电影，一点也不酷。所有 A 型人格的人都会为顶级硬件和战术训练花很多钱，梦想成立一支海豹突击队。我们什么都不是。大多数人都是全副武装的傻瓜，他们想试试自己的玩具，想杀点人，目标是毒贩，这在伦理上是可以接受的。

每当科赫普的回答中出现另一个人，比如他的父母，他对事件的看法给我的印象都是真实和准确的。他也许不知道他为什么做某些事，但就他做了什么和怎么做的这一点来说，他所说的听起来都是真实的。

这并不是说他把自己看成一个捕食者。在他看来，他事先就和一些受害者建立了关系。在回答关于犯罪过程中发生了什么性行为以及事情是以什么顺序发生的问题时，科赫普觉得有必要写一下他与邻家女孩的关系，他们在发生这件事之前曾经"抚摸/轻抚过一两次"。对于最近一次犯罪行为，他写道："卡拉是我在脱衣舞俱乐部遇到的，她成了我的妓女（她否认这一点）。一般都是从一起吃饭，或是她告诉我她需要我什么账单开始的。"

在"受试者是如何继续控制并反复攻击受害人的"这个问题下，他补充写道：

> 卡拉的事情需要解释一下。当她吸毒时，我给她看了我为她挖的坟墓，现场也有我的武器。当我枪杀查理时，她并不是很害怕，而更多的是感到困惑不解，然后她很快就在盘算能从这个事情中得到什么了。她兴奋起来，说了她的一些（恋物癖）/顺从的幻想什么的。我只是不想让她去找警察。我想她应该会先去找给她毒品的毒贩子。整晚把她锁起来并关在集装箱中会让我安心。她白天大部分时间都不是绑起来的。但她没被锁链拴住的时候，我确实拿着武器防着她。只要我不停地给她买东西，给她关注，给她吃点药，好让她过过瘾，她似乎就心满意足了。查理对她来说基本不是问题，她关心的只是我愿不愿意为她买东西。她想要性、关注和（毒品）。我拒绝给她（毒品）。我有几次拒绝和她性交，她很生气；她对于我不配合她有关在性上面做顺从的奴仆的幻想，也不开心。这一切都是我的错，是错的。我只是说有

关幻想的部分是她提出来的，而不是我。

就像我们从暴力罪犯那里看到的许多回答一样，我们需要对科赫普的回答进行一些细致入微的解释，他的答案才是有意义和有用的。首先，我们认定，无论科赫普对卡拉在查理被枪杀后的反应是怎么描述的，她一定会为自己的生命安全感到害怕和恐惧，在他向她展示为她挖好的坟墓之后就更是如此了。其次，无论她要求什么，无论她做什么，都无疑是某种形式的生存和应对策略。我们甚至根本不要去考虑她是否向他索要了毒品以及他们在此之前是否有过性关系这些问题。在那种情况下，她自然会回到他们各自应扮演的任何角色中去，因为她要努力使他们的关系"正常化"，这样他就不会把她看作一个必须消除的威胁了，她就不会被当作米根·麦克劳克西那样的威胁而遭到杀害了。科赫普说在她获救前被关押的那么长的一段时间内，她曾经"生气了"，这我一点也不惊讶。不管她有多害怕，在这种不确定的情况下被囚禁这么久，她不可能一点都不露出自己的任何真实情感。我不认为她会用"满足"来形容自己被关在康尼克斯集装箱里的那几周的日子。

既然如此，科赫普到底在告诉我们什么？

首先，他声称在十五岁第一次不明智的性行为之后，他并不认为自己是强奸犯或虐待狂。与此形成对比的是约瑟夫·康德罗，他对这种定性没有任何异议，因为这个词语用在他身上很准确。

虽然他们两人都是凶手，科赫普必定会对犯罪世界中的康德罗不屑一顾。他一点也不觉得自己古怪。"她想让我扮演各种角色，但我不愿意。"事实上，在回答后面的一个问题时，他强调说，"锁链/手铐只是为了控制她。没有其他情况，比如鞭打她或者打她的屁股之类。"虽然他认为卡拉有一种被操控的幻想，但她希望他一起来实现那种幻想。他承认，他"第一周确实在集装箱里放了一个跟踪摄像头，看看她在干什么"，但他坚称这是"为了确保安全，而不是偷窥她"。

自我形象对他极为重要。他欣然承认自己犯下了杀人罪行，甚至说承认这种行为是错误的，也是一种"十分男子汉"的表现。但他并不认为自己头脑中有什么东西会驱使自己去对付一个女人。他是这样写的："当卡拉凶起来的时候，我就让她一个人待着，我自己在另一个地方做我的工作。"换句话说，他对她的唯一惩罚就是不到她眼前去。在回答"袭击期间是否有性功能障碍的表现"这一问题时，他写道："没有性功能障碍。"

虽然他承认对卡拉进行了性侵犯，但把这种承认解释为一种权宜之计。"我完全承认谋杀和绑架罪行。我没有犯下强奸卡拉的罪行，但不值得为此一直待在监狱里（在审判和判刑之前）去对抗一项对我的生活没有什么影响的指控。那么做有什么意义呢？"

为了进一步阐明自己的观点，在下面关于他对卡拉的罪行是性犯罪还是非性犯罪的问题上，他指出"强奸受害者根本不需要动用什么振动器和脱衣舞杆"，他说卡拉在被监禁期间主动要求他去购买了这些东西。

他这就好像是在说，"是的，我囚禁了一个漂亮的年轻女子，杀了她的男朋友，把她锁在树林里的一个集装箱中。在那里我和她多次发生了性关系，但这并不是因为我是一个变态，这一切都是有实际原因的。哦，至于性爱，那是相互的，当我们中的任何一个不想要的时候，我们就不做了。不仅如此，我给她买了她想要的任何东西。"就像在大部分审讯中一样，他在证明自己的行为是多么的"合理"。

针对"在袭击中的虐待行为"这个问题，本来只需要简单地用 3 表示"不存在这种情况"就足够了，但他还是补充写道："没有施虐行为。至少没有别人所说的那种虐待行为。我为了提高效率而精心选择了杀人的方法和弹药，以便快速完成杀人行为，虽然那主要是为了保护我自己，但也确实减少了他们的痛苦。给受害人增加痛苦是不必要的。"

后来他写道："暴力不能使我兴奋，也不能控制我。"

表格上有一个地方写着"还有什么突发变化吗"，这个问题的意思是有什么可能影响一个人是否进行暴力犯罪的压力源。为了回答这个问题，科赫普需要的空间远远大于表格上所提供的位置。"在公司工作期间，自己的名字一直在性侵犯者网站上，这带来了持续的困扰，不断给我很大的压力。在我拿到摩托车的时候，祖母去世了——而妈妈和爷爷正争吵不休。"对于第一次强奸案，他写道："经常和爸爸闹矛盾，身体/语言虐待。"

家庭问题无疑是他的一个压力源，但我认为"性侵犯者"这个标签是影响他成年之后个性的关键因素之一。不管取得了什么成就，他都知道他生活中的污点毁了一切。而他这么看，并不算完全是错的。

尽管"坦佩强奸案"是他最早犯下的罪行，却也是最能触动他的情感、引发他强烈情绪的一次犯罪。这是唯一一个他表示真正悔恨的罪行。"我希望我不这么说，但我真的对其他大多数行为都不感到难过。"他说他第一次喝酒了，那是他第二次有性爱，和大多数性侵罪犯一样，他发现"性爱本身感觉很好，但整个情况并非如此，我知道一切都错了，这东西一点都不刺激"。他觉得自己的那种兴奋感"如果能维持一分钟"，他都会很惊讶。对于这些家伙来说，幻想总比实际行为要好。

尽管他写道，他对其他罪行并没有什么悔恨之感，但我们可以清楚地看到，在科赫普内心存在着良心斗争的成分，而不是像康德罗那样对自己的所作所为没有丝毫的悔恨；或者像哈维那样为自己每一次杀人行为进行辩护。在几行之后，科赫普写道："我恨我在摩托车店杀了那个妈妈，真希望我能避开她。把约翰尼解决了真的是很好，那都是他自找的。我真希望我能为米根想出更好的、非暴力的解决方案。我为查理和卡拉感到抱歉，我反应过度，应该把他们两个都给炒了就行了。我并不是那么在意卡拉，我只是希望她的结局和米根不同而已，但事情最后很可能也是朝米根那个方向发展。"

尽管这样前后矛盾的情况不少，但他这番话里面有一种真正的反省，而不是在试图把这一切解释为别人的错。在评估调查表的最后，他写道："我走在一条糟糕的道路上，并决心一路走到黑。我可以坐在这里说这个或者那个本来可以阻止这一切的，但现在我又想起了这一切。我应该阻止我自己的。"

在"袭击历史"这一部分，他在回答"随着时间的推移，袭击中使用武力或侵略性行为的情况越来越多吗？"这个问题的时候，是这么写的："是的——杀人行为变得更多了。"

除此之外，他说，不论是从年龄、种族、头发颜色、身体残疾状况，甚至是犯罪动机上来说，他的受害者之间不存在什么明显的共同特点。

然后，他又补充了一条与评估调查表上任何一个具体问题都不搭界的话："回顾我的过去，我看不出什么模式，我就好像是拿着一组瑞士军刀在杀人，每次都挑最称手的那把。我看不到所谓的标签行为或重复性行为，这让我感到困惑，我相信，其他人也弄不明白。"

这是一个相当准确的自我评价。但他知道什么地方出了问题。"被警方发现时，希望朋友、家人或同事做什么？"

他回答说："帮我找到治疗方法，尤其是在刚开始的时候（指的是他在亚利桑那州犯下的那起强奸案）。最后我也得请求帮助。我想重回正轨。米根/约翰尼（谋杀案）发生了，我真的又回到了错误的道路上去，而且没有什么事/什么人让我停下来。我认为如果没有法庭或朋友的帮助，我的这种行为是不会结束的。"

第二十五章　条理型和无条理型

从强奸十几岁的邻居开始，科赫普在犯罪时就既有有条理的一面，也有无条理的一面。不管事先的计划多么周密，对于最暴力的捕食型罪犯，由于犯罪本质上是一种不理性行为，在任何一个禁止犯罪的社会里，罪犯在犯罪时的逻辑和理性总是会在某个时点崩溃。

1981 年，小约翰·辛克利计划刺杀罗纳德·里根总统，他想用这个行为来赢得女演员朱迪·福斯特的芳心。由于这是针对美国总统的罪行，主要归联邦调查局管辖，于是我所在的部门就参与了对"辛克利案"的调查起诉工作。这次刺杀行为的显著特点是，尽管谢天谢地没有人真的被杀，但它是经过精心策划并得到严格执行的。可接下来就不是这样了。他认为福斯特应该会被他的行为深深吸引，然后他会要求派一架飞机带着他们这对新人远走高飞。他的计划性和逻辑性在这时就荡然无存了。

我们可以在托德·科赫普身上看到同样的特点，尽管在我看来，他比辛克利聪明多了，也实际多了。辛克利因精神错乱被判无罪，但这一点至今仍存争议。然而，正是由于科赫普在个性和智力上都和辛克利不同，我才进一步看到了其他一些重要的差异，我希望我们在评估调查表中提出的那些问题能够把这些不同点都给清楚地挖掘出来。

就科赫普这个人而言，有条理和无条理的部分之间的平衡是内在的。我发现，每当在一个方向上走得太远，他内心深处的某种东西就会把他引向另一个方向。这种情绪上的推拉是一个重要的行为指标，让他做了某件事情，接着又对自己的行为提出质疑。在这一点上，他完全不同于那些纯粹的捕食者，那些人既不质疑自己的动机，也不质疑犯罪的方式。

我们可以从科赫普进入墨西哥华雷斯杀死毒贩这个事例中看到这一点。有一段时间，那种到墨西哥杀死毒贩的想法在他看来是有道理的，但几次这样的旅行之后，他开始意识到这种行动是愚蠢的、近乎疯狂的。

从犯罪的逻辑性和计划性崩溃的角度来看，科赫普的记录中最让我感兴趣的是绑架米根·麦克劳克西和卡拉·布朗这两件事情。回想起来，他可能觉得射杀约翰尼·科克西是正当的，而把查理·卡弗给枪杀则是一种过度反应。但事实仍然是，在每一个案件中，他都是冷血而冲动地杀死了一个人，并留下了一个可以把他扳倒的目击证人。

"我是在布莱克斯托克路和里德维尔路拐角处的 26 号州际公路的一座桥上遇到米根的，"他对玛丽亚说，"一个出来讨生活的可爱女孩。我给她提供了一份打扫房间的工作，我真的以为我能通过帮她而得到一些性生活。我直到用枪把约翰尼打死的那天上午才第一次见到他，但她告诉我说他是她的男朋友，而不是丈夫。"

他有着一种奇怪的道德感，这让他不想杀米根，后来也不想杀卡拉，而把她们杀了是消灭证人的最有效方法。但是怎么处理她们呢？

他可以扣留米根一段时间，但后来意识到必须做点什么。除了杀她，有没有办法让她走开，这样她就不会指证他？在与她进行了大量交谈并尽可能多地了解她之后，科赫普想出了一个计划。而这个计划，几乎和约翰·辛克利的计划一样牵强。

"康尼克斯集装箱不是用作关押人的笼子。"科赫普对审问人员这样说道。但当约翰尼·科克西拔刀要来抢劫他时，他说："我就开枪打死了他。"然后，"我不知道该怎么处置她。我不想让她待在我的康尼克斯集装箱里面，因为里面有我的东西，我不知道该怎么处理那些东西。把她和我的枪放在一起可不是什么好主意。第一次，我对于到底该把她怎么办有点后怕起来——把她关在那里，还是放了她？我到底该怎么办？"

我想，这番翻来覆去的话表明了他对失去控制力有多么不安。

我确实相信他不想杀米根，但他面临着一个无法解决的问题。把约翰尼杀死"真的让我很困扰，因为这简直太扯淡了。呃，见鬼，我在给他们钱，他们为什么要来抢劫我"？

他说，经过一番努力，他让她平静下来，给她戴上手铐，然后把她扔在康尼克斯集装箱的地板上。在挖了一个洞把约翰尼埋了之后，他回到集装箱里，给米根带来了吃的。

"她想抢劫你，你还给她带吃的？"一个侦探这样问道。

"好吧，你打算怎么处置她？"托德答道，"我不想开枪打死她。"

他接着解释说："她开始跟我说话。一开始她有毒品问题，然后她的话变得越来越奇怪，她不停地说着，不停地对我说她有狂躁症……说自己狂躁，又说什么双极锂离子这些东西；我不知道那到底是什么。主啊，她一会儿兴奋，一会儿低落，兴奋，低落，兴奋，低落。"

这种情况持续了"五六"天，这段时间，米根被证明是一个不可靠的囚犯。科赫普报告说他给她买了香烟，她则试图把关押她的金属集装箱给烧了。"我近来经常发现她在烧集装箱。她坐在十万发子弹旁边。上帝啊，请不要再烧了！"

但在这期间，他想出了一个计划。考虑到米根有所谓的吸毒问题，以及他所说的她在法律上的麻烦（"我猜你们曾经因为冰毒或其他毒品逮捕过她。"他对警探们这样说道），再加上他想让她消失，于是，他给她提了一个建议。

"（我）把她带到房子的后面，让她在那里坐了一会儿，让她冷静下来。'请冷静下来！'并给她买了些食物。我基本上是这么对她说的，如果她能冷静下来……'你不认识我。你不太了解我。你什么都没有。'上次我从网上查的时候，她已经被通缉了。呃，'我给你四千美元。我开车送你去田纳西州，把你扔到什么地方去。如果你还有常识，你就向左走，我则向右走'。

"我告诉她，我会给她四千美元，然后基本上会把她扔在田纳西州。'走吧，请走吧，不要回来'……这看起来很简单……所以这似乎是一个简单的解决方案。她不知道我的名字，不知道我的地址，也不知道我住在哪里。"

我们在加勒特·特拉普内尔于 1972 年劫持环球航空公司航班这个事例中看到了类似的两重性。劫持航班是一种几乎无法逃脱的罪行，特别是当他说出要求尼克松总统赦免他的时候，因为这种期望是完全不合理的。然而，"释放安吉拉·戴维斯"这种要求则是为了讨好自己未来的狱友，这一点则显示他是高度成熟而有条理的。

那么，是什么改变了科赫普的"简单的解决方案"？在这一点上，他说了两个并不完全一致的故事，这并不奇怪，因为他后来采取的行动基本上是自己即兴而为的。我认为这也证明了他脑子里发生了不同逻辑之间的撕扯。在拘留中心接受审讯时，他告诉侦探们说：

> 天气糟透了，正下着雨夹雪，就在圣诞节前夕，伙计。天下着雨夹雪，下着雨，天气变得一团糟，我还得想办法摆脱我的女朋友阿什利。我必须先停下工作，把这个人弄到田纳西州去，然后再回家。那不是……那不仅仅是几个小时的旅行。我会把她给扔下，但不会就扔在州边界那里。我们要往北去纳什维尔。我要她离我远点。我要她忘记南卡罗来纳州在哪里。……"如果你还有常识，你应该继续走下去，去某个餐厅找份工作，做个服务员什么的，把你自己收拾得利索了，不要再回来。他们会监视你一

年，而我就在这里，所以不要回来了。"她本打算接受的。她很开心，她开心得要命，大概有两天的样子。我就是受不了这种天气。

但过了一会儿，他还告诉侦探们，米根又放了一次火，所以他还是决定杀了她：

> 当我走进楼里时，我是说，我窒息了。我说，"该死！"我去把她救出来，然后突然，我好像有了她是一只被关在笼子里的动物的感觉。哦，天哪，我不知道到底是什么鬼东西，她从之前说"我在这个世界上太幸福了，我要带着钱去田纳西州，我要重新开始我的生活，谢谢你，谢谢你"的开心样子，一下子变成了一个狂躁的疯子。
>
> 那时我想把她带到楼外面去。我受够了。我来到了外面，想让她冷静下来，想该拿她怎么办，怎么办，怎么办。我不知道。嗯，我又回去了，回到了楼里，嗯，她快疯了，就像……并不是说她一时对眼下的情况变得情绪化起来。这，这已经是好几天了。不仅仅是因为这个。就好像有严重的身体失衡似的。她走了出去。我也跟上了，我带她出去。我带她出去，我朝她后脑勺开了一枪。

这两种解释都可能是科赫普决定杀死米根·麦克劳克西的原因。但是，对他讲述她的那部分内容的心理语言学分析——不停地说脏话、重复使用单词和短语、不断说他不知道下一步该做什么——都直接指向了这样一个现实：知道自己永远无法控制局面，而且知道她以自己的方式利用了他，这才是最终导致他突然又把她也给杀了的原因。

这就是托德·科赫普的行为模式。他并不是因为米根试图抢劫他而惩罚她；他已经通过枪杀约翰尼亮明了自己的观点了。他是因为她把他置于一个不稳当的位置上，而他不知道自己是否还可以通过其他方式进行应对。有条理的行为和无条理的行为通常都是在这种时候掺杂在一起出现的。

每次他杀人，都是因为他觉得自己被置于了那样一种境地，不管是在亨特俱乐部公寓停车场试图抢劫他的那两个人，还是超级摩托车商店在他看来取笑了他的店员，还是约翰尼和米根·麦克劳克西，都是如此。毫无疑问，如果卡拉·布朗没有获救，等待着她的也会是同样的命运。他知道这是错误的，但他大脑中有逻辑的那部分却看不到任何其他"明智"的出路。

我认为像科赫普这样聪明和善于分析的人会意识到，他在田纳西州放下米根的计划远非万无一失。如果像他所说的那样，执法部门正在寻找她并会最终找到她，她会利用自己所掌握的任何信息来换取执法部门对她的宽大处理。而即使实际情况并不是执法部门在找米根，大多数暴力犯罪分子都明白的是，确保秘密始终是秘密的唯一方法是，只有自己知道这个秘密。

因为归根结底，如果科赫普考虑过如何对付卡拉，他就会面临像如何处理米根这样一个让人觉得难以解决的问题：现在怎么办？他在评估调查表上的回答非常清楚地表明了这一点。在回答"犯罪之后是怎么想的"这个问题时，他回答说，"关押米根是个巨大的错误，我为什么要关押卡拉？放了她，清理现场，清除证据。"

我们在科赫普身上看到了一个好坏参半的表现——他枪杀了查理，很快就处理了尸体和汽车，却不知道该怎么处理卡拉——这对于一个已经在犯罪上变得老练，但其重心依旧是他的生意和日常生活的人来说，一点也不奇怪。他这种人和丹尼斯·雷德不同，犯罪行为是丹尼斯·雷德整个人之所以存在的核心。雷德生活的主要动机是通过杀人获得不正当的性满足。科赫普的罪行与无法抑制的愤怒和报复心有关。

比较一下科赫普在这种情况下的反应和雷德的反应。雷德从他所谓的"项目"中获得了极大的乐趣和满足感。他可以支配他的受害者并决定她们的命运。他有一种神秘主义的邪思,通过杀死她们,他将在来世占有她们,她们将是他的性奴隶。雷德最大的遗憾是,他不能花更多的时间与受害者一起实现他的虐待狂幻想。

相反,当科赫普不得不长期与卡拉打交道时,他变得束手无策了。他的叙述和卡拉的完全不同。她描述了几个星期的恐惧和忐忑不安,在这期间她每天都在担心自己的生命安危;而在他的叙述中卡拉则是一个穷困潦倒、要求苛刻的囚犯,一刻不会让他清闲。但他填写的评估调查表中清楚地表明,他不是加里·海德尼克,后者是为了获得性满足和自己做国王的幻想而囚禁女性的。与海德尼克和丹尼斯·雷德不同的是,这两个人对女性施虐的罪行是他们生命的重心所在,而托德·科赫普则专注于房地产业务。在海德尼克的案例中,囚禁行为是有条理的;而在科赫普那里,则是无条理的。是的,他喜欢性和色情,但他有更容易和更不费力的方式来满足自己。这是一个让自己陷入不知道如何摆脱困境的人,正如他在调查表中清楚地说明的那样:

> 她一开始就用这种胡说八道的东西来利用我,想要电视、书,然后是蓝色染发剂和振动器,不停地吃药,变得无聊,想要性,想让我来陪她玩乐,用性来交换她想要的东西。看电视,抱怨没有毒品,抱怨为什么我不给她更多的关注。除了偶尔提到查理或其他什么人,一切都只有她自己。她还要我绑架一个女朋友,让她当个宠物养着,但我拒绝了。有个俘虏一点也不好玩。

请把这段自白和他对侦探们说的那番他是如何完成"超级摩托车

谋杀案"的话比较一下。虽然他承认自己在那次谋杀案中的所作所为是错误的，但他对自己行动的条理性和效率感到很是自豪。当他违背某个女性的意愿拘禁了她的时候，他的脑子则完全乱了，一点都没有从自己以前的经历中学到什么。

他对犯罪世界中的海德尼克和雷德进行了一种含蓄的反驳，他写道："我真希望我能找到一个更好的方法来处置米根，但是有一个俘虏是非常有压力的，我不知道怎么会有人能够应付得了因之而来的噩梦及随之而来的情绪上的混乱。"

第二十六章　天性和养育

托德·科赫普的生活经历和他回答问题的方式，与评估调查表的结构很契合：背景信息、慢性行为模式、家庭结构与环境、犯罪史、青少年记录、受害人史、行为主观评价。

尽管和约瑟夫·麦高文一样，科赫普也曾与父母发生过重大问题，但科赫普并没有在一时的愤怒中对一个无辜的孩子发作。约瑟夫·康德罗和科赫普都是易怒的人，但科赫普并没有肆意强奸和杀害身边的人。尽管和唐纳德·哈维一样，科赫普更喜欢完全控制自己的环境，但他并不因为自己可以随意杀死人就轻易行动。

科赫普是另一类人。他这不仅仅是所处环境的产物，而且是一个可能会有不同结局的人。用我的那种"这就是你的生活"的视角来看，我是这么认为的。这一章中引用的话是从审讯记录、他与玛丽亚的交流，以及评估调查表中摘取的。所有这些，正如我们所指出的，相互之间都是非常一致的。除了吹嘘自己精通枪械外，他没有一句话是自我美化的，他也没有试图把责任推到别人身上。科赫普是个值得让人相信的杀手。

托德不到两岁的时候父母就离婚了。事实上，他说："我出生的那天晚上，爸爸在约会。（他的父亲否认了这一点。）他一生都在追逐女人，追求成功的梦想，非常有侵略性和暴力性，也极为刻薄。"他的妈妈，人称"雷吉"的雷吉娜，第二年嫁给了卡尔·科赫普。

托德说，他和两个同母异父兄弟姐妹相处得很好，米歇尔比他大一岁，迈克尔比他小一岁。"由于卡尔的工作原因我们搬到了圣路易斯，"他对玛丽亚说，"当我们在学校的时候，那两个孩子被他们的妈妈'绑架'了。他们的妈妈走了过来，打电话给学校，说她是孩子的姑妈；说他们的母亲被杀了，也就是说我母亲被杀了。她是姑妈，但她只来接那两个孩子，而不是我。但学校甚至都懒得去质疑这种说法。"托德当时七岁。

"她把他们带走了，"他写道，"把我留了下来，并告诉校方说我母亲已经死了，但她只想要那两个孩子，然后就开车回佐治亚州去了。几个小时后我被接走了。没人知道另外两个孩子在哪里。当大家终于回过神来时，才意识到是孩子的妈妈把两个孩子带走了。卡尔不想让她受到起诉，于是他直接放弃了两个孩子的监护权，但这完全改变了家庭的气氛，因为从那时起，卡尔的态度就很不友好了，在任何一个日子里都那样。"

米歇尔和迈克尔走后，"我在房间里消磨时光。没人想和我说话。没人会告诉我任何事"。

一份关于他在十五岁时因强奸被捕的缓刑报告说，"他从幼儿园起就对他人特别凶，总在破坏财物。他九岁的时候因为对其他孩子有攻击性而在佐治亚州心理健康研究所待过。"

科赫普对他青春期前的行为并不否认。"我总是到学校辅导员那里去，在学校遇到了很多问题。我经常乱来。随着不断地从一所学校转到另一所学校，我从来没有真正的朋友。然后，因为一直都是新来的孩子，我总是会与欺凌者发生冲突。我会受到虐待，然后一切就郁积起来了，再之后我就会采取行动。通常，当我表现出来的时候，会伤害好几个人。我通常把它发挥到极致：他们再也不会那样做了！但正因为如此，我总是得到学校辅导员那里去。"那些辅导员为他做了什么？在精神卫生机构的矫正是否有成效，是否有后续治疗？没有看到那方面的证据。

当被问及最快乐的时光时，他回答说："在佐治亚州外祖父母的农场和动物玩耍是我最快乐的时光。我喜欢动物，外祖父母我不喜欢。五岁的时候，外祖父认为用牛鞭打我很有趣，但那不是一次有趣的经历。七岁的时候，他阉割了猪，并威胁说我是下一个。八岁到九岁的时候，我被拖到树边并被绑在树上打了一顿。我很惊讶我没有杀他。他没有朋友，以伤害和控制他人为乐。他对女儿（我妈妈）也一样。"

他说有一段时间他在母亲家和外祖父母家之间来回穿梭。"那是一种很奇怪的情况。他们从没想过要孩子。他们明确表示他们不想生孩子。他们不停地提醒我母亲，说她是意外出生的。当然，对他们来说，算下来我也是意外出生的。"

他所描述的生活是凄凉的。"偶尔，妈妈会带我一段时间。然后她会带我回去（我的外祖父母那里）。当我住在那里的时候，如果成绩不好，或者做了他不喜欢的事，比如没有像他喜欢的那样在早上五点起床打扫鸡舍——不管是什么事情，我都会被叫醒，被他扯着头发拖到后面绑在树上，然后挨一顿打。通常是用一条大皮带。有一次他没用大皮带，真的用了马鞭。"

因为我一直在做这方面的工作，必须学会把我研究过的杀手生活的各个方面给区隔开来。我的意思是，我熟悉他们犯罪的每一个细节，厌恶他们的所作所为。同时，我可能会对他们年轻时的经历感到极大的同情和悲伤，这些经历诱发了他们成年后的行为。任何孩子都不应该遭遇埃德·肯珀和托德·科赫普所得到的那种对待。很容易看出，科赫普是在一个没有爱和温情的家庭环境下长大的，而且他的继兄妹是突然从他的生活中被夺走的，他自己则遭到了公开的无视，这将导致他无法与另一个人建立信任关系。

当妈妈雷吉离开卡尔时，托德说她一直在找男人。"我猜她认为，如果没有儿子拖累的话，她本可以更快找到男人。"

托德十二岁的时候，他已经受够了与母亲和外祖父母的生活，并宣布想去亚利桑那州和生父比尔·桑普塞尔一起生活。他已经八年没见过父亲了，几乎不认识了。大约在那个时候，雷吉给他买了新的卧室家具，她认为这会使他喜欢。但相反，他很快用锤子把它给砸了。他说他认为那东西太"女孩子气"。

"有点过分，"他向玛丽亚承认，"但我那时才十二岁。我在这个时候表现很糟糕。我没有朋友，我想远离家人——在当时似乎是个好主意。妈妈对我很失望，对我不接受任何与她约会的人很是沮丧。"

最后她同意把他送到桑普塞尔那里去。

"所以我从保守的南方来到了亚利桑那的坦佩，那里很热、很狂野，到处都是女大学生。爸爸开了一家餐馆——以'托尼·罗马'排骨闻名的'比利'餐厅。他很忙，几乎没有人监督我。他和所有人打架，拼命追求每一个女人，而我在他身边的那一小段时间中看到的并不是我所期望的。人类会像电灯开关一样突然从零走向暴力。我不再那么害羞了，暴力程度也加剧了。"

正如比尔·桑普塞尔向玛丽亚所叙述的那样，雷吉"只是把儿子送到那里，并且是在她已经把儿子送上飞机之后才告诉他的"。

托德迷上了父亲的武器，听了他在特种部队服役的故事，但其实那不是真的。

不出所料，托德和比尔对在亚利桑那州共同生活的那段回忆完全不同。"我想我们曾经，我们处在一种，你知道的，相当不错的平衡中。我认为没有任何问题。"桑普塞尔对玛丽亚说。

然后托德强奸了邻家女孩。科赫普成长为杀手的一个关键就是他在十五岁时犯下的这起强奸案。关于诱发犯罪的压力源，他在调查表中提到：

爸爸那时已经离开亚利桑那州一个星期了，那天晚上应该就要回来了。我知道他回来后，我会遭到他一顿毒打，因为我把酒柜弄得乱七八糟。我在那里倒数着他要回来的时间。我很沮丧，很沮丧，真的只想和（那个女孩）谈谈，说服她我是最适合她的人，然后我把事情搞砸了。我不知道为什么会变成那样，但确实就变成那样了。我希望有人想要我。

我想说的是，如果不是这件事，科赫普的生活会完全不同。我不是说他的所作所为值得原谅，毫无疑问我不是那样的。在看我所研究的其他罪犯，包括我在本书中提及的其他三个罪犯的时候，我发现他们最终变成那样在一定程度上是不可避免的，即便是第一次犯罪就被发现了的麦高文也不例外。但请让我们来看一下科赫普在调查表上对自己的犯罪生涯的回答，来看看是否有什么东西可以支持我的观点。

首先，就是否有任何东西可以阻止他犯罪这个问题，他回答说：

邻居、老师、学校辅导员和我爸爸餐厅的员工都知道发生了什么事，我在应对什么情况，我遇到了麻烦，我很快就成了（一个问题）。这些都不是关着门发生的。有人可以随时停下来，对我关注一下，给我帮个忙。相反，他们把问题扔给了下一个人。那时我是可以被矫正的。

对于一个被定罪的重罪犯来说，这种话并不罕见。但在科赫普的个案中，我认为这番话有着特别的意义，因为他向三种不同的对象作出回答的时候，都是非常坦率和直截了当的，我相信他并没有试图逃避对任何罪行的责任。他只是有足够的洞察力来认识到他生命中的转折点在哪里，而这些转折点本来是可以对他产生影响的。

为了证明他在那次强奸案后是多么地迷茫和不知所措，那个邻家女孩说，他考虑过杀死她，以阻止她把事情给说出来，这和他后来杀了米根·麦克劳克西是一样的。他写道："我基本上是礼貌的，向她道歉，但我确实威胁了她的家人。"再一次，我们看到了一个混合的行为表现。他知道自己做错了什么，几乎立刻为自己的作为感到悔恨。同时，他也不想面对自己行为的后果。

在回答一个关于他在那次犯罪后的行为表现的问题时，他写道："我很震惊，不知道刚才发生了什么，也不知道会发生什么。我放了她，我的狗溜出去了，她帮我把狗给找回来了，然后警察就来了。她走到警察那边去，我则回家了。

"当警察把车停下并发现她时，"他回忆说，"我就离开了，回到了家里，直到住在我们家隔壁的隔壁的邻居泰勒太太来跟我说话，我才放下枪出来。我迫不及待等着警察来抓我，我不想靠近爸爸。我大部分时间都感到心力交瘁和害怕，接着就开始感到悔恨了。我只想离开那所房子，远离所有的家人。我害怕爸爸，为我所做的事感到尴尬，我麻木了，不知道该做什么，到底要去哪里。"

他甚至不愿承认自己实施了性犯罪。尽管女孩已经报案了，他还是继续坚持关于狗丢了然后一起去找狗的说法。在回答有关犯罪后的想法时，科赫普写道："我当时觉得很尴尬，并不惜一切代价回避这个话题。"至于他是否试图"避免被执法部门发现"，他回答说："根本就没有尝试过。我很感激警官把我从房子里带走了。我不知道我会被判十五年，我以为我会去少年犯监管所，到了年满十八岁之后再去接受心理辅导。"

我总是同情受害者，而不是罪犯。同时，应当指出的是，在受害人是青少年的性侵犯案件中，除了攻击的暴力程度外，量刑的一个考虑因素是行凶者相对于受害人的年龄以及他们是否相互认识。如果年龄相近，往往会宽大处理，可能会给罪犯第二次机会，并试图确定犯罪是属于那种捕食性的恶行，还是只是犯下了一个孤立的罪行；如果是后者的话，那么通过适当的关注，罪犯是可以改过自新的。我不认为在科赫普当时的情况下，给他改过自新的机会是不恰当的。

相反，科赫普是被当作成年人审判的。马里科帕县高级法院少年法庭法官 C. 金伯尔·罗斯在将案件移交给成人法庭时写道："在他十五年的生命中，有大约六年的干预，都彻底失败了。"

辩诉交易的结果是，强奸指控被撤销了，但他被判入狱十五年，这和他当时的年纪一样长。这让他的余生都被贴上了性侵犯者的标签。一旦犯下了这一罪行，他的整个人生都将带着这个无法抹去的污点。这真是一个让人觉得难受的事情，真是一种损失——至少七条生命因此都损失了，其他的一些东西还不包括在内——而如果托德·科赫普得到了妥善的安排，最终的结局可能就不是这样了。

在某些方面，有一种政治上流行的普遍观点认为"强奸就是强奸"，每一次性侵犯都是一样的。尽管每一次性侵犯毫无疑问都是可怕的，但它们并不都是一样的，犯下这些罪行的男人各不相同。

我们在联邦调查局的研究中，将强奸犯的几种基本类型和强奸罪分为五十多个小类别。在最新版的《犯罪分类手册》中，为了调查人员的方便，我们将强奸犯分成了十几类，但就我们在本书中的目的而言，有四种类型涵盖了大多数强奸犯罪：力量验证型强奸犯、剥削型强奸犯、愤怒型强奸犯以及虐待型强奸犯。

对于愤怒型强奸犯（往往也被称为愤怒报复型强奸犯），他们的犯罪行为是一种特定的或不特定的愤怒情绪的发泄；虐待型强奸犯则通过让他人受苦而让自己获得满足，这类人几乎没有康复的现实希望；剥削型强奸犯是一种比较冲动的罪犯，他会在有机会的时候犯案，而不是对他想要犯下的罪行事先计划好，并在那里幻想。他之所以犯下强奸罪往往是因为他正在实施另一种犯罪，例如入室盗窃。如果这种罪犯在犯罪生涯中尽早被抓获的话，有些人是可以被矫正的。

力量验证型强奸犯，顾名思义，往往是那种性能力不行但却要试图证明自己的罪犯。这类人可能是孤独的，甚至幻想他的受害者很享受这种经历，可能被他吸引了。通过约会女孩犯下强奸罪的强奸犯中有很大一部分属于力量验证型，其余的则是剥削型。力量验证型强奸犯的一个关键特征是，他的自尊心匮乏，如果能尽早给他治疗，他的行为是可以改变的。

但托德·科赫普没有得到治疗。他的那次强奸绝对是一种力量验证的行为。他没有被安排治疗，也没有被送到矫正机构去。本来矫正机构是可以努力去改变因他的天性和所处的那种缺乏爱和温情的家庭环境而引起的大量敌对行为和反社会人格的。相反，他被送到了成人监狱。监狱记录显示，在二十岁左右开始安定下来之前，他在监狱的头几年都一直有破坏行为，有时甚至是暴力行为。

他声称从未受到过其他年长囚犯的性侵犯或性骚扰，但这是我不确定是否应该相信他的少数几个地方之一。我怀疑这样的情况必定发生了，至少在一开始时会发生，而这会加深他对他人的不信任和愤怒。

我的关注点是理解人们为什么会犯下暴力性和捕食性的罪行，这么做不是为了帮助他们成为更好、更守法的公民，而是为了帮助人们更快地抓住并起诉他们，再把他们给关押起来。当他们进入我的轨道时，通常已经无可救药了。科赫普就是这样的，但他不一定非得这样。从本质上讲，他是一个麻烦缠身的男孩，犯了第一次也是唯一一次严重的罪行，直到三十岁之前一直都被关在一个缺乏爱、关心和信任的监狱里，而在那里他面临的是各种类型的冥顽不灵的罪犯。他的自然成长基本上被冻结了，而这段时期和他此前已经走过的人生一样长。在那三十年的时间里，他无法作为一个个体成长起来；相反，他一直处在挣扎着活下去的状态。

任何认识我的人都知道我在法律和秩序问题上一点也不手软，但我坚信托德·科赫普的案子从一开始就处理不当。他有一些成长为罪犯的天性，但正是他的家庭和执法机构的养育——或者更确切地说，是缺乏养育——才让他陷入这样的命运。

玛丽亚访谈了科赫普十五岁那年那起强奸案的辩护律师阿兰·比卡特，后者表示他对如何进行辩护很是苦恼。托德"太聪明"了，争取把他送到精神病院去是不可能的；他的罪行又太严重了，是不可能让他在少年法庭接受审判的；而成人监狱，剩下的唯一一个现实的选择，只会让他变得更糟。比卡特哀叹说，这个体系没有什么好的选择了。

出狱时他也没有得到任何指导。"释放一个入狱十五年的犯人，他十五岁就进了监狱，没有假释，没有监督，没有治疗。如果他面临问题时也没有什么人可以去谈谈，这是一个巨大的错误。他的态度和行为方式都是监狱环境塑造的。"

2001年8月获释后，他回到了母亲居住的南卡罗来纳州，因为他不知道还能去哪里。请记住，这是一个三十岁的人，他没有在成人世界独自生活的经验，也从未做过成年人的工作。他没有约会经验，这也解释了为什么他经常光顾脱衣舞俱乐部并去找妓女作乐。他找到了一份工作，开始独立生活，并以此为生。他突然不得不自学一套全新的生存技能。

尽管他继续频繁光顾妓女和脱衣舞俱乐部，并依赖色情网站，但他最终发展出了与女性建立"正常"关系的社交技能。他与两个被他归为女友和情妇的女人有过长期的关系，但从未试图娶她们中的任何一个。我相信这是因为他意识到他母亲与男人的关系是多么糟糕，同时他的成长岁月是在监狱里度过的，他没法对婚姻有信心。

尽管如此，他决心扭转自己的生活。评估调查表要求被调查对象对他的罪行"在什么方面显著改变了他"作出回答。在提到从监狱获释并搬到南卡罗来纳州的情况时，他写道：

现在，既然我在做决定时已经没有来自家庭的影响了，我认真地审视了自己，想努力成为一个更好的人：不再犯罪，不会偷窃或卷入任何可疑的事情。确保女性在我身边不会感到恐惧，尊重"不"这个词，不会让自己陷入困境，以自己希望别人对待自己的方式来对待他人。我的信心增强了。上课的时候我一直都是A，而我以前总是得C。遵从非常严格的职业道德。这不是我瞎编的。我成了你愿意让你女儿约会或者住在隔壁的那种人。被释放后，我就成了一个完美的雇员。我去教堂，尊重执法人员，遵纪守法，受到人们的喜爱。生活很是美好。

在青少年成长的关键时刻，几乎和长期监禁一样具有破坏性的事实是，他是一个登记在案的性侵犯者。我不是说这不合适，他确实是个性侵犯者。作为一个在整个执法生涯中一直在应对性犯罪的人，我赞成性犯罪登记制度。但这进一步加剧了这种罪犯在改过自新上的困难，反过来又引起了他们更多的愤怒，使他们觉得自己必须曲解规则并把自己给掩盖起来才能完成人生中要完成的事情。

无论他如何努力提高自己，除非通过谎言和诡计，否则都无法摆脱性侵犯者的标签。即使是通过谎言和诡计也变得特别困难，因为当他从监狱里出来的时候已经有了互联网，他的名字已经出现在了登记性侵犯者的网站上。但与刑事司法中的其他任何事情一样，此类网站可能会被别有用心的人滥用。这就是发生在科赫普身上的事。

"我收到了很多仇恨邮件和电话，"科赫普告诉玛丽亚，"我经常受到骚扰。我是说，这种情况持续了一段时间，然后就消失了……房地产经纪人给我的客户打电话说这种事情。还曾经有一个房地产经纪人给我所有的客户发了八十八封信，上面附上了一个网页的副本，告诉他们我的名字也在上面，所以他们都应该聘请她做房地产经纪人才对。虽然没人告诉我那个房地产经纪到底是谁，但他们肯定会用她。

我的意思是，我经常遭到这样的对待。这就是我把公司改名为 TKA 的原因。最初，我公司的名字是托德·科赫普合伙企业。我想把我的名字从公司名字中隐去。"

"因为登记性侵犯者的网站而受到骚扰时，我打电话报警，警方则对我说是我自己让自己的名字出现在那个名单上的，因此只能面对它了。我去教堂，但那里的人总是让我去别的教堂。"他在调查表中这样写道。

从这一刻起，尽管他在商业上取得了成功，表面上享受到了成功的果实，而且客户和同事也给予了他很高的评价，但在填写评估调查表并回顾自己的生活时，他意识到自己已经陷入了恶性循环。无论他原来出了什么问题，都无法摆脱了。他对这一时期的评估，与他对出狱后那段时间的评估形成鲜明对比。关于"超级摩托车谋杀案"发生后的那段时间，他写道：

> 我当时心里很迷茫，又上了大学，有几个女朋友，工作这些事都在慢慢地向前推进。但与此同时，我却在做着破坏一切的事情。家里一团糟，和教堂断绝了关系，执着于要取得好成绩但和另一个州的武器贩子混在了一起……我开始变得咄咄逼人起来，过度谨慎，对人群和盲区、停车场感到害怕，随时都带着武器，并不断学习新的技能。我不再去建立什么关系了，而是专注于得到我想要的，别人是可以替代的。我的一些恋情持续了八至十一年，都是同时发生的，她们相互之间都知道对方的存在，她们不喜欢，但还是接受了。我没有把这种情况给藏起来，但也小心翼翼地没有向她们挑明。我更关注这个世界坏的方面，而不是好的方面。

如果你能让大多数连环杀手和捕食者说实话，他们会承认自己永远不会停止杀戮。科赫普也承认了这一点，但这对他来说并没有快乐或满足感，只是一种令他心神俱疲的必然性。他在调查表中提到，在杀死卡弗并拘禁布朗之后：

> 我被生活弄得筋疲力尽，工作疲惫不堪，却没有得到真正的关心。我避开了女朋友、朋友、员工，基本上成了隐士。我从帮助每个人解决他们所有的问题，转变成告诉他们自己去解决问题。"我没时间做这个。"我不喜欢卡拉，但不想再杀一个女人，对此很是痛苦。我对朋友说我在监狱里更快乐。我知道如何掩饰、干扰电话配对和区域追踪，我只是刻意不去那么做而已。不是我自大，但他们确实没有抓住我，是我抓住了我……那个（性侵犯者）网站给我带来了很大的压力，在这种情况之下，面对那些想偷我东西的人的时候，我相信最终都会变成这样。

他对评估调查表上其他问题的答复进一步证明了这一点。调查表中的最后一个问题是，"回顾每一次犯罪行为，是否认为都比以前的更加暴力或更具攻击性？"

在就青少年时期的那起强奸案作出回应时，科赫普回答说："不。我又往后退缩了，又变得害羞了。"但对于"超级摩托车谋杀案"，他写道："是的。我刻意去寻找冲突，杀人工具是我工具箱里唯一的工具。"在谈到最后一次杀人行为的时候："是的。在杀死查理之后，当我拘禁卡拉时，我在心里为下一次冲突做着准备。"

缺乏父母的关爱，这导致了他的自卑，有自恋人格障碍。他没有兄弟姐妹可以依靠，也没有机会与他人发展出正常的青少年关系。因此，每当认为有人在利用他时，他就不得不对他们发动攻击。

无论科赫普取得了什么样的成就，似乎都没有给他的父母留下什么深刻的印象，也没有赢得他们的任何尊重，虽然雷吉后来对审问人员不是这么说的。就像大卫·伯克维茨一样，他开始觉得自己是不被需要的。与伯克维茨一样，他的大部分暴力行为都是由于愤怒而产生的。

当他在被捕后给母亲打电话时，雷吉问的一个最为直截了当的问题，也揭示了她在科赫普成长经历中所起的作用。她问的是："如果你爱我，你怎么能做这些事情？"

"我搞砸了，"他回答说，"对不起。"

"好吧。"雷吉回答。

"我爱你。"他说。

"好吧。"是她唯一说的词。

在 CBS 电视节目《48 小时》中，她与记者大卫·贝格纳德交谈时指出，"第一次和第二次犯罪之间隔了很长时间。我知道这对受害者家人没什么意义，我很抱歉，但他不是连环杀手。"

后来她试图对儿子的杀人罪行作出解释。她说："他们让他很难堪。你知道吗，任何人，我不在乎这个人是谁，不管这个人有没有脾气，都不想感到难堪。但那真的很难摆脱。"一位母亲试图以这种方式去理解她儿子作为杀人犯的生活，这真是既令人心酸又可悲，而且我怀疑她正在拼命地考虑自己是否在这其中扮演了什么角色。

在斯帕坦堡县拘留中心的第一次审讯中，科赫普说："我已经好几年没和妈妈在一起了。我曾试过。我们已经分崩离析了。"

之后不久的 2017 年 4 月 23 日，她去世了。

"我想念我的狗，"他写信给玛丽亚说，"我真的不想念我的妈妈。"狗提供无条件和无偏见的爱，而妈妈不总是这样。

不过最终，科赫普意识到没有其他人——无论是雷吉、比尔·桑普塞尔、卡尔·科赫普，还是超级摩托车受害者——应该对他的所作所为负责。

在我遇到的所有连环杀手中，科赫普是一个对自己心灵作出最有洞察力、最简洁、最准确评价的杀手。

我有一个非常混乱、暴力的童年，家里人谁都不想要我，但也不希望别人拥有我。如果我做得比他们好，他们就会很讨厌我。他们不为我取得大学学位、获得飞行员执照或建立了公司而感到骄傲。他们有的只是一种施舍的态度和尖刻的批评。我从来没有和家人在一起的感觉。我努力证明自己可以成为一个有价值的人，以此来说明他们是错的，而且大部分时候我做到了。但是，一个糟糕的童年残存的影响，再加上长期的牢狱生活，让我无法远离暴力，无法接受别人的轻视。

但尽管如此，他明白，至少他愿意承认——这就远远超过了大多数暴力的捕食者——那些不幸的经历并没有让他失去自由意志。他最后说："我的罪行是我可以控制的事情。我扣在扳机上的手指，是我控制的。没有人强迫我做任何事情。"

结语

一个杀手的选择

1985年6月2日下午，三十九岁的莱昂纳德·莱克回到旧金山南部的一家五金店为他的朋友查尔斯·吴一天前从这里偷走的一把老虎钳付钱。现年二十四岁的吴和他一起住在卡拉维拉斯县威尔西维尔附近的湖边小屋里。是什么让莱克为这么小的事情良心发现，我无法确定，但事情并不顺利。

店员要求他出示身份证，莱克与他拿出来的驾驶执照上的照片不符，驾照上记载的持照人是罗宾·斯泰普利。起了疑心的店员立即报警了，警方已经接到这个商店就早前发生的行窃事件报的警，并在莱克逃脱之前赶到了。警察搜查他的汽车后备厢，发现了一把他的.22口径手枪带有违禁消音器，这足以让他被逮捕了。

车上的车牌是登记在莱克名下的，警方通过指纹最终确认了莱克的身份。但当警方查询车辆识别码时，发现车主是一个名叫保罗·科斯纳的人，他在11月失踪了。驾照上的罗宾·斯泰普利几周前也被家人报告说失踪了。在侦探的讯问下，莱克供出了吴某，说他是偷老虎钳的人，莱克只是想来补付钱而已。然后他要了一杯水。他吃了两片药，写了一张便条，说是给家人的。那些药片是莱克缝在衬衫领子上的氰化物片剂。四天后他就死了。

一般来说，没人会因为商店行窃的指控就自杀，甚至不会因为非法持有枪支、伪造驾照或偷盗汽车而自杀。警察知道肯定另有隐情。

事实的确如此。当侦探们搜查莱克在威尔西维尔的房屋时，他们发现小屋后面有一个临时地牢和一个埋葬地点，里面有燃烧过的粉碎骨头片，与至少十一具尸体相对应。后来证明，还有两具被掩埋的尸体是沙普利和朗尼·邦德，他们是莱克和吴的邻居。两个埋在地下的五加仑桶里装着大约二十五个人的身份证和个人物品，以及莱克过去两年的手写日记和两盘录像带，记录了他对两名分别叫布伦达·奥康纳和黛博拉·杜布斯的女性的性侵犯和虐待过程。与此同时，警方已经开始通缉逃跑的吴了。

这些录音带和莱克及吴的犯罪证据传到匡迪科，里面记录的事情是我多年来在刑事司法领域所见过的最为堕落、最令人作呕的罪行之一。只有劳伦斯·比特塔克和罗伊·诺里斯能与这种野蛮行为相提并论。这两个人是在监狱里相识的，被假释后他们决定一起绑架、强奸、折磨和杀害青春期的女孩，从十三岁到十九岁，每个年纪的女孩各一个。他们就这么戕害了五名女孩，但其中一人成功逃脱并报了警。他们不像莱克和吴那样老练，他们只是把强奸和折磨的过程给录下来了而已。比特塔克在被定罪近四十年后仍被关押于圣昆廷的死囚牢房中。是不是有什么地方不对劲？诺里斯则接受了一项辩诉交易，他同意作证指认比特塔克，以此换取终身监禁的刑期，还有可能获得假释。如果他的假释获得批准，那将是加利福尼亚州历史上最大的司法错误。这种错误已经够多了。

在联邦调查局学院拍摄《沉默的羔羊》的过程中，我为斯科特·格伦播放了一盘"强奸/折磨/谋杀"录像带，他在电影中扮演的是杰克·克劳福德，据说这个角色是以我为原型的。他是一个敏感、富有同情心的人，是两个女儿的父亲；他相信人是可以矫正的，人的本性是善良的。格伦听了录音后，我看到他眼里开始涌出泪水。接着，仍然处于震惊状态的他对我说："我没有想到还有人能做这样的事。"他说他再也不反对死刑了。

莱克自杀后大约一个月，查尔斯·吴在加拿大卡尔加里（他妹妹住在那里）因为从百货商店偷了一罐三文鱼并在拒捕时开枪打伤了一名保安的手而被捕了。他被判处四年半监禁，同时一直在抵抗将他引渡回美国的司法程序。他最终被送回加利福尼亚，并被指控犯有十二项一级谋杀罪。

通过一系列的法律手段和对关押他的监狱及对他案件作出裁决的法官不断提出投诉，以及前后更换了大约十名律师，吴得以将审判一直拖延到九十年代末。那时，我已经从联邦调查局退休了，他当时的律师通过电话联系了我。

他说他想请我为辩护人提供咨询，并开始向我提供背景资料，但我打断了他，说："我知道这个案子。"早在二十世纪八十年代末，一位到联邦调查局警察学院学习的加利福尼亚州警探就把这个案子讲给了我和我所在的部门听。律师接着解释了他对案件的看法和他打算提出辩护的方式：莱克是主犯，而年轻十五岁的吴，举止更温和一些，他基本上是受莱克的影响和胁迫而跟着他一起执行那些酷刑/谋杀的。

我说，据我的回忆，两人之间似乎不存在什么主从关系。

那个律师回答的大意是，如果我看到了所有的证据和支持材料，就会相信吴并不是自愿参与的。我告诉他我的每小时收费标准，并给了他一些常规的建议。我将以开放的心态对待材料，他可以使用或不使用我的结论，全看他自己。他同意了，并说加州将支付我的咨询费。

不到一个星期，我收到了一个盒子，里面有犯罪现场照片、调查报告，以及我用于评估和分析案件所需要的所有其他材料，包括一整套录像带。

我仔细看了莱克和吴的背景。

莱克六岁时父母就分居了，他和妹妹们搬去和祖母一起住。他早年就对色情有一定的沉迷；他喜欢给妹妹们拍裸照，并用金钱诱导她们与他一起进行各种性行为。他还喜欢看着老鼠在化学溶液中一步步溶解并死去。他因心理原因从海军陆战队复员，并在加州一个公社生活期间拍摄了一部虐待狂色情电影。吴出生在香港，父母都是富有的中国人。小时候，他经常惹上麻烦，并因此受到刻板的商人父亲的严惩。他被欧洲的几所寄宿学校开除，后来来到美国，也加入了海军陆战队，但在夏威夷因武器盗窃面临军事法庭的审判。成功躲过了被军事拘禁的命运之后，他在堪萨斯州的利文沃思堡服役了十八个月，之后又被开除。然后，他与莱克重新取得了联系——他是在三年前通过一本游戏杂志认识莱克的。

所有这些我都不感到意外。我原以为他们来自功能失调的家庭，而作为两人中年龄较大的一个，莱克很可能占主导地位。但我没有发现任何迹象表明吴是在莱克的控制之下的。事实上，在我重温的一段让人反胃的录像带上，吴告诉那些吓坏了的受害者，"你可以像其他人一样哭，但那也不会有任何好处。可以说，我们是相当冷酷无情的。"

翻看档案之后，我甚至开始相信，当莱克去五金店为被偷的老虎钳买单时——他们弄来这把老虎钳是为了更换被他和吴改造成刑具的那把坏掉的老虎钳——他实际上是对同伴的行为作出补救。他的同伴是个惯偷。他那么做是为了使整个事情悄无声息地过去，为的是不要让警察因为这件小事而盯上他们。

在花了大约二十个小时翻阅整个案卷之后，我想我最好打电话给吴的辩护律师，告诉他我看到的证据会把我导向什么样的结论。我告诉他，从我目前所看到的一切来看，他的客户是一个自愿的参与者，而且我没有看到已故莱克先生的胁迫甚至教唆迹象。当莱克拍摄虐待场景时，吴则用刀割开受害者的内衣，以此来折磨她们。

继续看下去，那个律师这样催促我。律师说如果我继续往下看更多的证据，就会开始明白他在说什么。虽然吴并不是天使，但他顶多就是一个不情愿的、听话的从犯而已。

我勉强同意继续看。但是，在又工作了大约十个小时后，我决定不再浪费我的时间和加州的钱了：在我看来，这是一个荒谬的、无法得到支持的主张。

我打电话给律师，向他说了一下我要报告的坏消息。我很清楚，他的委托人故意参与了这些虐待/谋杀，我所看到的一切都没有改变我的看法。那个律师不太高兴——我可以说他是彻头彻尾的生气了。因此我不得不提醒他，我一开始就告诉过他，给我的工作付钱，但不能用钱买我的意见——只有证据才能左右我的意见。

大约一年后，我得知被告方找到了愿意为吴作证的所谓的"专家"，我并不感到惊讶。在对吴的审判中，一位精神病医生作证说，他有一种依赖型人格障碍。审判地点被转移到南方的奥兰治县，以便避开负面的新闻报道。但在控方的盘问下，那个医生承认他没有看过我之前见到的那些录像带。一位心理学家看过这些录像带，但他认为，吴只是为了取悦莱克而完全模仿莱克才做出那些明显的虐待狂行为的。

吴还决定进入证人席为自己辩护，这使控方能够提出更多的证据，包括他绘制的他和莱克所施虐待的图画照片，他甚至把那些图片挂在了监狱牢房的墙上。

1999年2月11日，吴被控的十二项一级谋杀罪中有十一项罪名被判成立，陪审团在第十二项罪名上陷入了僵局。6月30日，法官约翰·瑞安接受了陪审团的死刑建议，他说："吴先生没有受到任何胁迫，也没有证据证明他处在莱昂纳德·莱克的控制之下。"截至本书撰写之时，吴仍在圣昆廷的死囚牢房里，离劳伦斯·比特塔克不远。

在联邦调查局开始我的研究时，我相信自己会发现几乎所有的暴力罪犯都是精神错乱的，因为我们当时正在分析的案例中，罪犯对受害者的暴力行为简直太极端了。我想，这种程度的"过度杀戮"是没有任何意义的。毕竟，当遇到像吴所犯下的那种令人发指的罪行时，我们首先要问自己的一个问题是，怎么会有人这样对待另一个人？这些行为是无法言说的，往往是头脑高度混乱的人才做得出来的。但是，我们越是深入研究这些罪犯的思想和个性，就越能将他们的行为与犯罪现场的证据联系起来，从而越能理解这种行为背后的心理因素。

正如这里描述的所有杀手一样，关于什么会导致他们那种可怕和非自然的行为，他们到底是天生的还是后天养成的罪犯，这种观点的碰撞将始终是这场争论的焦点。但我们的探索不能就此打住。这个争论的答案不可避免地越来越倾向于这样：后天的道德选择比天性发挥了更为重要的作用。这就带出了一个词：选择。

许多杀人犯认为他们的杀人行为根本不是他们自己的选择，对他们来说，杀戮是一种固定的、无法调和的行为。然而，在我多年的刑事调查中，没有什么能让我接受这个前提，只有那些最极端的精神病犯罪案例除外。

现实是，糟糕的个人背景并不是一个人杀人的借口：从来都不是，也永远不能是。我认为莱克和吴之所以这样行事有后天教养的因素（或者说有缺乏好的教养的因素），这种教养与他们固有的本性相结合，为他们的恶性犯罪铺平了道路。正如我们在约瑟夫·麦高文和托德·科赫普，以及埃德蒙·肯珀、大卫·伯克维茨和其他许多人身上看到的那样，杀手们会从外在因素的角度来解释他们的罪行。

在吴被判刑几年后，四十一岁的约翰·艾伦·穆罕默德和十七岁的李·博伊德·马尔沃因 2002 年在华盛顿特区、马里兰州和弗吉尼亚州的"环路狙击手"一案中杀死十人、重伤三人而被捕。约翰·穆罕默德拒绝在拘押期间坦白供述，马尔沃则畅所欲言。在费尔法克斯县警察局工作了二十六年的琼恩·博伊尔警官对他进行了讯问，她此前曾调查过琳达·富兰克林在家得宝停车场被狙击手射中头部致死的案件，当时琳达正和丈夫泰德一起把架子往车上搬。

每一个目睹审讯过程或听了审判录音的人都会注意到马尔沃看上去是多么轻松、多么漫不经心、多么不知悔恨。当博伊尔问他是否射杀了富兰克林女士时，他事实上做了肯定的回答。根据博伊尔随后在预审听证会上的证词，当她问他是否通过步枪瞄准镜看到了琳达被击中的地方时，马尔沃"笑着指了一下他的头"。

博伊尔说，马尔沃在描述华盛顿地区第二起案件，即园林设计师桑尼·布坎南遇害案时，似乎觉得很好玩的样子。让马尔沃感到如此有趣的是，在受害人被击中并从割草机上摔下来后，割草机在无人操作的情况下还继续在那里运转着。

斯坦顿·E. 萨门诺博士是华盛顿特区的一位临床和法医心理学家，长期以来一直是我们的英雄，检察官要求他参与对马尔沃的预审。萨门诺和已故的精神病医生塞缪尔·约切尔森共同撰写了《犯罪人格》，这是一部里程碑式的三卷本著作，是两人在华盛顿圣伊丽莎白精神医院对暴力罪犯进行的广泛研究所取得的成果结晶。

萨门诺仔细查看了马尔沃在牙买加的成长经历：父亲不关心他；母亲经常不在家，在家的时候对他进行频繁的体罚；他在与骗子约翰·穆罕默德勾结在一起之前遇到了很多麻烦。

马尔沃的辩方声称，当时他患有《精神障碍诊断和统计手册（第四版）》中所说的"分离性身份识别障碍①，其他"类的精神障碍。这意味着马尔沃犯下那些罪行是受到约翰·穆罕默德的影响之故，不是他主动做出的。

---

① 指多重人格。——译者

萨门诺告诉我们，"这个记录不是那么准确，但其中一个律师说的大意是：'就像一条纯净的河流被肮脏的下水道污染了，那么李·马尔沃也是被约翰·穆罕默德毒害、污染并洗脑了。'"这听起来是不是很耳熟？

在美国全国广播公司《今日》节目播出的一次监狱访谈中，马尔沃谈到因犯下的罪行而被处决的约翰·穆罕默德时说："我不能说不，我一生都想要那种爱、接纳和专一，但就是得不到。即使在不知不觉中，甚至在短暂的反思中，我知道那是错误的，但我没有拒绝的意志力。"

而在十年前，当萨门诺问他是否曾经无视或者拒绝约翰·穆罕默德让他做的任何事情的时候，这个年轻人当时的回答是："哦，我总那么做。"

换句话说，他是有选择的。

我们不是作为心理学家或社会学家，而是作为犯罪学家来研究这些人的。我们研究他们的背景和成长经历，帮助理解他们为什么要做那些事以及他们是如何做的——以便去理解这种人的动机并进行行为预测——这样我们就可以把这些东西应用到犯罪调查活动和刑事司法中去。这就意味着我们要解决这样一个问题：他们为什么会做出那种伤害和杀戮他人的选择。了解这些选择是如何做出的、犯罪前和犯罪后的行为，以及做出这些选择之后所采取的手段，这些是犯罪行为画像的基础所在。

为什么？＋怎么做？＝谁。

在对人类行为的研究中，我们永远不会到达彩虹的尽头，就像我们永远无法消除犯罪一样。我们所能做的就是继续努力，不断强化我们的理解和知识。

我们在这本书中所讨论的罪犯都是杀手，但他们各不相同。每一个杀手和捕食者之间都有许多微妙的区别。犯罪本身就是这种差异的反映，并通常会直接指向相关罪犯的动机。然而，我们可以说，所有这些人都有内在的冲突：他们一方面自以为是，一方面又认为自己能力不足。所有这些人都有一种个人权力感，这使得他们认为自己没有义务遵守社会的法律和规范。所有这些人都有能力做出选择。

总有一天，神经科学或许能够解释和精确理解行为，从而使我们得以将一个特定的想法归因于大脑中特定的形态结构和电化学传输机制。然而，即使发生了这种情况，精确的科学还原论和行为决定论会抹去个人责任的概念吗？如果这个问题的答案是肯定的，那么我们将生活在一个怎样的社会和道德世界里？

从我执法生涯的开始，在我或我的任何同事所访谈过的暴力罪犯中，符合法律定义上的精神病人这一概念的，可以说少之又少。他们肯定是不正常的，而且大部分或全部都有某种形式的精神疾病。但他们明辨是非，知道自己对他人所采取的行为的性质和后果。

我们经常比较苏珊·史密斯和安德莉亚·耶茨两个案子，前者1994年在南卡罗来纳州杀死了她的两个儿子，一个三岁大，一个十四个月大；后者则于2001年在得克萨斯州杀死了她的五个孩子，年龄从六个月至七岁不等。这些孩子都是被溺死的：史密斯家的孩子们被绑在车里，随着车一起沉到了湖里；耶茨家的孩子们则是在自家的浴缸里。

史密斯称，她的马自达被一名非洲裔男子抢走了，孩子们都在车上。她在全国电视台上恳求罪犯让她的孩子安全回家。警方从一开始就怀疑她，而她的动机是为了挽救自己与一个有钱人的关系，因为这个有钱人不愿意接纳她的孩子。可悲的是，这种杀害孩子的动机并不少见。

耶茨有很长的精神病史，产后抑郁、自杀未遂，一直在接受精神病治疗。她一直等到丈夫去上班才下手，因为她知道丈夫会阻止她那么做。她把五个孩子都给溺死了，然后报了警。她的动机是认为自己不是一个好母亲，因此撒旦已经在她的孩子们身上附体了，而溺死他们是她唯一能把他们从地狱之火中拯救出来的方法。

虽然两个杀人犯都有精神病，但苏珊·史密斯清楚地知道是非之别，做出了一个她认为符合自己最大利益的决定，尽管这意味着要处死她的孩子们。另一方面，安德莉亚·耶茨陷入了妄想之中，以至于她对现实已经一无所知了。虽然这两起案件都是极其悲惨的，但我们认为只有史密斯的行为是邪恶的：她是经过考虑之后做出的选择，而耶茨根本无法做出什么选择。

耶茨不是一个捕食者或连环杀手。如果她没有被抓到，她不会为了把其他家庭成员或陌生人"从地狱中拯救出来"而继续策划并杀害他们。除了极少数的怪诞之人外——比如嗜血的理查德·特伦顿·蔡斯和穿着人皮衣服的爱德华·盖恩，他们陷入了极度的妄想之中，以至于无法分清现实——大多数杀手都清楚自己在做什么。

我相信我们在这本书中讨论的所有杀手都有性格缺陷，这使他们做了那些事；但他们都不是那种因为得了精神病而疯掉的疯子。我们讨论的这些人希望受害者死，而他们自己则想活下去。在他们那扭曲的价值体系中，这是相当合理的。

约瑟夫·康德罗和唐纳德·哈维经过深思熟虑，做出了涉及一系列复杂规划的选择。托德·科赫普甚至写道，他"做出了攻击'邻家女孩'的选择，并毁掉了一切"。有人可能会说，麦高文和科赫普在后来的杀人行为中让情绪左右了自己，因此他们实际上并没有做出明智的决定。我对此表示异议。正如麦高文告诉我的那样，他一看到德·亚历山德罗出现在门口，就决定杀她了。他表面上为了找买女童子军饼干的零钱而叫她跟他下楼，实际上是已经做出了要在那里杀了她的这一选择。他一把将她的头撞在地上，就已经决定了要用那种方法去杀死她了。这同样适用于科赫普杀死科克西和查理·卡弗的情况。有预谋的恶意这一法律概念并没有规定预谋的时间范围。可以是一年，也可以是在一瞬间。但不论哪种情况，仍然是罪犯做出的一个选择。

最后，几乎没有什么人能够把潜藏在杀手心中的那种无法解释的神秘心态给说得清清楚楚。用一辈子研究了这些问题之后，我经常发现自己会回到维克托·弗兰克尔博士所表达的观点上去——他是维也纳的精神病学家、作家和大屠杀幸存者，他的著作《活出生命的意义》是我们这个时代伟大的道德和哲学文献之一。弗兰克尔在奥斯威辛集中营失去了父母、兄弟和怀孕的妻子，而在那里他也找到了意义。他把我们与生俱来的一切，以及发生在我们身上的一切都放在一起来综合考虑。他写道："人不是完全受条件约束并能被决定的，而是自己决定是屈服于条件还是对条件做出反抗。换句话说，人最终是自我决定的。"

所有的杀手——除非他们有严重的精神障碍或陷入了真正的妄想状态——都可以自由地做出自己的选择。然而，即使认识到这种情况本身，也不是目的所在。我们必须不断地扩大我们的知识面，增强我们对罪犯是如何以及为什么做出相关选择的理解，这样才能够更好地帮助执法部门识别、抓获和关押这些罪犯。这就是我开始一直从事相关研究的原因所在，也是我为什么要继续坐在杀手的对面与其面对面交谈的原因所在。

致谢

在某种程度上，每本书都是一种协作的产物，我们得到了很多帮助。为此我要衷心感谢：

我们的编辑马特·哈珀，感谢他永不间断的热情和鼓励，以及富有洞察力的指导和清晰的视野，这使得我们得以按照所设想的方式写下本书；安娜·蒙塔格、贝丝·西尔芬、丹妮尔·巴特利特、杰拉·兰齐、凯尔·威尔逊，以及哈珀-柯林斯/威廉·莫罗/戴·圣的全体员工。

一贯支持我们的多面手经纪人、福利奥文学管理公司的弗兰克·魏曼。

我们的英国编辑汤姆·基林贝克、公关艾莉森·门齐兹，以及在伦敦的威廉·柯林斯出版社团队。

新泽西州假释委员会前主席安德鲁·康索沃和新泽西州假释委员会前执行董事罗伯特·埃格斯。

塔潘泽高中退休教师罗伯特·卡里略和杰克·梅斯奇诺，以及杰克的搭档保罗·科勒蒂。

制片人特里莎·索雷尔·道尔和微软全国广播公司的工作人员，他们与约翰一起参与了约瑟夫·康德罗和唐纳德·哈维的访谈。

委员会电影公司的制片人兼导演玛丽亚·奥斯女士，她非常慷慨地分享了自己的经历、调查研究、信件以及她在调查发现系列"连环杀手：挣脱了锁链的恶魔"中的分析；委员会电影公司的全体员工和工作人员，尤其是詹·布兰克和比尔·赫尔利，他们对本书进行了细致入微的检查和事实核查工作。

法医心理学家斯坦顿·E. 萨门诺博士，我们将继续从他的经验和广博的知识中受益，特别是在华盛顿特区狙击手一案中。

马克的妻子卡罗琳，她是我们《心理神探》项目的办公室主任和内部顾问，她还有许多其他的才能和美德。

约翰的女儿劳伦·道格拉斯·斯卡拉达尼，她细心阅读了本书，提出了许多明智的建议。

还有罗斯玛丽·德·亚历山德罗和她的儿子迈克尔和约翰，他们不仅不断地努力保护着琼的遗产，而且还领导了一场为正义和各地儿童安全而进行的斗争。鉴于她的领导力、勇气和崇高的精神，我们谨将本书献给她。任何有兴趣与罗斯玛丽合作，加入她为之献身的儿童安全事业，或为琼·安吉拉·德·亚历山德罗纪念基金会捐款的人士，都可以在基金会的网站 www.joansjoy.org 上联系他们。

图字：09 - 2020 - 583 号

图书在版编目(CIP)数据

坐在我对面的杀手 /（美）约翰·道格拉斯
(John Douglas)，（美）马克·奥尔谢克
(Mark Olshaker)著；邓海平，郑芳译. —上海：上
海译文出版社，2022.10
（译文纪实）
书名原文：The Killer Across The Table
ISBN 978 - 7 - 5327 - 8957 - 3

Ⅰ.①坐… Ⅱ.①约… ②马… ③邓… ④郑… Ⅲ.
①纪实文学-美国-现代 Ⅳ.①I712.55

中国国家版本馆 CIP 数据核字(2023)第 126697 号

坐在我对面的杀手
[美] 约翰·道格拉斯、马克·奥尔谢克 著 邓海平 郑芳 译
责任编辑/范炜炜 装帧设计/邵旻 观止堂_未氓

上海译文出版社有限公司出版、发行
网址：www. yiwen. com. cn
201101 上海市闵行区号景路 159 弄 B 座
上海景条印刷有限公司印刷

开本 890×1240 1/32 印张 10 插页 3 字数 200,000
2023 年 9 月第 1 版 2023 年 9 月第 1 次印刷
印数：0,001—8,000 册

ISBN 978 - 7 - 5327 - 8957 - 3/I·5557
定价：58.00 元